마치 꿈같은 이야기

정대성 판타지 장편 소설

고양이 2

정대성 판타지 장편 소설

초판 1쇄 찍은 날 § 2002년 4월 2일
초판 1쇄 펴낸 날 § 2002년 4월 10일

지은이 § 정대성
펴낸이 § 서경석

편집장 § 문혜영
편집책임 § 김희정
편집 § 장상수 · 박영주 · 권민정 · 이종민
마케팅 § 정필 · 강양원 · 김규진 · 안진원

펴낸곳 § 도서출판 청어람
등록번호 § 제1081-1-89호
등록일자 § 1999. 5. 31
어람번호 § 제1-0228호

주소 § 경기도 부천시 원미구 심곡1동 350-1 남성B/D 3F (우) 420-011
전화 § 032-656-4452 팩스 § 032-656-4453
http://www.chungeoram.com
E-mail § eoram99@chollian.net

ⓒ 정대성, 2002

값 7,500원

ISBN 89-5505-339-8 (SET)
ISBN 89-5505-341-X 04810

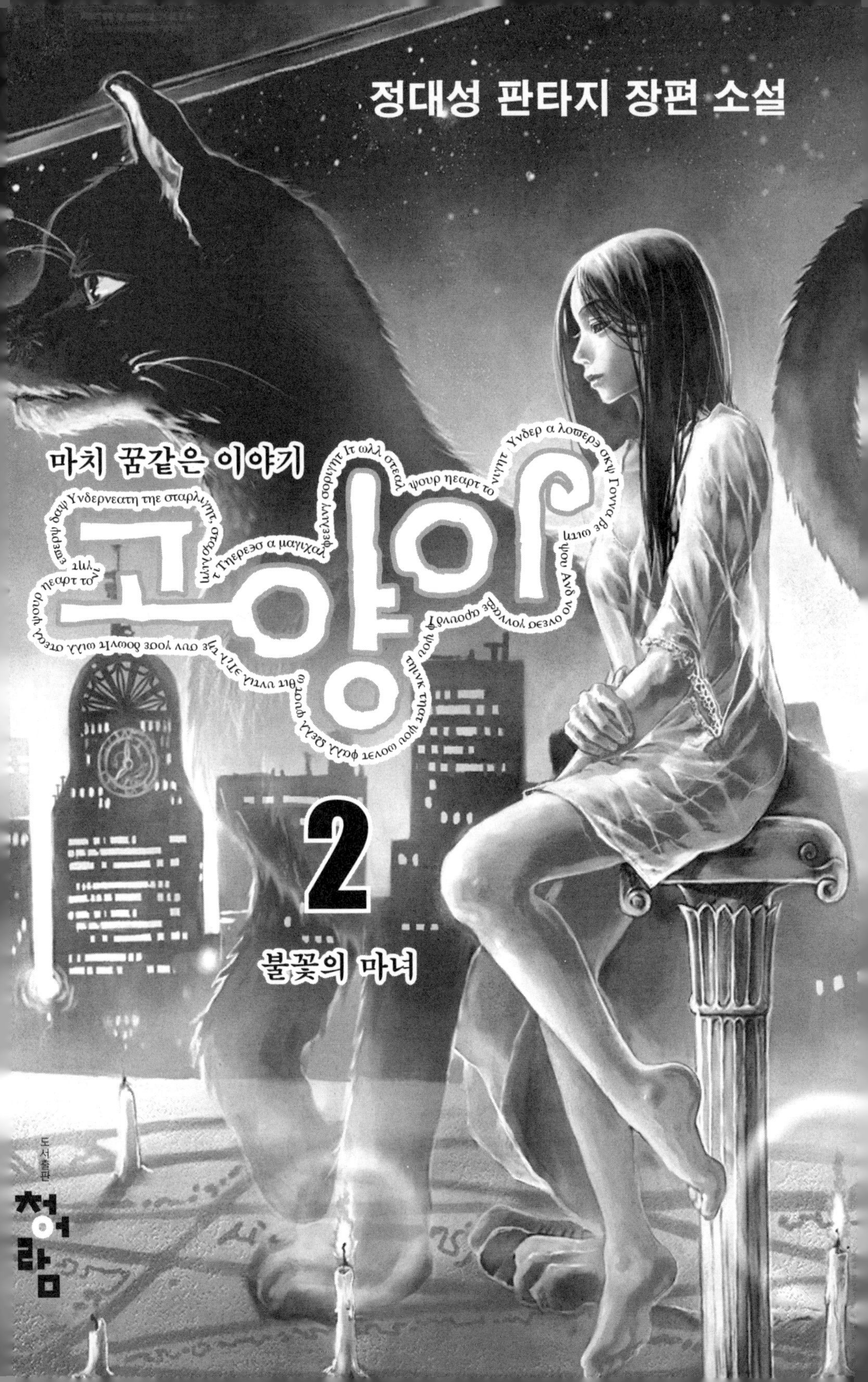
정대성 판타지 장편 소설
마치 꿈같은 이야기
고양이
2
불꽃의 마녀
도서출판
청어람

목 차

제10장

불꽃의 마녀

"이봐! 일어나! 해가 이미 중천을 넘어갔어!"

눈부신 햇살 속에서 스스로에게 중얼거리며 눈을 떴다. 12시. 음, 늦잠이라고 부르기에도 쑥스러울 정도로 좀 많이 잤군. 창밖으로 보이는 풍경은 이미 아침의 밝고 활기 찬 분위기가 아닌 오후의 조용하고 따뜻한 분위기였다. 아, 젠장. 너무 많이 잤더니 머리가 다 아프네. 그건 그렇고 역시 너무 많이 잤기 때문인지 목이 너무너무 마른걸?

"요령아… 으윽… 물 한 잔만 줘. 자고 일어났더니 목 타."

"쿨쿨……."

여하튼 깨우지 않으면 일어나질 않는군. 나는 잠시 머리를 한번 쓸어 넘기고 발끝에 힘을 꽈악 주고는 언제나처럼 발로 녀석의 옆구리를 쿡쿡 찌르며 깨웠다.

"아이 씨… 누구야… 씽… 건드리지 마……."

"좀 일어나시지, 게으름뱅이 고양이 아가씨."

"하아암… 씨, 깨우고 난리야. 잠 깼으니까 그만 차."

"잘 잤냐?"

"으응… 좀 졸리다, 야. 어젯밤에 잠을 좀 못 잤더니."

"지금이 몇 신데? 12시인데? 우리 어젯밤 12시쯤에 불 껐잖아? 12시간을 자도 졸려? 네가 인간이냐?"

물론 이 질문은 그 근본부터 잘못되어 있었다. 왜냐하면…….

"물론 고양이야."

"이런 젠장, 어쨌든 일어났으면 밥이나 차려. 자느라 아침을 굶었더니 배고파."

"……."

내 말에 그 녀석은 나를 묵묵히 바라보았고, 그래서 나는 부스스한 그 녀석의 머리칼과 눈곱이 조금 낀 맑은 눈을 바라보다가 참을 수 없는 몰골의 추레함과 이상하게 그 모습이 예뻐 보인다는 내 미의 기준에 대한 새롭고도 심중 복잡해지는 발견에 더 이상 참지 못하고 고개를 돌리며 말했다.

"아, 추잡해서 못 견디겠으니까 그만 좀 쳐다봐. 내가 차리면 될 거 아냐! 젠장."

"어, 땡큐! 생선 한 마리 놓는 거 잊지 말고."

"야……."

"알았어, 알았어. 베리 머취."

도대체 저 어설픈 영어는 어디서 주워들었을까. 하여튼 매스미디어가 사람 하나 망치는 건 정말 순식간이라니까. 난 고개를 설레설레 저으며 힘이 쭉 빠진 채로 중얼거리듯 말했다.

"…그게 아니라, 너 얼굴 지금 진짜 부스스하니까 밥 차릴 동안 세수나 하라고."

참고로 내가 힘이 쭉 빠지든 말든 요령이는 언제나 당당하다.

"너나 해, 임마. 밥에 눈곱 떨어져."

"네가 차려라……."

"뭐? 방금 네가 말했어, 영준아?"

물론 내가 말한 건 아니다. 나는 고개를 저었고, 방구석에서 다시 그 목소리가 들려왔다.

"주인님이 하기 싫으시다잖나! 네가 해라!"

그리고 그 말에 요령이는 참으로 같잖다는 표정을 지으며 말했다.

"넌 누구야?"

"어제부터 주인님을 모시고 살게 된 멍멍이라고 한다. 다시 한 번 만나서 반갑다는 인사를 해야 하는가, 자기소개부터 다시 할까?"

"아, 맞아. 어제 밤새도록 그 이야기를 해놓고도 까먹었네. 나도 참."

그 녀석은 혀를 쏙 빼물며 자기 머리를 콩 하고 치다가 갑자기 뭔가 생각난 듯 소리를 빽 질렀다. 신났다, 아주. 혼자 애교 떨고 성질 내고 다 해먹어라, 임마.

"…이 아니라! 나도 참이고 뭐고 간에 그렇게 네 주인이 귀찮아하는 모습이 안타까우면 네가 해, 임마!"

멍멍이는 절대로 자신도 귀찮아서 주인을 돕지 않겠다는 말은 하지 않았다. 실제로도 귀찮아서 저러는 건 아니겠지만.

"주인님이 나에게 명령했나, 너에게 명령했지?"

"얼씨구, 핑계는 좋아요. 그리고 누가 누구에게 명령을 했다는 거야,

기분 나쁘게. 어쨌든 난 요리 못해. 생쌀에 생물고기에 생나물로 아침을 때우고 싶다면 뭐, 내가 하고. 나야 별 상관 없어."

아, 젠장. 그러고 보니 요령이는 요리 솜씨가 정말로 개판이다. 나야 뭐 사람 못 먹을 밥도 주면 억지로 쑤서 넣으니까 먹긴 먹지만, 그래도 맛이 없는 건 맛이 없는 거다. 하긴, 고양이에게 좋은 요리 솜씨를 기대하는 것 자체가 바보 같은 생각이겠지.

"아, 됐어. 멍멍아, 내가 할게."

"주인님… 차라리 제가……."

멍멍이는 애처롭게 바라보았지만 난 고개를 저었다.

"그 꼴로 네가 뭘 해. 앞발로 요리하려고? 그냥 내가 하지 뭐."

나는 화장실로 들어가서 수돗물을 틀고 쏟아지는 물줄기에 얼굴을 갖다 대는 것으로 대강의 세수를 끝낸 뒤 부엌으로 들어갔다. 으음, 귀찮은데… 식구가 셋이니까 반찬까지 세 명분을 차려야 하나? 에이, 밥만 세 그릇 놓으면 되지. 아니지, 잠깐. 멍멍이는 개잖아? 그럼 먹다 남긴 걸 줘야 하나? 아무리 저 녀석이 나를 잘 모셔주어서 고맙기는 해도—뭐, 그래 봤자 어제 하루였지만—개랑 한 밥상 쓰기는 싫은데… 요령이는 고양이지만 외모는 사람이잖아. 에이, 일단 반찬부터 차리자.

김치를 접시에 덜어서 상 위에 올리고 달걀을 톡하고 깨서 프라이를 하며 동시에 달걀 프라이 옆에다 생선을 굽기 시작한다. 혼자 사느라 프라이팬을 하나밖에 장만하지 못한 나의 궁여지책이지. 흐음, 그러고 보니 반찬이 세 개밖에 안 되는군. 그래도 그나마 저 녀석이 들어와서 생선이라도 놓고 먹지, 나 혼자 살 때는 언제나 집에서 가져온 김치 하나였다. 흐음, 그러고 보니 반찬이 좋아졌다는 것도 저 녀석이 우리 집에 들어와서 나아진 점 중에 하나인가? 모르겠다. 밥이나 먹자. 으악!

달걀 탄다!

나는 재빠르게 달걀을 접시에 덜며 생선을 뒤집었다. 요령이는 고양이이기 때문에 약간 덜 익힌 생선을 좋아한다. 아무래도 익힌 음식은 익숙치 않을 테니까. 그래서 나는 생선을 언제나 약간씩 덜 익혀서 내어주고, 그렇기에 지금 뒤집어야 하는 것이다. 뭐, 나는 덜 익힌 걸 못 느끼고 녀석은 약간 덜 익었다는 것을 느낄 정도로 알맞게 조절해서 익히기 때문에 둘 다 요리에 별로 불만은 없다(뒤집어서 말하면 둘 다 약간씩의 불만은 있다. 나는 잘 익은 생선이 좋단 말이다!). 이렇게 미묘하게 익히는 타이밍을 알아내느라 힘들었지. 흠.

밖에서 요령이와 멍멍이의 대화 소리가 들린다. 무슨 이야기 하지?

"그러니까 너는 먹고 남은 걸 먹어야 되는 거야."

"알고 있다. 원래 개는 그러는 것이지."

그런 법도를 누가 정해놨어! 아, 원래는 요령이의 말처럼 멍멍이에게는 밥상 아래에 개밥처럼 섞어서 밥을 주려고 했지만, 요령이가 멍멍이와 한 상을 쓰기 싫어서 저렇게 멍멍이에게 굳이 알려주지 않아도 되는 사실을 계속 환기시켜 주는 걸 보면 요령이가 알미워서라도 멍멍이와 한 상을 쓰고 싶어진다. 으음.

"개털 날리지 않게 조심하고."

"알고 있으니 일일이 말하지 마라."

…갑자기 한 상을 쓰고 싶은 생각이 뚝 떨어져 버렸다. 개털… 개털이라… 그런 문제가 있었군… 쩝, 할 수 없지. 멍멍아, 미안. 개털 들어간 밥은 정말로 먹고 싶지 않구나. 나는 대접을 하나 꺼내어서 밥과 달걀 프라이 절반, 김치, 생선 1/3 정도를 넣고 마구 섞은 뒤 남은 반찬을 상 위에 차리고는 들고 들어갔다.

"밥 먹어라—!"

"우와— 밥이다!"

"감사합니다, 주인님."

요령이는 언제나 밥만 보면 무료한 듯이 드러누워 있다가도 언제 그랬냐는 듯 환호하며 벌떡 일어섰고, 멍멍이는 고개를 약간 끄덕이며 나에게 감사의 말을 건네더니 상으로 다가왔다. 에이, 저렇게 나를 따르는 녀석을 보면서 막상 너만 따로 먹으라고 하기가 정말 미안해지네. 나는 머리를 긁적이며 말했다.

"어, 저기… 멍멍아, 미안……. 그러니까… 요령이는 왜 한 상을 쓰면서 너는 같이 먹으면 안 되냐고 물으면 할 말은 없지만."

"괜찮습니다, 주인님. 어차피 제 머리 높이에는 상 위의 그릇들이 너무 높아서 먹기가 힘듭니다. 주인님의 배려에 감사드립니다."

에? 그렇게 받아들이냐? 흠, 착한 녀석.

"어, 그래… 그렇담 자, 여기. 먹어."

"야! 왜 생선이 요것밖에 없어어—?"

요령이는 찡그린 얼굴로 나를 바라보며 짜증을 냈고 난 그런 요령이를 한심스럽게 바라보다 물었다.

"세수했냐?"

내 말에 요령이는 기가 막히다는 듯이 대답했다.

"했어!"

"어, 그래. 잘했다. 그럼 먹자."

"응, 그래… 가 아니라! 야! 물었으면 대답을 해야 될 것 아냐! 왜 생선이 이것밖에 없어?! 허리 아래는 어디로 갔어?!"

나는 손가락으로 멍멍이의 밥그릇을 가리키며 말했다.

"저기."

"우우우! 이럴 수가! 이건 불공평해! 나는 너랑 같이 먹는데 저 녀석은……."

"짜증 내지 말고 그냥 먹어."

"쳇!"

그 녀석은 콧방귀를 한 번 뀌더니 수저를 들었고, 그 녀석이 말없이 밥을 입으로 가져가는 모습을 보다가 나도 밥을 먹기 시작했다.

"우움, 우물우물, 야, 우물, 빨리 먹어. 우걱, 우걱, 우리 아르바이트 시간 얼마 안 남았어."

"알어. 아니까, 쩝, 밥 먹을 때, 우움, 말 걸지 마. 밥 먹을, 우우움, 밥 먹을 때는 저 녀석도 안 건드린다는데, 쩝쩝, 뭐 하는 짓이야."

요령이는 젓가락으로 멍멍이를 가리키며 말했고, 그래서 나는 고개를 끄덕였다. 그런데 그때 멍멍이가 물었다.

"주인님, 식후에 어디에 가십니까?"

"으응, 카페."

"카… 페라면… 찻집을 말하시는……."

"그래. 나와 요령이는 주로 그곳에서 손님들의 주문받는 일을 하지."

"일… 이라면……."

"응, 그걸 해주고 돈을 받으니 일이지."

멍멍이는 그 말에 밥을 먹는 것을 멈추고는 잠시 생각에 빠지는 듯했다. 무슨 생각을 하지? 궁금증이 일었으나 뭐, 그런 것까지 물어볼 수는 없잖아.

그때 멍멍이가 입을 열었다.

"주인님."

"응?"

"저도 데려가 주십시오."

그리고 나는 그 말에 숟가락으로 떠서 입에 넣었던 김치 국물을 뿜었다. 그리고 요령이는 자신의 입으로 가져가던 생선의 살점을 기어코 떨어뜨리고야 말았다.

"푸우웃! 뭐?"

"우와앙! 아까워! 제일 맛있는 부분인데!"

그 녀석은 울상을 지으며 방바닥에 떨어진 살점을 주워 먹으려 했고, 나는 주운 살점을 입으로 가져가기 위해 빠르게 움직이는 요령이의 손을 탁! 하고 쳐서 녀석이 추잡의 나락으로 떨어져 버리는 것을 간신히 말린 뒤 멍멍이에게 다시 물었다.

"어, 그러니까 너도 우리를 따라서 일을 하고 싶다는 말이지?"

"예, 그렇습니다."

이걸 뭐라고 대답해야 하나? 나는 잠시 고민에 빠졌고 그러다 잠시 요령이를 바라본 후 놀랄 수밖에 없었다. 요령이의 입이 헤죽 웃고 있었던 것이다. 또 무슨 말을 하려고 그러냐? 그 녀석은 그렇게 입가에 실없는 미소를 띠다가 말했다.

"그래! 우리와 같이 가는 거야!"

"뭐?"

나는 갑자기 평소와는 너무도 다른 모습을 보이는 요령이를 보면서 '김치가 쉬었나? 달걀이 상했나? 밥이 찬가? 생선을 너무 덜 익혔었나?' 등등을 걱정할 수밖에 없었다. 한마디로 내가 이 녀석한테 뭘 잘못 먹였던가 하는 생각이 든 것이다.

"넌 우리와 같이 가겠지! 그리고 카페의 주인 아저씨에게 말하겠지! '아저씨, 나도 우리 주인님과 함께 일하고 싶다. 나에게도 일을 달라'. 그리고 주인 아저씨는 잠시 어안이 벙벙해져 있다가 정신을 차리고는 외치겠지? '어디다 대고 반말이야? 이 싸가지없는 개… 개? 개? 개, 개가 말을 한다! 우와아악!' 코미디다! 코미디! 깔깔깔!"

그 녀석은 얼굴을 우스꽝스럽게 만들어가며 실감나게 멍멍이와 아저씨의 목소리를 흉내 내었고, 그래서 나는 멍멍이에게 미안했지만 큭큭거릴 수밖에 없었다.

"그리고 어찌어찌해서 일을 같이 하게 되었다고 쳐. 아마 영준이가 협박하겠지. '아저씨, 요령이랑 같이 일하기 싫어요? 나 그냥 요령이 데리고 집에 가요? 뭐 이렇게 말이야. 그러면 아저씨는 할 수 없이 멍멍이를 웨이터로 쓸 테고. 그런데 주인 아저씨의 예에서 보듯이 개가 사람한테 말을 걸면 사람들이 기절할 듯이 놀라니까 절대로 사람들에게 말을 걸어서는 안 되잖아? 그래서 주문이 들어오면 나비 넥타이를 한 멍멍이가 메뉴판을 물고 손님에게 가서 이마에 써 붙인 것을 보여주는 거야. '전 친절한 웨이터 멍멍이입니다. 무엇을 주문할지 말해 주세요'. 그러면 손님들은 배꼽을 잡고 웃어대겠지! '이 집은 개가 주문을 받네!' 하고 말야! 큭큭큭! 어쩌면 TV프로에도 출연할지 몰라! '이 가게엔 특별한 웨이터가 있다' 하고 말야! 호호호호호!"

녀석은 계속 실감나게 혼자서 손짓 발짓 다해가며 주문하는 손님, 이마에 '무엇을 주문할지 말해 주세요' 라고 써 붙인 개, 놀라 버린 TV프로의 사회자 등등을 흉내 내었고, 그래서 나는 결국 숟가락을 집어 던지며 배를 잡고 웃어대고야 말았다. 으하하, 으하하하하! 요령이도 자기가 말해 놓고 자기가 생각해도 웃겼는지 눈물을 좍좍 흘려대며 웃고 있었고, 그 와중에서 오직 멍멍이만이 웃고 있지 않았다. 나는 낄낄대며 말했다.

"오, 멍멍아, 미안해. 너, 너무 웃겨서! 으하하하!"

"괜찮습니다."

"그건, 그건 그렇고, 왜, 우흐흐흐흐! 왜 우리와 같이 일을 하겠다는 건데? 크흐흐흐!"

"앞으로 모든 것을 주인님에게 의지해서 살 텐데, 그렇게 살면서 아무런 도움도 주지 못한다는 것은 너무도 죄송스럽습니다. 그래서 저도 주인님과 같이 일하면 주인님도 도울 수 있을 테고 돈도 받을 수 있을 테니 그 돈을 주인님께 드리면……."

나는 잦아드는 웃음 끝에 찾아오는 호흡 곤란으로 인해 숨을 격하게 몰아쉬며 물었다.

"그래서, 으흐흐, 콜록콜록, 헉! 헉! 그래서, 나를 조금이나마 도와보겠단 말이지?"

"예… 그리고 주인님의 곁에서 지켜드릴 수도 있을 테고……."

"으헉, 오, 미안. 젠장스럽게도, 개를, 개를 웨이터로, 아니, 하다 못해 개를 청소부로라도 쓰는, 쓰는 곳은 아무 곳에도 없어! 으하하하!"

멍멍이에게 이야기하며 나는 다시금 나비 넥타이를 매고 입에 메뉴판을 문, 이마에 '주문하세요' 라고 써 붙인 멍멍이를 떠올리고는 미친 듯이 웃어댔다. 으하하하! 그렇게 바닥을 굴러대며 요령이를 바라보니 요령이는 너무 웃다가 배가 아픈지 부들부들 몸을 떨고 있었다. 물론 격렬한 웃음소리와 함께.

"아니요, 할 수 있습니다."

멍멍이 녀석은 우리가 웃든 말든 별로 상관하지 않는 듯했다. 나 같으면 기분이 나쁠 텐데. 이제 그만 웃어야지. 나는 웃음을 참으며 고개를 들었지만, 녀석과 눈이 마주치자 아까 상상했던 모습이 다시 떠올라서 다시금 데굴데굴 구를 수밖에 없었다. 푸하하하!

"어, 어떻게? 어떻게 할 수 있는데? 푸하하하!"

"요령이와 같은 방법으로 하면 됩니다."

"뭐? 요령이처럼? 어떻게?"

강한 호기심이 내 얼굴에서 떠나갈 줄 모르던 웃음기를 순식간에 없애주고 그 대신 의문 가득한 표정을 내 얼굴에 불어넣어 주었다. 요령이와 같은 방법이라고? 무슨 방법인데? 나는 멍멍이에게 내 의문에 대한 답변으로 지목된 요령이를 바라보았다. 넌 답을 알고 있니?

…그리고 마치 미친 여자처럼 머리를 헝클어뜨린 채 바닥을 박박 긁곤 데굴데굴 구르며 웃어대는 요령이의 모습에 난 절망적인 표정으로 고개를 돌려야 했다. 너, 도대체 왜 이렇게 망가졌니! 네 이야기가 나왔는데 넌 신경도 안 쓰이냐!

"요령이처럼 사람으로 둔갑하면 간단한 것이지요. 단, 여기서 걸리는 문제점은 제 의복의 부재와……."

"어? 잠깐, 잠깐. 지금 뭐라고 했어?"

"사람으로 둔갑한다고 했습니다만……."

"응? 다시 한 번만!"

거듭된 내 질문에 멍멍이는 의아한 듯 고개를 갸웃거리더니 물었다.

"사람으로 변한다고 했습니다만… 변하면 안 되는 것입니까?"

"아냐! 아냐! 네 맘껏 변해! 근데 너도 변할 줄 알아?"

어느새 웃음을 멈춘 요령이가 톡 끼어들었다.

"당연하겠지. 저 녀석도 영기가 나와 맞먹는 수준이니. 나보다 조금

모자르긴 하지만."

엑? 넌 멍멍이가 사람으로 변할 수 있다는 것을 알고 있었어? 그럼 알면서도 그렇게 비꼬아댄 거야?

"그럼 넌 알면서 비웃은 거네?"

"물론이지. 어, 그러니까, 그냥. 상상하면 웃기잖아?"

"그렇구나. 그런데 저 멍멍이가 너 정도의 능력을 가지고 있다고?"

"약간 모자르다니까. 난 삼백오십 살, 쟤는 삼백 살. 내가 오십 살 더 많잖아."

멍멍이는 그 말에 이를 드러내며 중얼거렸다.

"너보다야 내가 낫겠지. 영물이 요물보다 기가 흩어지지 않고 잘 모인다는 것은 상식일 텐데."

"그렇지만 기가 모이기 시작한 처음엔 요물들이 영물들보다 영기를 훨씬 빠르게 모으지. 그리고 오십 년의 차라는 게 그렇게 적은 것은 아니고 말야."

"아무리 그렇다고 해도 설마 내가 너보다 못할까."

"뭐? 넌 아무리 해도 나한테 안 돼! 내가 그때 찔렀으면 넌⋯⋯."

"피했겠지. 다시 한 번 말하지만."

"이이익!"

왜 또 이야기가 이런 방향으로 흘러가냐? 나는 두 사람 사이에 재빨리 끼어들어서 팔로 둘을 밀어 떨어지게 한 다음 재빨리 요령이의 어깨를 민 손으로 요령이의 입을 막으면서 멍멍이에게 질문했다.

"그래, 사람으로 변할 수 있단 말이지?"

"예."

"좋아, 그런데 왜 말하지 않았니. 또 뭐라고 할까 봐서?"

"아뇨, 말할 기회가 없어서……."

"그렇구나… 그럼 사람으로 변해서 나를 따라 내가 일하는 곳으로 가겠다는 말이지?"

멍멍이는 고개를 끄덕였다.

"예, 그리고 같이 일하고 싶습니다."

"흐음… 좋아. 뭐, 그럼 우리 나가 있을게 지금 변해볼래?"

"지금… 말씀이십니까?"

"그래. 조금 있다가 아르바이트 시간 되니까 너도 우리를 따라오려면 빨리 준비해야지. 야, 요령아!"

"……."

"요령아?"

"……."

"요령아? 왜 대답이 없니?"

"……."

"요령아! 으아아아아악! 꼬집지 말란 말이야아아아앗!"

나는 내 온몸을 뒤틀며 비명을 질렀고 요령이는 나를 한심해서 보는 사람이 미쳐 버리겠다는 표정으로 바라보다가 입을 열었다.

"입을 막은 손을 떼야 말을 할 거 아냐."

"너, 일부러 나 세게 꼬집으려고 네 입을 막은 손에는 힘도 안 줬다는 거 알면서 내 손 안 치웠지?"

"응."

"으아악!"

미쳐 버리겠다, 정말! 나는 터져 오르는 짜증을 주체하지 못하고 온몸을 뒤틀어대었고, 그런 나를 바라보던 요령이는 약간 치켜 올라간 큰 눈을 깜박이며 순진무구한 얼굴로 물었다.

"화··· 났어? 난 그냥 장난인데······."

새카맣고 윤기있는 흑발, 시원하고 균형 잡힌 이마, 짙고 곧은 눈썹, 긴 속눈썹과 큰 눈, 오뚝한 코, 작고 붉은 입술, 희고 고른 치아, 갸름한 얼굴, 새하얀 피부, 우아아! 예쁘다! 미치겠다! 이러면 안 되는데! 왜 이리 저 녀석이 예뻐 보이냐! 미안하다는 듯이 어색하게 미소 짓는다. 웃지 마! 화 풀려! 정들어! 웃지 말라니까? 에이 씨! 웃고 난리야······.

"제에에엔자아앙! 나 왜 이러냐, 자꾸! 됐다, 나가기나 하자. 멍멍이 기다리고 있잖아."

"풀렸냐?"

요령이는 실실 웃으며 내게 물었고, 그래서 나는 음침한 얼굴과 표정으로 대답해 주었다.

"내 화를 이렇게 빨리 풀어낸 자는 4살 때 넘어져 돌멩이에 잔뜩 화를 내던 내게 사탕을 사줘서 바로 화를 풀리게 했던 동네 형 이후로 네가 처음이다. 아무런 대가도 없이 내 화를 풀어내다니 과연 요물이군. 으으음······."

나는 장난스럽게 연극 대사를 읊조리듯 말했고, 그래서 그 녀석은 깔깔대며 내 등을 후려쳤다.

픽!

으윽! 아프잖아! 젠장!

"추추추추추춤, 춤, 춤, 제기랄, 왜 말이 안 나와! 젠장! 춤지?"

"어쩨 나보다 네가 제기랄, 젠장 등등을 훨씬 더 많이 쓰는 것 같다?"

"청출어람… 네 은공이다… 추워……."

"얼씨구, 문자도 쓰네? 어디서 주워들은 말은 있어가지고… 근데 진짜 춥기는 춥다. 이럴 줄 알았으면 점퍼라도 하나 걸치고 나올걸……."

우리는 지금 바람이 쌩쌩 부는 하숙집 위 2층에서 도시의 전경—이래 봤자 집 앞이다—을 바라보며 여유롭고 아늑하고 따뜻한 대화는 절대 나누지 않고 딱딱거리는 이빨 부딪치는 소리와 동동거리며 발 구르는 소리만 주고받으며 이야기를 나누고 있었다. 젠장! 추워!

"야, 근데 왜 우리가 이렇게 추운데 나와서 기다리고 있어야 되는 거야?"

요령이의 질문에 나는 추위에 이를 딱딱 부딪치며 대답해 주었다.

"왜냐고 물으신다면 멍멍이가 다 벗은 모습이 그렇게 보고 싶냐고 대답해 드리지."

"아, 맞다. 변할 때는 다 벗지. 처음부터 옷을 입고 있지야 않으니까. 호호호호!"

"그런데 왜 웃냐? 멍멍이의 벗은 몸을 상상하니까 괜히 즐겁냐?"

요령이는 내 말에 손을 흔들어 부인하면서 계속 무언가를 생각하는지 하늘을 보며 웃어댔다. 그리고 그런 요령이의 모습에 난 '도대체 저 녀석이 뭐가 그렇게 우스운지' 참으로 궁금해졌다.

"아니, 아냐아냐. 호호호호!"

"그럼 왜 웃는데?"

"너 처음 본 날이 떠올라서. 호호호호! 너, 그때 알몸인 나를 보고 무지하게 당황했었잖아! 얼굴은 꼭 불에 달군 숯덩이처럼 빨개져 가지고. 호호호호!"

녀석은 아무렇지도 않게 그때의 일을 떠올리며 웃어댔다. 참나! 임마! 나도 남자라고! 아무리 네가 사람이 아니라지만 겉모습은 여자인데, 남자인 나에게 그런 이야기를 스스럼없이 꺼내면 어떻게 해! 듣는 사람보고 당황하라고 강요하는 거냐!

"그, 그때 다 벗었던 건 너였어, 너! 내가 아니라! 물론 결국 봐야 할 건 하나도 못 봤지만 말야. 응? 아무리 그래도 그렇지! 그래도 여자잖아! 넌 창피라는 걸 모르냐?"

그 말에 그 녀석은 내게 얼굴을 바싹 붙이고는 나를 똑바로 바라보며 묻는다.

"안 보였으면 됐지, 뭘 흥분하고 그래?"

"아니, 그게 아니라, 내 말은……."

"네 말은 뭐?"

똑바로 쳐다보지 마. 네 얼굴이 그렇게 가깝게 보이니까 자꾸 처음 본 그날이 떠오르잖아. 그날도 얼굴이 이렇게 가까웠었지. 그래서 아무것도 못 봤지만 말야. 내가 그때 얼마나 부끄러웠는지 알아? 어휴, 그때를 생각하려고 하니 다시 얼굴이 화끈거리려고 한다. 생각하지 말아야지.

사라락.

으응? 내 목 주변에서 어리는 이 부드러운 느낌은 뭐지? 설마… 요령이의 숨결인가?

사라라락.

계속해서 부드러운 간질거림은 계속되었고 아무것도 아닌데, 언제나 있는 느낌인데, 그냥 간지러운 것일 수도 있는데 괜히 지금 이 느낌이 요령이의 숨결이라는 생각을 하자 얼굴이 달아오르는 것이 느껴졌다.

우욱! 참아야 해! 얼굴이 벌게진 게 들킨다면 그게 웬 개망신이냐!

난 그런 생각을 하면서 정면을 노려보았다. 그렇게 어떻게든 변하려는 얼굴색을 살색으로 붙잡아놓기 위해. 정면으로 부릅뜬 눈으로 들어오는 요령이의 얼굴… 귀엽다. 분명 미인형이라도 귀여운 스타일은 아닌데 귀엽게 느껴진다. 녀석과 눈이 마주쳐 버린 지금 눈을 돌려 버리자니 왠지 어색하게 보일 것 같아서 할 수 없이 계속 녀석을 바라보았고, 그렇게 마주 보고 있다 보니 점점 이상한 기분에 휩싸이는 나를 느낄 수 있었다.

녀석을 보고 있으면 있을수록… 왠지 두근거린다… 약간 떨리고… 긴장되고… 뭐? 아냐! 두근거림은 얼어죽을! 왜 이래? 정신 차려! 귀여워? 지금 귀엽고 나발이고 따질 때야? 정신 차려! 정신! 으으으! 설마 얼굴이 빨개졌을까? 그럼 안 되는데!

"얼씨구? 얼굴 탄다, 얼굴 타! 왜 갑자기 얼굴이 빨개지는데? 또 무슨 생각을 하는 거냐?"

제기랄! 빨개졌구나! 왜 갑자기 부끄럼은 타고 난리야. 그러니까! 멍청이! 바보 자식아! 어쨌든 뭐라고 핑계라도 좀 대봐라, 입아!

"아… 저… 그, 그게……."

…그게 핑계냐? 차라리 조용히 있는 게 낫겠다. 입, 일자로 닫혀라. 합.

"어휴, 하여튼… 왜 이리 애가 생기다 말았냐. 응? 머리카락 좀 닿은 게 그렇게 참기가 힘들어? 간지러우면 그냥 긁지 뭘 또 참느라고 얼굴까지 벌게지고 그래!"

머리카락이었구나… 어쨌든 녀석은 내가 자기 머리카락 스친 것 때문에 간지러움을 참지 못하고 불쾌감으로 얼굴이 붉어졌다고 생각하나

보다.

휴우우우… 다행이다……. 난 문을 바라보며 깊은 한숨을 푸욱 쉬었고 그때 방 안에서 내 한숨 소리를 타고 멍멍이의 목소리가 들려왔다.

"주인님, 끝났습니다."

"어, 그래. 지금 들어갈게."

나는 문을 열고 아무 생각 없이 방 안으로 들어섰다. 그리고는 눈을 들었고, 굉장한 미남을 보고 아연실색할 수밖에 없었다. 난 숨 막히는 목소리로 물었다.

"넌, 넌 누구냐?"

"접니다, 주인님."

"저라 그러면 누구인 줄 알아! 신상명세를 대!"

그 잘생긴 녀석은 움찔하며 뒤로 물러섰고, 나는 겁먹은 표정을 짓다가 슬쩍 미소 지으며 말했다.

"장~난~이~지. 히히히히! 야, 축하한다. 너, 출세했다. 야~ 멋지다. 잘생겼다."

"과찬의… 말씀이십니다."

짙은 선의 미남. 녀석에게 어울리는 말이다. 분명히 꽃미남이나 미소년은 아니다. 오히려 그런 사람들과는 거리가 멀게, 그러니까… 강인하게 생겼다. 음, 맞아. 강인하게. 그러니까… 탤런트로 비교하자면 장동건이나 차승원, 차인표나 혹은 이병헌 같은 사람들을 보고 '참 잘생겼다'고 하지 '곱상하게 생겼다'고는 하지 않잖은가? 녀석도 그런 스타일이다. 굵은 눈썹, 날카로운 눈매, 잘 선 콧날, 꾹 다문 입술. 강하면서도 우수에 잠긴 듯한 얼굴. 멋있게 생겼다, 임마! 부럽다, 야! 나는 팔베개를 하고 드러누으며 중얼거렸다.

"하아, 내 주위에는 미남에다가 미녀……."

"나? 나? 나 미녀야? 야호! 나 미녀다!"

야호는 얼어죽을… 하여튼 말 한마디를 제대로 못한다니깐.

"…는 아니고. 어쨌든 미남, 추녀 다 있는데 왜 나만 이리도 평범하냐……."

"추우녀어어?"

"주인님."

"응?"

"주인님은 저 같은 거짓된 가식의 얼굴보다 백배는 멋진 진짜 인간의 얼굴을 가지고 계십니다. 용기를 내십시오."

멍멍이는 진지한 얼굴로 말했지만 지금은 녀석의 말이 위로로밖에 들리지 않는다.

"고마워… 위로해 줘서. 자식, 근데 빈말이 아니고 너 진짜 잘생겼어."

"감사합니다."

녀석은 고개를 끄덕였지만 그 표정은 결코 그렇게 좋아하는 표정이 아니었다.

"야, 왜? 싫어? 잘생기면 좋은 거야, 임마!"

"그게 아니라……."

"그게 아니라면?"

"제 모습이 제 옛 주인님의 완전한 반대의 모습이기 때문에… 제가 잘생겼다는 말은 곧 옛 주인님이… 그러니까……."

못생겼다는 말이 된단 말이지? 흠, 확실히 일리가 있는 말이군. 그런데 저 얼굴의 완전한 반대의 얼굴이라면… 도대체 어떻게 생겼었기에?

"네 주인이 어떻게 생겼었는데?"

내 말에 멍멍이는 옛 기억 속에서 주인의 얼굴을 더듬는 듯 허공을 바라보면서 천천히 말했다.

"제 옛 주인님은… 가냘픈 여자처럼 생겼었지요. 그래서 그분의 어렸을 때 별명이 기생오라비였다고 하더군요. 그분은 그런 자신의 모습을 몹시도 싫어했지요. '몸도 계집같이 약한데 외모까지 계집 같으니… 내가 계집들과 다른 점이 뭐냐? 나도 얼굴만이라도 강하게 생기고 싶다'라고 언제나 중얼거리셨지요."

뭐? 가냘픈 여자처럼 생겨? 그럼 미소년 아냐! 젠장! 그 전 주인인가 뭔가 하는 놈 참 불평도 많다! 얼굴이 잘생겼는데도 불평이야? 하긴, 시대가 시대이고, 또 '약한 것'을 극도로 싫어했었다고 하니까. 좋아, 특별히 이해해 주지.

"그거 좋은 거야. 못생긴 거 아냐. 그러니 안심해."

"그렇… 습니까?"

"그래, 그런데 왜 하필이면 넌 네 옛 주인의 반대되는 얼굴을 택했냐?"

"그분이 저보고 언제나 강해지라고 하셨고, 또 절대 자기처럼은 되지 말라고 하셔서……."

간단한 이유로군. 어쨌든 이제 아르바이트를 하러 가야지? 아, 참참! 그전에 일단 몇 가지 해놓을 게 있다. 이 녀석의 나이와 새로운 이름—다른 사람들 앞에서도 멍멍이라고 부를 수는 없으니까—을 정해놓고 이 녀석과 몇 가지 약속을 해야 한다.

"멍멍아?"

"예."

"일단 너라는 '인간'의 설정을 좀 해야겠다. 요령아, 그때 네가 다른 사람들한테 널 몇 살이라고 소개했지?"

"간단하게 스무 살."

"그렇구나. 그럼 너도 스무 살이야. 누가 물어보면 스무 살이라 그래. 알았지?"

멍멍이는 고개를 끄덕였다.

"예."

"그리고 이름 말인데… 멍멍이라는 이름은 안 돼. 사람들이 이상하게 생각하거든. 그러니 새로운 이름을 정해야 되는데… 옛날처럼 한뫼라고 불러줄까?"

"…주인님이 정하신다면 따르겠습니다."

별로 탐탁지 않은 목소리다. 어, 나는 기껏 널 생각해서 그런 건데 별로 마음에 안 드나 보지?

"네 생각을 말해 봐. 물어본 거니까."

"전 솔직히… 그 이름은 단지 옛 추억의 그림자에 지나지 않는다고 생각하기에… 과거에 묻혀 버린 이름을 다시 현재로 가져오고 싶지는 않습니다."

옛 추억의 그림자가 과거에 이름을 묻었다고? 왜? 옛 추억의 그림자랑 이름이 서로 싸우기라도 했냐? 도대체 무슨 소리야? 말을 왜 그리 어렵게 해! 좋아, 어쨌든 싫다는 소리겠지. 싫다는 데야 할 수 있나.

"싫다는 소리 맞지?"

"예."

"그래, 좋아. 그럼 이름을 정하자. 요령아, 너도 이리로 와서 좋은 생각 있으면 말해 봐."

나는 요령이에게 그렇게 말해 주고는 나만의 생각으로 빠져들었다. 멍멍이는 묵묵히 기다리고 있었고, 요령이는? 싱글벙글 대고 있었다. 왜? 요령이가 왜 웃었는지, 그 이유는 곧 알 수 있었다. 요령이가 실실 웃으며 멍멍이를 대신할 이름을 하나씩 읊조리기 시작한 것이다.

"바둑이, 발바리, 삽사리, 왈왈이, 킁킁이, 해피, 뽀삐……."

뽀삐까지 나오자 마침내 멍멍이는 더 이상 참을 수 없었던지 고개를 돌려 버렸고, 요령이는 싱글벙글대면서 더 말할 듯이 계속 입을 움찔거렸다. 지금이 장난할 때냐?

"야! 그만 해. 지금 장난이나 치고 있을 때냐? 이러다 아르바이트 늦는다고! 좋아. 멍멍아, 한글이 좋으냐 한자가 좋으냐?"

"둘 다 좋습니다."

"그래? 난 한글이 좋더라. 좋다기보다는 사실 한자 이름이 보편적이긴 한데, 한자로 이름 지으려면 정말 머리 깨져. 옥편 뒤지기도 힘들고. 그냥 한글로 하자. 불만있니?"

"아니요."

"그래, 없다니 다행이다. 저번에 이름이 한뫼였지? 좋아, 그럼 네 성은 한이야. 그리고 이름은… 뫼, 뫼 산이지? 산, 안 움직여서 산이니까… 이번엔 잘 움직이는 바람이다!"

요령이가 톡 끼어든다.

"바람둥이?"

"…이건 안 되겠군. 걱정 마. 곧 찾아줄게. 좋아, 바람 하니까 생각났어. 바람을 마음대로 부리는 용! 난 용이 멋지더라. 미르 어떠냐?"

"…몰라? 근데 좀 별로인데?"

"괜찮다는 뜻이구나. 좋아, 한미르. 한미르… 에잇, 젠장! 검색 사이트 이름이잖아! 이건 안 돼. 다른 거! 생각하자, 생각하자, 산이니까… 강, 바다. 좋아, 가람 아니면 바다다! 아참, 바다라는 이름은 이미 유명하지. 그것도 여자 이름으로. 좋아, 가람이다. 좋았어! 넌 한가람이다!"

다시 요령이가 토를 달았다.

"왠지 애들 이름 같지 않냐?"

"원래 애들이 크면 애들 이름이 다 어른 이름 되는 거야! 토 달지 마! 한가람! 좋았어!"

"야… 어감 진짜 이상하다니까. 한가람이 뭐야, 한가람이."

"원래 이름은 그 이름이 지칭하는 이름의 주인을 다른 사람들에게 인식시켜 주는 역할을 할 뿐 그 이상의 어떠한 확대 해석도 필요치 않을 뿐 아니라 오히려 이름의 건전한 개인에 대한 기여에 일종의 장애물로써 작용할 가능성이 더 크다는 내 생각에 동의하지 않는 거냐, 요령아?"

"가람… 야, 멋지다!"

자식, 못 알아듣는군. 사실 나도 내 말이 무슨 말이었는지 내가 해놓고도 모르겠어. 헤헷, 좋아, 이제 설정은 대강 끝났지? 이름 한가람, 성별 남, 나이 20세, 거주 지역 우리 하숙방. 이제 몇 가지 약속만 하면 돼.

"멍멍아?"

"예, 말씀하십시오."

"명령이다. 이제부터 반말 써."

"좋아."

…또 이렇게 나오면 내가 당.황.하.지! 반말을 쓰란다고 진짜로 반말로 대답하냐! 내가 한 말이라서 뭐라고 하기는 좀 그렇지만 네가 그렇

게 갑작스레 반말로 말하니까 받아들이질 못하겠잖아!

"어… 반말 쓰란다고 진짜 쓰는 거야?"

"그래. 명령이었으니까."

"흐음, 좋아. 어쨌든 너는 외형이나 설정상으로는 나와 비슷한 나이야. 그런데 그런 네가 나한테 마구 존댓말 쓰면서 '주인님, 주인님' 하고 부르는 것을 다른 사람들이 보면 뭔가 이상하다고 수군댈 충분한 소재거리가 되지. 그래서 반말을 쓰라고 한 거야. 알았지?"

"그래, 알았어."

근데 이 녀석에게 반말을 들으니까 진짜 기분이 이상하다… 쩝, 왠지 아쉽기도 하고. 어떤 사람이 존댓말 딱딱 해주다 갑자기 반말 쓴다고 하면 아마 누구라도 나처럼 아쉬울걸. 지금이라도 물러 버릴까? 에이, 됐어.

"그리고 하나 더 약속할 게 있어."

"무엇을?"

"이제부터 나를 주인님이라고 부르지 말고 영준이라고 불러줘. 물론 명령이야."

내 말에 멍멍이는 이상하게 눈빛이 흐려지더니 고개를 가로저었다. 엑? 지금 내 말을 거부한 거야?

"그건… 안 돼."

"뭐? 왜?"

"네가 나의 주인이라는 것은 누구도 부정할 수 없는 대전제이고, 나는 너를 주인이라는 호칭으로 부름으로써 언제나 그것을 확인한다. 내가 너를 주인이라고 부르지 못하게 되면, 그 순간 너는 내 주인이 아니게 된다. 주인이라고 부를 수 없는 자는 주인이 아니니까. 나는 그런 상황을 원하지 않는다."

무슨… 소리야, 도대체? 그런 호칭 따위가 뭐가 중요하다고? 영준이라고 부르면서 속으로만 주인님이라고 부르면 되잖아? 난 물었다.

"괜찮아, 나는 괜찮으니까 그냥 이름 부르고 속으로만 주인이라고 생각해."

"그렇게 간단한 문제가 아니다. 그러니까……."

"왜? 요령이도 나보고 그냥 이름 부르잖아?"

그때 또 요령이가 끼어들었다. 녀석, 계속 톡톡 끼어드네…….

"어, 내 이름이 나와서 하는 말인데, 전에도 말했듯이 개와 고양이는 달라. 고양이에게 주인은… 뭐라고 해야 하나? 그래, 친구를 부를 때는 일일이 '야, 친구!'라고 할 필요가 없잖아? 으음, 친구와는 좀 많이 다르지만… 어쨌든 내가 그런 개념이라서 별로 너에게 주인님이라고 부를 필요성을 못 느끼는 반면, 저 녀석은 그러니까… 흐음, 조악한 비유이긴 하지만, 너는 네 아버지에게 '야, 야!' 하면서 이름을 부를 수 있니? 그러면서 존경심을 가질 수 있어? 없지? 마찬가지야. 그러니까 네가 저 녀석 아버지라는 소리가 아니라, 저 녀석에게는 네가 절대적으로 존경해야 하는 존재이고, 그렇기 때문에 네 녀석에 대한 호칭만은 절대 포기할 수 없는 거지. 네 아버지가 '이제부터 아버지라고 부르지 말고 내 이름을 부르렴' 한다고 네가 쉽게 이름을 부를 수 없듯이 말야. 이해 가?"

"으응… 이해가 조금 가려고도 하는데… 멍멍아, 쟤 말이 맞니?"

"사실과는 다르지만 나도 저보다 쉽게 설명하기는 어렵다, 주인."

"그래? 하아, 그럼 어쩌지? 나보다 더 큰놈이 나를 보고 주인, 주인 하는 모습은 분명 보기 안 좋을 텐데… 젠장, 하는 수 없군. 멍멍아, 요령아!"

"왜?"

"말하도록."

"이제부터 내 별명은 주인이다. 누가 물어보면 그렇게 대답해. 알았지? 응, 그래. 알았다니 됐다. 좋아, 정리 한번 하고 곧장 아르바이트하러 나가자. 멍멍이의 이름은 이제부터 한가람, 나이는 20세, 성별은 남자고, 나와는 친구 사이이고, 나를 보고 주인이라고 부르는 이유는 그게 내 별명이라서. 좋아! 가자!"

나는 마지막으로 정리를 끝내고는 기세 좋게 일어섰다. 가자!

"주인 아저씨, 안녕하세요—"

"안녕하세요, 아저씨—"

주인 아저씨는 무지 바쁜지 우리 쪽을 쳐다보지도 않은 채 이곳저곳을 왔다 갔다 거리며 연신 테이블을 훔치고 컵을 나르고 바닥을 닦으며 말했다.

"빨리! 빨리! 다들 이렇게 늦게 오면 어떡하나! 우리 가게 문 닫으면 자네들이 책임질 건가? 어서 옷 갈아입고 나오게! 요령 양 때문에 손님이 늘어서 좋지만 이렇게 바빠서야 원……."

으으, 지각인가 보군. 이럴 줄 알았다면 뛰어올걸. 나는 미안한 마음에 쭈뼛거리며 대답했다.

"저… 아저씨, 제 친구가 아르바이트를 같이 하고 싶다 그래서 데리고… 왔거든요? 좀… 봐주실래요?"

아저씨는 쳐다보지도 않은 채 시큰둥하게 대답했다.

"남자야? 여자야? 남자면 너 하나로 충분하고 여자면 요령이 하나로 충분해. 됐지? 끝."

"아… 하지만… 그래도 왔는데 일단 얼굴이라도 보세요……."

"으음, 바빠 죽겠구만……."

아저씨는 약간 짜증 실린 목소리로 고개를 들어서 멍멍이, 아니, 가람이의 얼굴을 보았고, 그리고… 총알처럼 달려와서 가람이의 손을 잡고 흔들었다. 에구, 인간이 참 간사해요.

"일하고 싶다고? 왜 이제 왔나? 그래! 당연히 일해야지! 자! 옷이 어디에 있는지는 영준이가 알려줄 걸세! 하하하! 어디서 이렇게 잘생긴 놈이 나타났을까? 이제 요령 양이 남자 손님들을 맡고, 자네가 여자 손님들을 맡으면 되겠군! 으하하하! 자네, 이름이 뭔가?"

"한가람입니다."

"오! 가람! 이름 좋구만! 나이는?"

"스무 살입니다."

"좋아! 어서 옷 갈아입고 나와서 영준이가 시키는 일만 가르쳐 주는 그대로 하면 돼! 영준이 자네, 가람이라는 저 친구가 뭘 해야 하는지 확실히 알려줘야 하네! 하하! 자, 어서! 어서!"

아저씨는 싱글벙글거리며 가람이에게 계속해서 옷을 갈아입고 오라고 손짓한다. 어이, 어이! 아저씨! 이러면 곤란하지! 계산은 확실히 해야 할 것 아냐?

"아저씨, 저 녀석 일당은 얼마 쳐주실 거예요?"

"응? 으응? 아, 일당? 잘 쳐줘야지!"

"요령이와 같은 수준은 돼야 해요."

"뭐? 우리가 무슨 초거대 카페인 줄 아냐? 우리는 그냥 시내에 있는 분위기 좋고 조용한 카페일 뿐이야! 요령이에게 주는 만큼은 줘야 한다니! 우리가 돈이 어디 있나! 응?"

이런 반응이 나올 줄 알았어요, 아저씨. 아저씨의 펄쩍 뛰는 듯한 반응에 개의치 않고 나는 차근차근히 아저씨를 설득해 나갔다.

"아저씨, 아저씨, 전에 요령이 들어올 때도 그렇게 말하셨죠? 그리고 결국은 그냥 받아들이셨구요. 그리고 지금 보세요. 요령이가 있었을 때와 없었을 때의 매출 차이를. 아저씨가 더 잘 알다시피 요령이에게 주는 돈을 빼고도 아저씨는 옛날보다 이익이 엄청나게 늘었을 텐데요?"

"아, 물론 그렇긴 하지만……."

"가람이도 마찬가지예요. 저 녀석 얼굴을 보세요. 저게 사람의 얼굴이 맞는지 궁금할 정도죠? TV에서도 저런 얼굴 보기 힘들어요. 고작 시간당 6,000원 아끼려고 아저씨 가게에 굴러 들어온 대박을 버리실 거예요?"

주인 아저씨는 '끄응' 하고 신음 비슷한 소리를 내더니 고개를 끄덕였다.

"흐음… 할 수 없지. 좋네, 돈은 확실히 주겠네만 그전에 일단 일이나 시켜보세. 아까도 말했듯이, 영준이 자네가 무엇을 해야 할지 잘 가르쳐 줘."

"알았어요. 그럼 제가 다 알아서 할 테니까 아저씨는 좀 쉬세요. 늦어서 죄송합니다."

"시급에서 빼면 되는데 뭐가 죄송하나. 그래, 난 좀 들어가서 쉬련다. 그런데 뭐 물어볼 게 있는데."

어이구, 그게 얼마라고 시급에서 빼냐. 수전노.

"예? 뭔데요?"

"너, 혹시 무슨 기획사 같은 곳에서 일하냐?"

"예에? 무슨 소리세요? 그런 데서 일하면 제가 여기서 아르바이트나 하고 있겠어요?"

"흐음, 네 말이 맞다. 그런데 넌 어쩜 그렇게 주위에 사람 놀라게 만들기 딱 좋게 생긴 사람들밖에 없냐? 도대체 쟤네들이랑 넌 무슨 관계냐?"

그 말에 난 씨익 웃으며 대답해 주었다.

"제가 인간 관계가 워낙 좋잖아요. 다들 제 친구예요."

"…인간 관계가 좋다고 한 방금 전의 네 말은 못 들은 걸로 하겠다. 그건 그렇고, 너, 저런 친구들 또 없냐?"

"아직은요."

"흠, 그래? 좋아! 생기면 무조건 또 데려와. 알았지?"

"알았으니까 쉬세요. 안 힘드세요?"

"아참, 쉬려고 했었지? 내 정신 좀 봐."

아저씨는 멋쩍다는 듯 고개를 벅벅 긁으며 바 안쪽에 작게 설치되어 있는 아저씨의 휴게실로 들어가 버렸다. 으음, 그건 그렇고 생각하면 생각할수록 정말 계산이 철저하군. 몇 분이나 지났다고 그걸 시급에서 빼? 나는 고개를 설레설레 저으며 가람이를 데리고 휴게실로 들어가서 캐비닛의 옷을 꺼내 주었다. 그리고 나는 옷걸이가 좋으니까 옷까지 좋아 보인다는 말이 왜 나왔는지를 확실히 알 수 있었다. 에이, 부러워.

"우와—! 오빠, 진짜 잘생겼다—!"

"감사합니다. 주문은?"

"에스, 에스프레소! 그런데 오빠, 진짜 잘생겼다! 핸폰 번호 좀 적어

줘요!"

"…예?"

"핸폰! 핸드폰 번호 좀 적어달라고요!"

그 말에 가람이는 고개를 숙여 메모지에 주문을 적으며 말한다.

"주.문. 에스프레소. 전 핸드폰 없습니다. 반대쪽 분께선?"

그리고 반대쪽의 여자는 자기가 지목당했다는 사실에 얼굴이 빨개져서는 모깃소리만하게 중얼거린다.

"저… 도… 같… 은… 걸… 로… 요……."

우헤헤! 보는 내가 다 웃긴다! 나는 메모지를 급히 넘겨서 맨 뒷페이지를 펴서는 '오늘의 체크: 요령이 vs 가람' 이라고 써놓은 글 아래쪽에 '가람:14' 라고 써 있는 것을 '가람:15' 라고 바꾸며 낄낄댔다. 요령이는 아직 10명인데! 확실히 요즘은 여자애들이 더 당당하다니까. 한 번에 14에서 16으로 바꿀 수 있었는데, 핸드폰 번호 알려달라던 여자의 반대쪽에 앉아 있던 여자가 너무 부끄럼을 많이 타서 가람이에게 '저도 핸드폰 번호 좀 알려주세요' 라는 말을 못했지. 아쉽네, 확실히 제칠 수 있었는데.

가람이가 이곳에서 일한 지 3일이 지났다. 그리고 가람이가 등장한 뒤로 이곳은 완전히 여자들의 집회 장소처럼 되어버렸다. 한 번 왔던 여자는 반드시 또 오고, 게다가 혼자 오는 것이 아니라 친구까지 끌고 오고, 심지어는 인터넷에 '종업원 진짜 끝내주는 카페!' 뭐 이런 글까지 돈다고 한다. 남자들이 요령이를 보러 올 때는 그냥 개인적으로 좋아서 오는 수준이었는데 이건 뭐, 무슨 아이돌 스타의 열성 팬들 같잖아?

"오빠, 제 핸드폰 번호예요. 연락 주세요—!"

나는 한숨을 쉬며 가람이의 팬 숫자를 15에서 16으로 바꾸다가 피식 웃었다. 젠장, 뭐 요령이 때처럼 괜히 화가 나고 질투가 난다거나 하는 건 아니다. 그냥, 지금 난 뭘 하고 있는 거지? 이런 거나 세면서 재밌어 하다니… 하는 생각이 잠시 머리를 스치고 지나갈 뿐. 으으, 나는 지금 뭘 하고 있는 거지? 으으!

끼이익.

유리문이 조용히 열리면서 또다시 한 명의 손님이 들어온다. 호오? 상당히 예쁜데? 날카롭게 생긴 미인인 이번 손님은 패션 컨셉이 '파이어 레드'인가 보다. 불꽃의 색을 연상케 하는 짙고 환한 홍적색의 여인. 붉은 재킷과 붉은 스커트, 붉은 부츠와 짙게 바른 붉은색 루즈. 머리색도 빨갛게 염색했네? 그나마 눈썹을 빨갛게 안 칠했군. 흠, 취향 참 독특하네. 아주 몸을 빨간색으로 도배를 했는데 그래? 그녀는 조용해 보이는 구석의 탁자에 다리를 꼬고 앉더니 입술을 한 번 핥고는 웨이터가 오기를 기다리는 듯 턱을 괴고 우리들이 바쁘게 일하는 모습을 바라본다. 여자 담당은 가람이였지. 가람이는 재빠르게 뛰어가더니 고개를 숙이며 말한다.

"주문하시겠습니까?"

"뭐가 제일 맛있지?"

"사람에 따라 다르지요."

가람이의 말에 그 여자는 흥미롭다는 듯 턱을 들어 가람이의 얼굴을 바라보았다.

"호오, 넌 특이하군. 보통 이렇게 물으면 가장 비싼 걸 추천하곤 하는데."

"전 손님께서 제게 물으신 질문에 가장 적절하게 대답한 것일 뿐입니다."

그 말에 그 여자는 미소 짓더니 붉은 입술을 달싹거리며 칼날처럼 말했다.

"꺼져, 재수없는 자식. 네 옆에 있으면 숨이 막혀 버릴 것 같아. 다른 웨이터 불러와."

"…알았습니다."

가람이는 눈을 가늘게 뜨고 잠시 속으로 가르릉거리는 듯 몸을 떨었지만 아무런 불평을 내뱉지 않고 나에게 다가왔다. 저 여자 왜 저래? 얼굴만 예쁘게 생겼지 성격은 완전히 개떡이네?

"주인, 아무래도 주인이 직접 가야 할 것 같아. 저 여자는 나를 싫어한다."

"하지만 나는 지금 무지하게 바쁜걸. 바닥 걸레질 끝나면 주방으로 들어가서 엄청나게 쌓여 있을 것이 뻔한 설거지도 해야 한다고."

"하지만 주인……."

"요령이에게 말해. 나 지금 정말로 바쁘단 말야. 내가 말해 줄까?"

가람이는 내 말에 문득 생각났다는 듯 고개를 끄덕였다.

"요령이가 있었지, 참. 물론 그녀도 바쁘긴 할 테지만 주문받을 상대가 한 명 더 늘어난다고 짜증을 부리거나 하지는 않겠지… 알려줘서 고맙다, 주인."

그 녀석은 잠시 후 요령이에게 다가가서 무엇인가를 말했고, 요령이는 잠시 짜증을 내며 나를 바라보다가 언짢은 듯 휘적휘적 빨간 옷 입은 여자에게로 걸어가 물었다.

"뭐 드시겠어요?"

그 여자는 다시 고개를 살짝 들어 요령이의 얼굴을 힐끔 쳐다보고는 입을 열었다.

"예쁘게 생겼네? 재수없어. 난 예쁜 것들은 다 재수없더라."

"…뭐 드실 거예요?"

"아침에 송곳을 먹었니? 목소리가 왜 그렇게 날카로워? 나한테 무슨 불만있어?"

요령이는 이 질문에 잠시 기가 막히다는 표정으로 한숨을 푹 쉬더니 궁시렁거리며 말했다.

"없어요! 바빠서 그래요. 주문이나 빨리 해요!"

"짜증나는 계집이군."

빨간 옷의 여자는 그녀의 앞 이마를 가리고 있던 붉은 머리칼을 쓸어 올리며 중얼거렸고, 그 말에 요령이는 마침내 폭발하고야 말았다.

"뭐? 계집? 누구보고 계집이래! 그러는 넌 계집 아냐?"

"물론 나도 계집이야. 누가 뭐래?"

"뭐?"

요령이는 온몸을 부들부들 떨면서 누가 건드리기라도 하면 욕설을 한 바가지는 쏟아 부을 것 같은 얼굴로 계속 뭐라고 중얼거리고 있었다. 이런 젠장, 안 되겠다. 나는 재빨리 요령이의 블라우스의 목 뒷부분을 잡아채서 끌어당긴 후 빨간 옷의 손님의 앞을 가로막으며 말했다.

"이봐요, 손님. 소란을 피우시면 안 되죠. 자, 제가 커피 한 잔 그냥 드릴 테니 기분 푸세요. 뭐가 드시고 싶으세요?"

"넌 또 뭐야? 호, 귀엽게 생겼는데?"

나보고 귀엽게 생겼데! 드디어 내가 잘생겼다는 것을 알아보는 사람이 생겼구나!

"아하하, 감사합니다. 주문은 뭘로… 물론 공짜입니다."

"그럼 가장 비싼 걸로 가져와."

이런, 젠장. 이거 다 내 돈에서 나가는 거란 말이야! 뭐, 나중에 요령이에게 싸움 말려준 대가라고 하고 이자 쳐서 받으면 될 테니 상관없지만. 나는 그녀가 원하는 대로 우리 집에서 가장 비싼, 이름도 외우기 힘든 커피를 가져다 줬고 그걸 받아 든 빨간 옷의 손님은 차갑게 미소 짓더니 커피 잔을 들어 올리며 물었다.

"야, 너. 너, 저기 둘이랑 친하냐?"

"예? 저요?"

"그래, 너. 그럼 이 주위에 또 누가 있니?"

"아, 예… 아하하하… 생각해 보니 그렇군요. 그런데 뭘 물어보셨죠?"

내 질문에 그녀는 잠시 나를 싸늘하게 노려보다가 대답했다.

"너, 저기서 서빙하는 잘생긴 녀석과 재수없게 생긴 계집이랑 친하냐고."

"예? 아, 조금… 왜요?"

"그럼 너, 혹시 뭐 이상한 점 못 느꼈어?"

뭔가 아는 여자인가? 어쨌든 이런 질문엔 잡아떼는 것이 제일이겠지.

"아뇨… 전혀요. 왜 그러시는지?"

내 말에 그녀는 피식 웃더니 대답 대신 혼잣말을 중얼거렸다.

"하긴, 아무런 능력도 가지지 못한 놈이 뭘 느낄 수 있겠어. 물어본 내가 바보였군. 저 남자 녀석과 저 계집, 분명히 이상한데… 설마……."

"저, 손님? 저 가도 돼요?"

"생각하는 데 방해되니까 말 걸지 말고 꺼지든지 말든지 네 마음대로 해. 뭐지? 분명히 뭔가 있어… 하지만 내가 들은 정보와는 다른데…….”

나는 고개를 갸웃하다가 다시 내가 하던 일, 즉 바닥 걸레질을 마무리하기 위해 돌아갔고, 상당히 히스테리컬한 성격의 소유자였던 붉은 옷의 아름다운 손님은 계속 무언가를 중얼거리며 커피 잔을 비우더니 어느 샌가 카페 밖으로 사라져 버렸다. 이상한 손님이야.

어두운 거리. 1시를 향해 치달아가는 시계 바늘과 살을 에는 듯한 칼바람은 거리에 왜 사람이 없는지 이유를 잘 설명해 주는 듯하다. 그렇게 아무도 없는 거리에서 나와 요령이, 그리고 가람이는 집으로 향하고 있었다. 나는 둘의 눈치를 보고, 요령이는 씩씩대고, 가람이는 조용히 앞을 주시하면서. 아무런 오가는 대화없이 말 그대로 조용히.

으으, 너무 조용하니까 분위기가 이상하잖아. 더 추운 것 같아. 분위기를 바꿔야 할 것 같은데. 나는 애써 웃으며 말을 꺼냈다. 무슨 이야기냐고? 화제가 없을 때 꺼내기 가장 쉬운 이야기가 뭐겠어? 당연히 날씨 이야기이지.

"으으으, 춥다. 그렇지? 겨울이 쉽게 안 물러가려고 하네.”

"몰라! 말시키지 마!”

요령이는 뽀로통하게 대답했다. 자식, 아직도 아까 그 이상한 손님 때문에 화가 안 풀렸군? 그래, 그렇다면 화를 내야지.

…가 아니라 왜 나한테 화를 내?

"야! 왜 나한테 화를 내?”

"그걸 몰라서 물어?”

날카로운 요령이의 반문.

"그럼 아는데 내가 미쳤다고 물어보냐?"

"그것도 모르냐? 바보냐?"

"뭐? 바보? 너, 자꾸……."

"왜 화났는지 정말 몰라? 그 싸가지없는 계집애 뺨이라도 한 대 속시원하게 후려쳐 버리려고 했는데 네가 날 뒤로 잡아당기는 바람에 그 계집애에게 욕만 실컷 얻어먹고 아무것도 못했잖아!"

"그럼, 그때 안 말렸으면? 종업원이 손님의 뺨을 쳤다고 하면 그 가게 평판이 어떻게 될지 생각해 봤냐?"

"그래도! 너무 분하잖아! 젠장!"

요령이는 분을 못 참겠는지 발을 쿵쿵 구르더니 달을 향해 고래고래 소리 지르며 발끝에 걸리는 자갈을 그대로 발로 걷어차 버렸다. 따악!

그때였다. 갑자기 온몸에 소름이 쫘악 돋았다. 음, 기분이 갑자기 왜 이러지?

"괜히 죄없는 돌한테 화풀이하지 말고 어디 네 말대로 뺨이라도 한 대 후려쳐 보시지? 할 수 있다면 말야. 오호호!"

갑자기 어디선가 날카로운, 그리고 비꼬는 듯한 말투가 들려왔다. 뭐, 뭐야? 어디에서 들리는 소리지? 우리는 순간적으로 모두 주위를 두리번거렸고, 그런 우리가 한심하다는 듯 목소리는 다시 소름 끼치는 소리로 웃었다.

"옆이야, 옆! 호호!"

"저쪽, 도로 건너편의 여자!"

가람이는 쉰 듯한 목소리로 나직하게 외쳤고 우리는 그 말에 동시에 도로 반대쪽의 거리를 바라보았다.

그곳에는,

달빛으로 더욱 환해 보이는 붉은 여인이 서 있었다.

마치 타오르는 불꽃 같은 아름다운 붉은색의 여인이.

우리를 주시하며.

"뭐야? 아까 그 손님이잖아?"

나는 당황해서 말했고 그 말에 그녀는 깔깔거리며 웃었다. 웃음소리 한번 정말 자지러지는군. 요사스럽게도 웃네.

"호호호호! 그렇게 말하는 넌 귀여운 웨이터가 아니니?"

"넌 누구냐?"

가람이는 으르렁거리며 물었고, 그 말에 불꽃 같은 여인은 쳇소리를 내었다.

"닥쳐, 재수없는 자식아. 너같이 영물 같은 인간만 보면 짜증이 나. 넌 좀 끼지 말아줄래? 내가 관심있는 건 저기 귀여운 신사 옆에 있는 멍청한 계집이야."

날 보고 신사라고? 헷, 기분이 나쁘지는 않군. 그건 그렇고 저 여자, 요령이의 성질을 저런 식으로 멋지게 긁어버리네?

"누가 멍청한 계집이야아아앗!"

"너."

그 여자는 그 질문만 기다렸다는 듯 질문이 끝나자마자 손가락으로 요령이를 콕 찍어 가리켰고, 그래서 요령이는 화가 머리끝까지 나버리고 말았다.

"뭐? 좋아, 여기는 가게 안도 아니겠다, 지나다니는 사람들도 아무도 없겠다. 이리 와! 뺨 한 대만 때리고 모든 것을 잊어줄게!"

그러나 요령의 말에 그 여자는 단지 요령이를 가리켰던 가운데 손가락을 들어 올려서 까딱였다.

"미안하게도 난 너한테 뺨이나 얻어맞자고 온 게 아니라서 말야."

"어차피 싸우려고 온 거 아냐! 이리 와! 세상이 얼마나 만만치 않은지를 확실하게 알려줄 테니!"

"미안하게도 내가 온 목적은 너와 싸우기 위해서가 아냐. 비록 그렇게 될 가능성이 상당히 높기는 하지만."

낌새가 이상하다는 것을 요령이도 눈치 챘나 보다. 하긴, 처음 본 사람에게 폭언을 하고, 그것도 모자라서 새벽 1시에 괜한 시비라… 말이 안 되는 소리지. 그녀의 말에 요령이는 의문 반, 의심 반의 눈빛으로 그녀를 바라보며 물었다.

"뭐? 그… 럼?"

혜진은 놀리듯 대답했다.

"퀴에르가 시켰지롱—"

그리고 요령이는 불쌍하게도 당황해 버렸다.

"…뭐? 퀴, 퀴에르가 누구… 야?"

자식, 연기를 하려면 좀 똑바로 해야지. 그렇게 온몸을 바들바들 떨어가며 얼굴을 잔뜩 찌푸리고 말까지 더듬어대면 바보가 아닌 이상 누가 네가 진짜로 퀴에르를 모른다고 생각하겠냐.

그리고 그녀는 바보가 아님에 분명했다.

"연극을 하려면 똑바로 하시지? 그런 식으로 부인해 봤자 내 눈에는 '내가 퀴에르를 알고 있어!' 라고 말하는 것으로밖에 안 보여, 멍청한 계집아."

으드득.

요령이의 이빨 가는 소리. 그녀는 계속되는 모욕에 이를 악물며 자신의 정면을, 그러니까 붉은색 옷을 입은 여인을 노려보았다. 그리고 그녀는 요령이가 분을 참든 말든 신경 쓰지 않는다는 투로 계속해서 지껄여 댔다.

"너, 카르텔 맞지?"

"누가 카르텔이야… 내 이름은…….'

요령이는 억눌린 목소리로 천천히 대답하다가 갑자기 주춤했고, 그 모습을 바라보던 붉은 여인은 씨익 웃었다.

"그래, 네 이름은? 말을 못하는군. 뻔해. 지어내고 있겠지. 요령이라는 이름은 전에 한 번 사용했었으니 다시 쓰면 들통날 게 뻔하다는 생각에 새 이름을 지어내고 있는 것이겠지? 쓸데없는 걱정에 괜히 마음 고생 하지 마. 그렇게 힘들어서 지어내려고 노력하지 않아도 돼. 난 네가 카르텔이라고 확신하고 있으니까."

"무슨 확신이야… 난… 그 딴 계집이 아냐…….'

화가 머리끝까지 난 상태에서도 어떻게든 자신은 카르텔, 그러니까 요령이가 아니라고 자기 자신까지 비하해 가며 부인하는 요령이. 왠지 불쌍해 보인다…….

"아니라고? 호호호! 아니, 넌 카르텔이 맞아. 10가지 이상의 이유를 말할 수 있지만, 한 가지만 말하자면…….'

"말하자면?"

"난 그 카페에서 손님들이 네게 요령 씨라고 하는 걸 들었어.'

그녀는 이를 드러내며 웃었고 요령은 이를 드러내며 가르릉거렸다.

"동명이인일 수도… 있잖아.'

"네가 카르텔이라는 이유는 그밖에도 얼마든지 더 댈 수 있어. 퀴에르라는 이름을 말했을 때의 네 반응이라든지, 네가 흥분할 때마다 새어

나오는 새카만 암흑의 기운이라든지, 지금처럼 화났을 때 사람이 아닌 고양이처럼 가르랑거린다든지, 얼마든지 있어."

이제 더 이상 속이는 걸 포기했는지 요령이는 순순히 고개를 끄덕였다.

"그래… 서? 좋아, 내가 요령이다. 카르텔이라는 재수없는 이름으로는 부르지 말아줘. 내가 요령이라면 어쩔 건데?"

"퀴에르의 전언이다. 들어라."

갑자기 붉은 여인은 자세를 바로하더니 소름 끼치도록 낮은 목소리로 말했다.

"퀴에르, 돌아오렴. 이 언니는 너를 애타게 기다리고 있단다. 네가 필요해."

"싫다면?"

"퀴에르는 나에게 명령했지. '그 깜찍한 것이 싫다고 하면 목에 개목걸이를 걸어서라도 끌고 와. 죽지 않을 때까지 두들겨 패는 것까지 허락하겠어.'라고 말야."

"…그래? 그럼 내가 싫다고 한다면 너는 나를 죽지 않을 정도로 두들겨 패서 데려가겠군?"

"저항한다면 그러겠지."

"그래? 그럼 내 대답은 이거야. 싫.어."

요령은 딱부러지게 싫다는 태도를 분명히 밝혔고, 그런 그녀의 태도에도 불구하고 혜진은 느물스럽게 웃으며 다시 한 번 물었다.

"에이— 후회할 텐데? 다시 한 번 생각해 보지 그래."

"생각하고 자시고 할 것도 없어. 싫어."

"그래? 그럼 죽지 않을 정도로만 두들겨 패서 끌고 가는 수밖에. 아참, 내 이름은 김혜진이야. 마녀협회 한국지부 소속이지. 어느 정도 위치인지까지는 알 것 없고. 호호호! 지금부터 너를 초죽음으로 만들 사람의 이름이니까 기억해 둬."

그녀의 말에 요령이는 의외라는 듯 고개를 갸우뚱했다.

"…마녀협회가 여기까지 퍼져 있나?"

"자세한 건 비밀이니 꼬치꼬치 캐묻지 말아요~"

붉은색의 마녀 김혜진은 그렇게 말하더니 손을 뻗고는 주문처럼 들리는 이상한 말을 외워대기 시작했다.

"$\Sigma\ \kappa\varphi\zeta\sigma\eta\gamma\xi$……."

"흥, 느려서 어떻게 써먹냐!"

마녀의 주문 외움을 비아냥거리던 요령이는 아무런 주문 없이 손을 하늘로 들었고, 그러자 손끝으로 푸른 빛의 광구가 맺히기 시작했다. 그리고 그 광구가 핸드볼 공만한 크기로 뭉쳐지자 요령이는 손을 휘둘러서 빛덩이를 집어 던져 버렸다.

"이거나 먹고 꺼져 버렷!"

"$\sigma\pi\zeta\Delta\ \Psi$! $\sigma\pi\zeta\Delta\ \Psi$! $\sigma\pi\zeta\Delta\ \Psi$! 지옥의 불꽃!"

갑작스레 커다랗게 세 번의 반복적인 영창 소리가 낭랑하게 울려 퍼졌고, 그 주문이 끝나자마자 그녀의 주위로 엄청난 폭발이 일어났다.

콰아아앙!

"뭐, 뭐야, 이거!"

"까아아악!"

나와 요령이, 그리고 가람이는 모두 순간적으로 얼굴을 가렸고, 그 극렬한 폭발이 잦아드는 듯한 느낌에 고개를 살짝 들어서 폭발이 일어난 곳, 그러니까 혜진이 서 있던 곳을 바라본 나는 숨이 막히도록 놀랄 수밖에 없었다.

허공에 거대한 홍적색의 불꽃이 타오르고 있었던 것이다. 그리고 그 불꽃의 중심에서 김혜진이 웃고 있었다.

저게 말이 돼? 기가 막히도록 놀라 버린 나는 더듬거리며 외쳤다.

"뭐, 뭐야! 사람이 어떻게 불꽃 속에 있지? 저게 말이 돼?"

그리고 들려오는 요령이의 긴장한 듯한 대답.

"말이 돼. 저건 저 계집이 불러낸 불꽃이니까. 꽤 하는가 보군, 지옥의 불꽃을 불러내다니."

그리고 가람이도 무겁게 억눌린 목소리로 나에게 물어왔다.

"주인."

"왜?"

"요령을 돕겠다. 어떻게 생각하나."

"아, 그럼 안 도우려고 했어?"

"주인의 허락이 필요했을 뿐이다. 도우라는 소리로 받아들이겠다."

김혜진은 불꽃 속에서 울림으로 말했다.

─너너희희들들, 다다시시 소소개개하하지지. 나나는는 불불꽃꽃의의 마마녀녀. 영영혼혼의의 대대가가로로 영영원원히히 타타오오르르는는 불불꽃꽃을을 언언은은 자자. 김김혜혜진진이이라라고고 한한다다.

"웃기고 앉아 있네. 왜 소개를 또 하고 그래? 그렇게 불 속에서 메아리로 말하면 자기가 더 멋있게 보이는 줄 아나 보지?"

요령이는 증오를 가득 담은 목소리로 비꼬았다. 뭐 별로 나무라고 싶은 마음은 없어.

"저건 무엇인가?"

"저거라니?"

"저 요사한 계집의 몸 주위에서 낼름거리는 지독하게 더럽고 숨 막히도록 어두운, 요기의 결정체 같은 불꽃을 말하는 것이다."

가람이는 언제나 그렇듯이 조용히, 그리고 무거운 목소리로 물었고 가람이의 질문에 요령이는 약간 골치가 아프다는 듯이 얼굴을 찌푸리며 대답했다.

"저거? 아까도 말했듯이 지옥의 불꽃이야. 불의 왕 플뤼톤과 계약이라도 맺었나? 아니지, 불을 다루는 악마야 발에 채이도록 널렸지. 누구와 계약을 맺었지?"

─사사업업상상 비비밀밀이이라라고고 해해두두지지. 후후훗훗.

그리고 요령이는 질렸다는 듯 두 손을 어깨 위로 들어 올렸다.

"빌어먹을. 하여튼 마녀들은 다들 머저리들이라니까. 도대체 영혼을 팔아서 지옥의 불꽃 같은 파괴의 힘 따위나 얻어서 뭐 하겠다는 거지? 이제 너에게는 영혼의 구원 같은 소리는 시쳇말에 불과하겠지! 미래의 희망을 팔아서 얻었다는 힘 따위가 고작 지금 그렇게 네 몸을 살라먹고 있는 불덩어리냐?"

요령이의 말에 불 속에서 일렁이던 불꽃의 마녀 김혜진은 미간을 살짝 찌푸리더니 억눌린 목소리로 대답했다. 아니, 불꽃이 일렁여서 찡그린 것으로 보였나?

─네네 앞앞가가림림이이나나 잘잘하하시시지지. 그그래래, 넌넌 그그렇렇게게 영영혼혼의의 구구원원에에 대대한한 꿈꿈을을 품품고고 살살아아간간단단 말말이이지지. 하하찮찮은은 버버러러지지 동동물물 주주제제에에 말말야야. 동동물물에에게게 구구원원이이 있있을을 줄줄 아아느느냐냐?

"그래서 우린 인간을 희구하지. 하지만 나에게는 가능성이라도 있어. 인간이 될 가능성. 넌 뭐야? 넌 지금 겉모습만 인간이지 영혼이 텅 비어버린 껍데기뿐 아냐? 사람들이 만드는 마네킹이나 로봇과 네 영적 차이점이 뭐지? 지옥행 티켓을 끊어놨다는 차이인가? 난 말야, 최소한 너처럼 이미 악마에게 영혼을 팔아치워서 지옥으로 갈 타이머나 째깍째깍 돌려대는 한심한 처지는 아니야! 너와는 본질이 다르다구!"

무슨 소리인지 도저히 이해는 안 가지만 하나는 알 수 있을 것 같다. 요령이는 지금 저 마녀를 불쌍하게, 혹은 멍청하게 보고 있다는 것. 그건 그렇고 불덩어리를 계속 보고 있자니 계속해서 뿜어지는 빛과 열 때문에 눈이 무지 아픈걸.

─웃웃기기시시네네. 지지옥옥은은 나나의의 천천국국이이다다. 뜨뜨거거우운 지지옥옥불불이이 이이렇렇게게 따따사사로로운운걸?

"그럼 그 속에서 장작처럼 타오르다 죽어서 지옥으로 떨어져 버려라!"

─너너를를 퀴퀴에에르르에에게게 데데려려간간 후후 한한 백백 년년쯤쯤 더더 살살다다가가 세세상상이이 지지긋긋지지긋긋해해지지면면 고고려려해해 보보지지.

혜진은 계속해서 요령의 독설을 능청스럽게 받아넘겼고 요령이는 혜진의 대답에 더 이상 말을 하지 않고 입술을 지그시 깨물고는 주문을 외기 시작했다.

"어둠 속에서 타오르는 불꽃! 어둠을 살라먹고, 빛으로써 태어나는 태양의 적자이자 불꽃의 도마뱀, 샐러맨더여! 너의 주인이 지금 너의 조력을 구한다!"

말이 끝나기가 무섭게 요령이의 주위로 맺혀드는 불꽃. 그 불꽃은 잠시 요동을 치다가 곧 혀를 낼름거리는 도마뱀의 형상으로 맺히기 시작했고, 요령이는 회심의 미소를 지으며 손가락을 뻗었다.

"가라!"

―웃웃기기시시네네. 천천사사의의 횃횃불불조조차차 이이 지지옥옥의의 불불꽃꽃을을 맞맞불불로로 끌끌 수수 없었다는는 것것은은 잘잘 알알 텐텐데데. 용용암암을을 들들이이부부어어 봐봐라라, 이이게게 꺼꺼지지나나.

혜진은 중얼거리며 손가락을 들어 올렸고, 그러자 그녀의 몸을 휘감으며 용트림치던 불꽃에서 한 갈래의 불줄기가 찢겨져 나오더니 혜진에게 쇄도하는 샐러맨더에게 꽂혀들었다.

콰앙!

"우아악!"

엄청난 충격파다! 젠장! 난 이런 거엔 익숙치 않다고! 나는 나도 모르게 팔로 눈앞을 가려 버렸다. 으으, 저렇게 쉽게 요령이의 공격을 막아내다니! 아참, 그건 그렇고 요령이는 뭘 하고 있지?

"좋아! 그럴 줄 알았어! 그 따위로 막을 줄 알고 있었다고! 그럼 이건 어때?"

요령이는 앙칼지게 소리치며 팔을 위로 올렸다가 교차시켜서 아래로 끌어내리며 장문의 주문을 외우기 시작했다.

"별의 힘을 받는 것은 오망성, 오망성을 이루는 것은 나의 힘, 나의 힘의 원천은 어둠, 어둠의 근원은 빛, 빛이 원을 그릴 때 태양은 미소 짓는다. 태양이 미소 지을 때 달은 눈물 짓는다. 달이 눈물 지으면 별은 빛을 흩뿌린다. 별의 빛에 실린 힘을 받을 때 오망성이 이루어진다. 오망성이 이루어지면 나의 힘이 구현된다……"

―아아까까 네네 말말, 그그대대로로 돌돌려려주주지지. 그그 따따

위위로로 느느려려서서 어어디디다다 써써먹먹냐냐.

혜진은 말이 끝남과 동시에 팔을 뻗으며 네 줄기의 불꽃을 요령이에게 날렸고, 요령이는 자신에게 날아오는 불꽃의 채찍들을 보면서도 눈하나 깜빡하지 않고 점점 큰 소리로 주문을 외워갔다.

"나의 힘이 구현되면 어둠은 커진다! 어둠이 커지면 빛은 원을 그린다! 빛이 원을 그리면 태양은 미소 짓는다! 태양의 오망성─!!"

갑자기 요령이의 발 아래에서 그려지는 빛나는 오망성. 그리고 그발 아래에서 엄청난 빛이 쏟아져 나온다.

파아아아앗!

그러나 그때 이미 불꽃은 요령이의 코앞까지 와 있었다. 젠장! 너무위험해! 저 지옥의 붉은 뱀들은 요령이를 태워 버릴 거라고! 요령이는빛 속에서 눈을 번쩍 뜨더니 날카롭게 외쳤다.

"젠장! 막을 수 없어! 이러단 주문이 취소된다─!"

"허기영결탄!"

갑자기 가람이가 내지르는 고함 소리. 난 재빠르게 가람이 쪽으로고개를 돌렸고, 가람이의 몸 주위의 허공에서 순식간에 다섯 개의 테니스 공 정도의 푸른 빛덩이가 뭉치더니 그중 네 개가 빠른 속도로 요령이에게 다가오는 불꽃을 향해 쏘아져 나가는 것을 볼 수 있었다.

타타타탕!

쾅! 쾅! 쾅! 쾅!

네 개의 불줄기들은 모조리 총알처럼 쏘아져 온 푸른 빛의 공과 부딪쳐서 공중에서 폭발해 버렸다. 나머지 한 발은 어디로 갔지?

쐐애애액!

─깜깜찍찍하하군군!

나머지 한 발은 공기를 휘감으며 혜진에게 돌진하고 있었다. 혜진은 자신을 향해 날아오는 구체를 보고 코웃음을 한번 치더니 손가락을 한번 퉁겼다.

투웅—!

이상한 공기의 부조화스러운 타격음. 허기영결탄은 불덩이에 부딪히기도 전에 스스로 공중에서 소멸해 버렸다. 가람이는 그럴 줄 알았다는 듯 별로 실망한 표정도 짓지 않고 계속 혜진을 중시하며 말했다.

"주문은 취소됐는가?"

얼굴은 혜진을 보고 있지만 저건 요령이에게 한 말이다. 요령이도 그것을 알기 때문에 고개를 가로저으며—물론 가람이가 보고 있지는 않지만 습관상 고개를 저은 것 같았다—대답했다.

"아니, 다행히도."

"그럼 써."

가람이는 약간 다급한 듯이 재촉했고, 요령은 고개를 끄덕이며 외쳤다.

"좋아! 태양의 오망성! 지옥의 불꽃 아래에서 빛나라!"

—그그 주주문문은은 흑흑마마술술인인가가? 아아니니면면 백백마마술술인인가가? 정정령령술술? 상상관관없었어. 네네 쓰쓰레레기기 같같은은 주주술술로로 나나의의 흑흑마마술술을을 짓짓누누르르려려 하하는는가가? 비비웃웃어어주주지지. 네네가가 네네 힘힘으으로로 구구현현하하는는 주주술술과과 판판데데모모니니엄엄에서서 직직접접 보보내내주주는는 힘힘으으로로 엉엉기기는는 주주술술의의 차차이이를를 느느껴껴봐봐라라!

요령이는 혜진이 뭐라고 지껄이든 신경 쓰지 않겠다는 얼굴로 손을 뻗어 혜진을 가리켰고, 곧 그녀의 발 밑으로 요령이의 발 밑에 생긴 것과 똑같이 생긴 오망성이 그려지기 시작했다.

바즈즉.

―호호오오. 꽤꽤 강강한한 힘힘이이 올올라라오오려려 하하는는데데?

혜진은 비웃는 듯한 어투로 그렇게 말하더니 미소 짓고는 손을 하늘로 들어 올렸다가 땅으로 찍어내렸고, 그러자 허공에 요령이에게 쏘았던 것보다 훨씬 큰 불덩어리 다섯 개가 맺히다가 오망성의 꼭짓점 하나하나를 찍어누르며 폭발해 버렸다.

―하하지지만만 이이렇렇게게 막막아아버버리리면 소소용용없없지지.

콰콰콰콰쾅!

오망성은 불꽃들의 폭발과 함께 다섯 꼭짓점 모두 마치 깨진 듯이 끊어져 버렸다. 그리고 요령이는 신음을 흘렸다.

"헉… 제, 젠장! 저런 방법을! 오망성을 부숴 버리다니! 젠장! 이건 비겁하잖아! 이걸 쓰느라 난 지옥의 불꽃에 얻어맞을 뻔했는데! 이렇게 허무하게 깨지다니!"

그리고 혜진은 다시 요사스럽게 웃어댔다.

쳇, 솔직히 조금 재수없군.

―호호호호호호, 역역량량의의 차차이이다다. 마마법법진진을을 이이용용한한 주주술술 최최대대의의 약약점점이이 이이거거지지. 마마법법진진을을 파파괴괴하하면 주주문문은은 이이어어지지지지지 않않는는다다는는 점점. 그그걸걸 생생각각하하지지 못못한한 네네 녀녀석석이이 바바보보인인 셈셈이이지지.

"하지만… 그래도… 이건… 이런 실패는……."

요령이는 눈물까지 글썽일 듯한 표정을 지으며 낙담한 얼굴로 중얼거렸다. 잘 모르겠지만 위로를 해야… 할 것 같은데. 나는 요령이에게 다가서며 입을 열었다.

"요… 령아, 너무……."

"…라고 할 줄 알았냐? 아하하하!"

—…뭐뭐?

"태양의 오망성! 빛나라!"

콰아아아앙! 드드드드득…….

요령이는 의기양양한 미소를 지으며 손을 들어 올렸고, 그러자 갑자기 부서진 오망성이 빛나면서 원래의 모양을 회복하더니 거대한 빛의 기둥이 솟아올랐다.

우아아아! 이, 이건 장난이 아닌데? 이 주위가 온통 울리잖아!

주위의 쇼윈도들이 모두 엄청난 진동에 부르르 떨리고 있었다. 그 쇼윈도들에는 모두 흰색의 기둥이 비치고 있었다. 세상이 백색으로 변해 버린 것 같았다. 그리고 그 엄청난 빛의 물결 속에서 불꽃의 마녀는 귀를 찢는 듯한 날카로운 비명을 질렀다.

—까까아아아아아아아아아아아아악악!

"진짜 마법진은 내 발 밑에 있었다, 이 멍청한 계집아! 네 발 밑에 있던 것은 단지 연결 통로일 뿐이었다고! 깔깔깔! 바보같이, 감히 나를 바보 취급해? 내가 너보다 살아도 수백 년은 더 살았어, 이것아! 설마 아무 생각도 없이 불꽃을 자기 손처럼 다루는 네 녀석에게 마법진을 썼겠냐? 참, 누구를 바보로 알아도 유분수지! 지옥불이 따뜻하면 그 천국의 빛 속은 어떠냐! 안락하지? 호호호호!"

빛 속에서 보이는 검은 실루엣. 더 이상 그녀의 몸 주위에는 불꽃의 그림자 따위는 보이지 않았다. 단지 고통에 몸부림치는 한 여자가 보였을 뿐이다. 불쌍하다…….

"야… 저러다 죽으면 어쩌지?"

"저딴 마녀 따위 죽든지 말든지!"

내 말에 요령이는 눈도 깜박하지 않고 날카롭게 대답했다.

"진짜?"

"……."

으드득.

요령이는 이를 갈았다. 내 눈에는 보였다, '사실 나도 빛 속에서 몸부림치는 저 여자가 죽을까 봐 불안해하고 있다' 고 말하는 듯한 녀석의 어두운 표정이. 착한 녀석이라니까.

요령이는 잠시 손가락을 잘근거리더니 어쩔 수 없다는 듯 한숨을 쉬며 팔을 들어 올렸다 천천히 내렸다. 아니, 내리려고 했다. 가람이의 제지만 없었더라도 아마 그렇게 했을 것이다.

가람이는 내려오는 요령이의 팔을 붙잡고 낮게 말했다.

"하지 마라."

가람이의 차가운 목소리.

"뭐?"

"아직 전투 능력이 남아 있을지 모른다."

가람이의 말에 요령이는 기가 막히다는 표정으로 아까 내가 요령이에게 한 말과 비슷한 어투로 말했다.

"그래서? 죽기 직전까지 저렇게 놔둬야 한다고?"

"주인이 위험할지도 모른다."

"하지만 그렇다고 저렇게 죽든 말든 내버려 두란 말야? 넌 누가 죽는 게 보고 싶니?"

"이 일은 내 취향과는 별개의 문제다. 주인의 안전은 모든 것에 앞선다."

내 말에 요령이는 답답하다는 투로 잠시 뭐라고 멈칫멈칫 말을 하려다가 안 되겠는지 한숨을 쉬며 내게 부탁했다.

"안 되겠군. 영준아!"

"왜?"

"명령해라. '넌 나서지 마라' 하고. 안 그러면 쟤 죽겠다."

요령이는 말하며 턱짓으로 이제 힘이 빠졌는지 약간씩 선 채로 비틀거리기만 하는 마녀의 실루엣을 가리켰고, 나는 고개를 끄덕이며 말했다.

"가람아… 들었지? 명령이야."

가람이는 묵묵히 고개를 끄덕였다.

"그래… 주인. 난 찬성하지 않지만, 명령을 따르는 데는 찬성이나 반대 따위는 성립할 수 없지. 참견하지 않겠다. 요령, 네 하고 싶은 대로 해라."

"바라던 대답이군."

요령이는 손을 천천히 내리며 주먹을 쥐었고, 그러자 승천하는 용처럼 꿈틀거리며 마치 천국을 괴고 있는 기둥처럼 성스럽게 하늘까지 이어져 있던 거대한 빛 기둥이 천천히 사그라들었다.

슈우우우…….

그리고 오망성이 빛나던 자리에는 땅이 움푹 패어 버린 한가운데에서 비틀거리며 불타오르는 눈빛으로 정면을 노려보는 마녀가 서 있었다.

"꼴이 말이 아니군. 안 그래, 불꽃의 마녀 씨?"

"닥쳐."

혜진의 몰골은… 정말 눈 뜨고는 못 봐줄 정도로 참담했다. 백옥 같던 피부는 군데군데 검게 그슬려서 피가 흐르고 있었고, 옷은 마치 누더기처럼 이곳저곳이 찢어져 있었으며, 잘 정돈된 진한 불꽃의 물결 같던 머리는 하늘로 솟구친 채 덤불처럼 마구 헝클어져 있어서 마치 화가 머리끝까지 나서 머리를 꼿꼿이 세운 지옥에서 올라온 악마를 보는 것 같았다.

그녀의 몸 주위를 감으며 유유하게 휘돌던 지옥의 불꽃은 빛의 힘에 소멸했는지 그 흔적조차 보이지 않았다. 그래도 살아 있다니 다행이군. 저런 몰골로 우리에게 덤비지는 못하겠지. 그녀는 비틀거리며 흐느끼는 듯한 목소리로 계속 같은 말을 중얼거렸다.

"죽여 버리겠어… 죽여 버리겠어… 으흑!"

에구, 불쌍해라. 저런 몰골이 되어서… 요령이는 핏 하고 조소처럼 웃음을 흘렸다.

"보내주겠어. 가라. 다시는 날 잡아가겠다느니 하지 말고. 퀴에르에게도 전해. 나는 자유가 좋고 절대 네게 돌아갈 생각 따위는 없으니 날 내버려 두라고 말야."

혜진은 요령의 말에 대답 대신 계속 죽이겠다는 말만 반복해서 내뱉었다.

"죽여 버리겠어… 죽여 버리… 흑… 겠다고… 내 말이 거짓 같아?"

"퀴에르가 난 죽이지 말라고 했다며. 그러니 난 빼줘."

"너에겐 죽음… 보다 더… 한 고통을… 으흑, 고통을 주겠어…….
퀴에르의 명… 령… 어길 수는 없… 흑, 없으니까… 그럴 수는… 두려우니까… 그러나 너의 친구들은… 모두… 죽여 버리겠어……. 퀴에르는 네 친구들을 죽이지… 말라는 말은 하지 않았어…….”

“얼씨구, 그런 모습으로? 어떻게 하려고?”

“나… 흑… 난… 난…….”

“넌 뭐?”

혜진은 계속 어깨를 떨고 작게 흐느끼면서 말을 이어 나갔다.

“이런… 모욕을… 내게…….”

그녀는 울먹이다가 갑자기 몸을 움츠렸다.

투우웅!

잠시 공기를 흔드는 진동음. 그리고 갑자기 땅속에서 거대한 불꽃이 솟아오르더니 그녀를 순식간에 감싸 버렸다.

휘리리릭― 콰앙!

“뭐얏!”

요령이의 날카로운 고함 소리. 그녀는 재빨리 다시 태양의 오망성을 쓰려는 듯 손을 들어 올렸다. 그러나 빛줄기는 솟아오르지 않았고 요령의 얼굴은 사색이 되었다.

―내내… 말말이이… 거거짓짓이이 아아니니었었다고고… 공공포포에 질질린린 네네 눈눈동동자자에 대대고고 똑똑바바로로 말말해해 주주겠겠어어… 죽죽여여 버버리리겠겠다다고고… 흐흐흑흑… 했했어어…….

“젠장! 연결 통로가 끊어졌어! 방금 전에 땅속에서 불길이 솟아오르면서 오망성을 부숴 버렸나 봐! 주문 해제! 빛이여, 나에게로 돌아오라!”

요령은 급하게 몇 번 허공에 문양을 그리다가 절망한 얼굴로 고개를 가로젓고는 주먹을 움켜쥐었다. 그러자 요령의 발 밑에서 밝게 빛나던 오망성이 사라지며 그 오망성을 빛내던 빛이 요령을 감싸 몸 안으로 흡수되듯 스며들었다.

　―한한번번 시시전전한한 지지옥옥의의 불불꽃꽃은은… 언언제제 라라도도 다다시시… 흑흑… 부부를를 수수 있있지지… 흐흐흑흑… 죽죽여여 버버리리겠겠어……

　"젠장! 모두들 나에게서 떨어져! 나를 노릴 게 분명해!"

　요령이는 그렇게 말하며 빠르게 뒤로 물러났다.

　파파파팟!

　어어? 그럼 넌 어쩌려고?

　"요령아!"

　"난 괜찮으니 나에게서 떨어져! 어서!"

　―죽죽어어어어어어어어어어!

　혜진의 찢어지는 듯한 고함 소리. 그리고 그녀의 몸을 휘감고 있던 불꽃 속에서 찢어져 용틀임치다가 갈래갈래 찢어져 춤추는 수십 가닥의 불꽃. 마치 불꽃놀이를 보는 듯한, 어떻게 보면 장엄한, 그러나 저 화려한 불꽃의 파편 하나하나가 살의를 가지고 있다고 생각하면 끔찍한 광경이다. 그녀는 비틀거리며 울먹거리더니 손을 뻗었다.

　―죽죽여여……

　그리고 그 수십 가닥의 불꽃들은 죽음의 혀를 낼름거리며 나에게 쏘아졌다.

　쉬리리리릭!

　…어?

　…이… 게… 뭐야?

　이건 뭔가 잘못됐어……

왜… 내게……?

떨리는 요령이의 목소리.

"내가… 아냐……?"

먼 거리에 있는데도 요령이의 떨리는 목소리가 똑똑히 들리네… 곧
그녀는 목이 터져라 내게 외친다.

"영준아아아! 피해애애앳!"

"어떻게?"

참, 나도 한심해. 이런 상황에서 어떻게 피하냐는 질문이나 하다니.
죽을지도 모르는 상황에서 말야. 나는 피식 웃으며 눈앞을 바라보았
다. 느리게, 정말 느리게, 꿈틀대는 불꽃의 여운의 순간순간을 다 볼
수 있을 정도로 느리게 불꽃들이 나에게 날아오고 있었다.

"주인—! 피해라!"

가람이의 목소리도 음절 하나하나가 각기 다른 느낌으로 들릴 정도
로 내 귀에 느리게 스며 들어왔다. 하아, 가람아, 아무리 너라도 이걸
피한다는 건 불가능할걸. 수십 가닥의 불꽃들을 모조리 피하라니. 어
디로? 어떻게? 사방팔방에서 죽여 버리겠다고 소리치며 내 주위를 온
통 포위한 채로 날아오는 이 불꽃을 어떻게 피하지? 하늘로 날아갈까?
땅으로 꺼질까?

늦었어.

젠장, 어쩌면 좋지?

엎드려 볼까? 하지만 낮게 날아오는 불꽃도 있는데…….

뛰어볼까? 하늘을 뒤덮는 불꽃은 어쩌고?

어떻게 하질 못하겠군……. 나는 허탈한 미소를 지으며 팔을 가슴
위에서 엑스 자로 교차시키고 방어 자세를 취했다. 이러면 조금이나마

덜 아플까? 젠장, 이렇게 자신을 쉽게 포기하는 인간은 내가 가장 싫어하는 스타일인데… 이제 내가 가장 싫어하는 사람의 목록에는 내 이름이 올라가겠군. 하지만 어쩔 수 없잖아, 젠장! 어쩌다 이렇게 되었지? 마음속은 편안했지만 그 편안한 마음의 밑바닥에 깔린 것은 처음 맛보는 체념과 눈물조차 흘릴 수 없을 정도의 공포였다.

죽음에 대한 공포.

이런 건 정말 싫은데.

천천히, 아주 느리게, 그러나 실제로는 빠르게 불꽃들이 내 주위를 휘감고 있었다.

이제 끝이군. 난 눈을 감아버렸다.

"붕천공!"

가람이의 울부짖는 듯한 외침에 난 눈을 번쩍 떴다. 세상이 멈춰 버린 것 같았다. 불꽃들이 무엇인가에 잡혀 있는 듯 공중에 고정되어 있었다. 미약한 진동들만이 내 몸 주위를 감싸고 있었다.

드드득.

너무나도, 너무나도 비현실적인 세상의 정지. 허공에는 아무것도 없지만 동시에 내 주위가 무엇인가로 가득 채워진 느낌이 들기도 했다. 그렇게 잠시 순간적으로 나타났던 비현실적인 사물의 정지가 나타났던 것처럼 순간적으로 사라지고 내 몸 주위를 감싸고 있던 미약한 진동이 사라짐과 동시에 갑자기 하늘이 무너지는 듯한 소리가 들리며 무언가 나를 엄청난 힘으로 짓눌렀다.

꽈아앙!

"끄으윽!"

그리고 나는 그 엄청난 압력에서 오는 고통을 견디지 못하고 주저앉아 버렸다.

우드득.

강제로 꿇어 앉혀져서 그런지 무릎에서 이상한 소리가 들려오는 것 같았다. 그냥 내 느낌인가? 하지만 분명히 무언가가 나를 짓누르고 있긴 하다.

"젠… 장! 이… 이익! 이게 뭐야?"

엄청난 압력 때문에 앉아 있기도 힘들다. 나는 간신히 고개를 들어서 주위를 바라보았다. 귀가 떨어져 나갈 듯한 폭음과 함께 불꽃들이 하나하나 궤도를 바꾸며 땅으로 처박히거나 휘청휘청 날아오다가 공중에서 폭발하고 있었다. 온 세상이 쾅쾅거리는 굉음으로 가득 차버린 것 같다. 세상에 존재하는 소리라곤 오직 폭음밖에 없는 것 같다. 내 주위에 있는 것은 오직 불꽃과 폭발뿐. 불지옥이다! 젠장! 사방이 온통 불티와 연기뿐이잖아! 젠장! 귀가 윙윙거리는군. 이러다 귀가 먹어버리면 어쩌지?

그건 그렇고 어쨌든 이제 난 살았나?

다행이다, 젠장! 정말 죽어버리는 줄 알았네! 제기랄, 손자 손녀 낳고 하도 오래 살아서 살다 살다 지겨워서 벽을 긁으며 하루하루를 보낼 때까지는 절대 죽을 수 없다고! …그건 그렇고 나를 구해준 것은 가람이인가? 나는 가람이를 보고 싶었지만 하늘이 무너지는 듯한 압력은 아직도 나를 짓누르고 있었고, 그래서인지 난 고개를 들고 버티는 것조차 버거웠다.

우득, 빠드득.

젠장, 목이 꺾이는 것 같군. 결국 난 고개를 늘어뜨리고야 말았다.

"영… 준아, 미안해… 미안… 난… 정말… 나를 공격할 줄 알고……."

요령이의 떨리는 목소리. 젠장! 미안하다면 다냐? 난 너 때문에 죽을 뻔했다고! 네가 뒤로 피해서 날 구해주지 못한 걸 탓하는 것은 아냐. 좋아, 그것도 사실 탓하고 싶지만, 네 녀석이 나를 구해줄 의무 따위는 없는 데다 착각이란 누구나 할 수 있는 거니까.

그럼 내가 왜 너를 비난하냐고?

정말 그 이유를 몰라?

애초부터 내가 너를 구해줬기에 이런 일이 생기는 거라고! 젠장!

널 만나지 않았다면 아예 이런 일조차 없었을 거야!

너 때문이야! 너 때문이라고!

난 너 때문에 죽을 뻔했어!

"미안하다면… 으으윽, 젠장. 엄청나게 눌러대는군. 후우, 미안하다 면 다냐? 난 정말로 죽어버리는 줄 알았다. 응? 잠시나마 무기력하게 웃을 수밖에 없는 기분을 느껴야 했던 내 심정을 알아?"

"미안… 미안해… 나도 당황해서… 막아주지 못하고……."

녀석은 계속 물기있는 목소리로 미안하다는 말만 하고 있었다. 하지 만 난 지금 극도로 흥분했다고. 누구를 동정하거나 하고 싶은 기분이 아니란 말야! 지금은 내가 동정받아야 한다고! 나는 그냥 평범한 자취 생이란 말이다! 왜 내가 불을 맞고 죽을 뻔한 위기에 처해야 해? 젠장! 요령이, 너란 녀석에게는 질려 버렸어, 아주! 주인주인 하면서도 매일 같이 기어오르기만 하고 말야! 들러붙어 사는 주제에 매일같이 바락바 락 대들기나 하고! 지금 방금 알았어! 난 네 녀석이 싫어!

…너무 심한 생각인가?

아냐! 젠장! 이걸로도 부족해!

"주인, 괜찮은가?"

난 위에서 짓눌러 대는 답답함 때문에 헉헉대며 간신히 대답했다.

"짓눌러서 납작하게 된 채 죽어버릴 것 같지만, 어쨌든 지금으로썬 괜찮아. 젠장, 이건 네가 한 것인가?"

"그렇다. 붕천공이라고 하지. 주인을 구하기 위해서였다. 이해해다오."

"좋아, 이해해 주지. 그건 그렇고 언제쯤 나는 내 힘으로 대지를 밟을 수 있게 되지?"

"뭐?"

"지금처럼 이렇게 뭐가 위에서 짓눌러대면 대지를 밟을 수 없잖아?"

가람이는 깜박했다는 듯 급히 말했다.

"아, 이제 곧 풀어주겠다."

"제발 그 곧이라는 시간이 빨리 왔으면 좋겠다. 으윽."

"크아아앗!"

콰앙!

─끄끄끄아아아아악!

가람이는 허공에 대고 목이 터져라 외쳤다. 갑자기 엄청난 크기의 신음 소리가 허공에 메아리쳤으며 내 주위를 계속해서 짓누르던 압력은 갑작스레 왔던 것처럼 바로 사라져 버렸다. 그리고 나는 갑자기 엄청난 무게로 짓누르던 압력이 사라진 덕분에 고속으로 떨어지는 놀이 기구를 탄 것과 비슷한, 허공에 부웅 뜨는 기분을 느끼며 멀미감에 구역질을 해야 했다.

"우우웨에엑, 젠장. 뭐야, 도대체. 헉, 헉. 아직도, 땅이 흔들리나?"

나는 주위를 둘러보았다. 내 주위에 깔려 있는 보도블록들이 모조리

박살이 나 있었다. 엄청난 힘으로 짓눌러대서인가? 아니면 불꽃들의 폭발 때문인가. 젠장, 머리는 띵하고 귀는 마치 벌레라도 들어간 듯이 울부짖어 대고, 이거 내 꼴이 말이 아닌데, 그래.

　　—끼끼ㅇㅇㅇㅇ으윽윽… 이이거거 치치워워……

　"대단한데?"

　요령이의 숨 막히는 듯한 목소리와 혜진의 고통스러운 비명. 뭐지? 아까 가람이가 고함을 지르고 나서 저 여자가 비명을 질렀으니. 역시 가람이가 한 짓인가?

　"그르르르……"

　가람이는 이를 드러내며 계속해서 목울림으로 나직하게, 마치 화가 머리끝까지 난 개처럼 짖고 있었고, 그 녀석의 몸은 작게 진동하고 있었다. 그리고 그 녀석이 뚫어져라 노려보는 혜진은 무릎을 꿇지 않기 위해 필사적으로 비틀거리다 땅을 짚으며 계속 고통스러운 신음을 내지르고 있었다. 그녀의 몸 주위에서 꿈틀거리는 불꽃은 마치 바람 앞의 촛불처럼 미친 듯이 펄럭이며 더 이상 그녀를 감싸지도 못한 채 바닥에 바짝 깔려 버렸다. 꼴 좋군. 제기랄! 계집, 나를 죽이려 했겠다. 난 너를 동정했었는데 말야. 넌 당해도 싸.

　　—끼끼ㅇㅇㅇㅇ… 치치우우란란 말말이이다… 이이거거……

　그녀의 숨 막히는 듯한 목소리. 혜진이 지금 당하는 기술, 가람이가 아까 내게 걸었던 주술인가 보다. 넓은 지역을 엄청난 힘의 공간으로 만들어서 마치 하늘이 무너지는 것 같은 압력으로 상대방과 그 주위를 짓눌러 버리지. 아, 물론 내 추측이다. 맞는지 틀리는지는 모르겠어.

　"중력장 계열의 기술인가? 하지만 저 정도로 강하다니… 멍멍이, 아니, 가람이 녀석도 꽤 하나 본데?"

요령이는 계속해서 놀란 듯이 중얼거렸다. 듣기 싫어, 네 목소리 따위. 그러니 말하지 말아라. 젠장, 사람이 미워지려면 순간이라더니, 정말인가 보다. 방금 전에 죽을 뻔했다는 이유 하나로 사람이 저렇게 보기 싫어지다니. 물론, 저 녀석은 저 녀석이 나와 말장난할 때 자주 하는 말처럼 사람이 아니라 빌어먹을 고양이이긴 하지만.

─ㄲㄲㅇㅇㅇㅇ… 치치워워… 나나를를 구구속속하지지 마마… 누누르르지지 마마… 누누구구도도 나나를를 무무릎릎 꿇꿇릴릴 수수는는 없없어어…….

그녀는 부들거리며 절망한 듯이 얼굴을 감쌌고, 요령이는 숨을 격하게 들이쉬었으며, 가람이는 단지 차갑게 노려보며 더욱 기합을 주는 듯 몸을 바짝 경직시켰다. 그때.

─치치우우라라고고 말말했했어어!

쾅아앙!

아무 힘도 없이 바닥에서 힘없이 펄럭이던 지옥의 불꽃이 갑자기 석유를 들이부은 듯이 무서운 기세로 타오르기 시작했다.

퍼엉! 화르르륵!

"젠장! 발악을 하는군!"

가람이는 이를 아드득 악물더니 더욱 힘을 주는 듯 팔을 쭉 펴서 아래로 짓눌렀다. 아니, 누르려 했다.

그러나 팔은 내려가지 않았다. 혜진은 극도로 날카로운 목소리로 계속 반복해서 외쳤다.

─치치우우라라고고 말말했했어어! 치치우우라라고고 말말했했다다고고! 내내 말말을을 무무시시할할 권권리리 따따위위는는 너너희희들들에에겐겐 없없어어!

불꽃은 점점 더 크게 타올랐다. 그리고 가람이의 손도 점점 더 위로 들려 올려지고 있었다. 가람이는 얼굴을 찌푸리며 어떻게든 손을 아래로 내리려 허공을 짓눌렀으나 소용없었다.

—치치워워. 치치워워. 치치워워! 치치우우라라고고!!

혜진의 목소리가 점점 더 날카로워지고 있었다. 그리고 불꽃은 이제 점차 회전하더니 그녀의 몸을 중심으로 한 반구를 그리기 시작했다. 마치 작은 태양을 보는 듯하군. 그러나 저렇게 어두운 빛을 뿜어내는 태양은 없지.

—치치워워!

콰아아앙!

불꽃의 반구는 잠시 가람이의 술법에 억눌린 듯 꿈틀거리면서 허공에 그대로 맺혀 있었으나, 곧 폭발하듯 불어나면서 엄청난 속도로 사방으로 퍼져 나갔다. 난 느낄 수 있었다. 저것은 무엇을 밀어내는 행위인지. 아마도 가람이가 그들에게 가하는 무형의 기운이겠지.

"젠장! 밀려났다!"

타악!

정말로 그런 소리가 난 것은 아니지만 마치 무언가가 튕기는 듯한 소리가 나는 느낌이 들었다. 가람이의 팔이 무언가에 튕긴 듯이 하늘로 솟아올랐던 것이다. 그리고 혜진은 불꽃의 반구에 휩싸인 채로 그렇게 잠시 우리를 바라보았다.

—나나를를 고고작작 그그런런 주주술술 따따위위로로 억억압압하하려려……

"우아아악! 이렇게 된 이상 불꽃과 함께 폭발해라! 하늘이여! 다시 한 번 무너져라!"

ㄱㅁ 고양이

그 녀석은 갑자기 튕겨 올라서 하늘을 향해 치켜들려 있던 팔을 아래로 눌러 버렸다. 그리고 눈에 보이지는 않았지만 엄청난 질량감이 느껴지며 급작스럽게 엄청난 진동이 땅을 향해 나에게 울려 퍼졌다.

젠장! 지진인가? 이건 또 뭐야!

꾸웅! 드드드득…….

콘크리트가 원을 그리며 굉음과 함께 바닥으로 움푹 꺼져 버렸다. 그리고 그 원의 중심에는 혜진이 있었다. 그녀의 주위를 둘러싼 작은 지옥의 태양과 함께. 그 지옥의 불꽃이 마치 보호막처럼 이루고 있는 반원형의 모양은 지금 심하게 일그러지고 있었다. 아까와는 정반대이군. 아까는 불꽃이 가람이의 힘을 밀어내더니, 이제 가람이의 힘이 불꽃을 역으로 짓누르고 있네. 가람이가 순간적으로 온 힘을 다해서 짓누르자 혜진은 적잖이 당황했나 보다.

—하하지지 마마! 불불꽃꽃이이 폭폭발발…….

번쩍!

오렌지 빛 섬광이 순간적으로 내 시야를 가렸고 난 너무 밝아서 눈을 감았다.

콰아아아아앙!

혜진의 말이 미처 끝나기도 전에 불꽃은 엄청난 섬광과 굉음을 내며 폭발해 버렸고, 내가 눈을 떴을 때는 폭발의 영향 때문인지 콘크리트는 이제 지글거리며 녹아 흐르기 시작했다. 엄청난데! 도대체 저 불꽃이 어느 정도의 열기를 가지고 있었던 거야? 혜진은 폭발의 충격파에 휩쓸렸는지 쓰러질 듯이 비틀거리고 있었다.

—크크아아악! 이이땐딴 불불꽃꽃 따따위위 몇몇 번번이이라라도도…….

"하압!"

가람이의 짧은 기합 소리. 가람이의 손에는 흰색 기운이 엉겨 있었다. 가람이는 그렇게 손에 마치 권투 글러브처럼 푸른 빛을 뭉치고선 마치 총알처럼 엄청난 속도로 혜진을 향해 튀어 나갔다.

뭐 하려고 그러는 거야?

"제기랄! 불덩어리를 상대로 육탄전을 하려 하다니! 그만둬, 멍청한 자식아!"

요령이의 고함 소리. 누가 누구를 보고 멍청하다고? 쳇, 관두자, 관둬. 하아, 이렇게 마음을 나쁘게 먹으면 안 되는데. 하지만 아까 너무 충격을 크게 받아서 그런지 몰라도 요령이의 모습, 요령이의 목소리, 모든 것이 내게 짜증으로만 다가온다. 제기랄, 이제 더 이상 네 녀석이 예쁘게 보이지 않는다는 소리다, 요령아. 이해가 가냐?

─하하! 나나에에게게 덤덤비비시시겠겠다다? 주주먹먹으으로로? 좋좋아아! 해해보보자자!

그녀는 말을 마치고 곧장 다시 한 번 주먹을 불끈 쥐고 손을 하늘로 치켜 올렸다. 곧 다시금 땅속에서 불줄기들이 치솟아올랐다.

쾅! 쾅! 쾅!

그 불꽃들이 아까처럼 그녀를 휘돌아 감싸는 데는 그리 오랜 시간이 걸리지 않았다.

"핫!"

가람이의 기합 소리. 젠장! 넌 개잖아! 사람의 몸이 익숙하지조차 않을 텐데, 고작 이상한 기운으로 둘러싸인 주먹 두 개로 이 상황을 헤쳐 나가겠다고? 무모해! 너무 무모하다고!!

─받받아아라라!

72 고양이

가람이의 오른쪽으로 빙 돌아서 치고 들어오는 불꽃. 그 녀석은 그대로 주먹을 빠르게 휘둘러서는 그대로 불꽃을 쳐냈고, 불꽃은 순식간에 굉음과 함께 사라졌다.

―호호오오? 대대단단하하군군. 하하지지만만 네네 녀녀석석이이 내내 앞앞에에 오오기기 전전에에 넌넌 죽죽는는다다…….

혜진이 이 말을 마쳤을 때, 가람이는 이미 혜진의 앞에 서 있었다.

―허허억억!

당황한 혜진은 짧은 비명 소리와 함께 손을 휘둘렀다. 한줄기 불꽃이 다시금 가람이의 오른쪽으로 파고들고 있었다. 그러나 그 녀석은 오른팔로 빠르게 그 불꽃을 막으며 왼 주먹을 뻗었고 혜진은 재빠르게 몸을 뒤로 빼서 간신히 가람이의 주먹을 피했다. 그러나 가람이가 다음 주먹을 뻗어내는 속도가 뒤로 물러나는 혜진의 몸보다 훨씬 빨랐다.

―젠젠장장!

"핫!"

퍼엉!

무엇인가 부딪치는 느낌, 그리고 폭음. 혜진은 비틀거리며 뒤로 물러섰고, 가람은 담담하게 계속해서 주먹을 교차시키며 휘둘렀다.

―으으윽윽! 주주먹먹 한한 발발 따따위위야야 지지옥옥의의 불불꽃꽃으으로로…….

"한 발이라면 그렇겠지."

대단하다! 주먹을 뻗으며 동시에 오른쪽을 막는다. 그리고 뒤로 돌며 발을 뻗어서 찌른다.

퍼엉!

이걸 얻어맞고 또다시 뒤로 물러서는 혜진에게 다시 세 번 연속해서 주먹을 날린다.

콰콰쾅!

그리고 계속해서 회전하며 주먹, 발. 화려한 권과 각의 향연이 펼쳐지고 있었다. 오직 들리는 것은 가람이의 주먹과 발에 맞아 소멸되고 폭발하는 지옥의 불꽃의 소리였다. 가람아, 권법은 언제 배운 거야 도대체? 저건… 정말 대단하군!

콰앙! 쾅! 쾅! 쾅!

―제제기기랄랄!

비틀거리던 혜진의 고함 소리. 갑자기 그녀가 입술을 악물었다. 그리고 그 모습을 바라보던 요령이가 손을 들어 올리며 외쳤다. 그녀의 손바닥 위에서 푸른 기운이 뭉치기 시작했다.

"피해! 불꽃을 폭파시킨다! 일단 피해!"

뭐야? 쏘려면 지금 쏘지 왜 가람이에게 피하라고 하는 거야? 지금 쏘라고! 지금!! 네 쓸모없는 힘이나마 조금이라도 도움되게 할 수 있는 순간이 지금이야! 그걸 쏴서 정신을 흐뜨리란 말이야!!

―하하압!

짧은 기합 소리. 그리고 엄청난 폭발.

꽈웅!

아까 전의 가람이의 힘과 혜진의 힘이 정면으로 부딪쳐서 일어난 폭발보다는 덜하지만 역시 굉장한 폭발이다. 젠장! 저런 걸 피하라고? 어떻게! 가람아!

"가람아!"

"받아랏!"

요령이는 고함을 지르며 손 위에 뭉친 구체를 집어 던졌다. 이제 와서? 제기랄! 가람이가 당한 다음에? 그리고 저 여자의 몸 주위는 불꽃이 언제나 감싸고 있다고! 네 녀석의 그 잡스러운 공격 따위에 꿈쩍이나 할 것 같아?

꽈우우웅!

"끼약!"

엇? 뭐야? 저 비명은? 설마 저런 잡스러운 공격을 맞은 거야? 곧 폭음의 진동과 연기가 사라지고 입에서 피를 주룩 흘리는 혜진의 모습이 드러났다. 맞았나 본데? 하지만 불꽃이 몸을 감싸고 있을 텐데?

"앙큼한… 것! 쿨럭! 불꽃을 폭발시킨 틈을 이용해서 공격하다니… 젠장! 지옥의 불……."

아, 그렇구나! 불꽃은 방금 터뜨렸으니 불꽃이 있을 리가 없지! 요령이는 그 틈을 이용한 것이군! 그녀는 비틀거리며 지옥 운운하더니 다시 손을 들어 올렸다. 또 불꽃을 부르려고? 지긋지긋하다! 하지만 막을 수 없잖아! 그때 갑자기 가람이가 팟! 하고 그녀의 눈앞에서 나타났다. 마치 하늘에서 떨어진 듯이. 그는 빠르게 나타난 것처럼 빠르게 한 바퀴 휘돌면서 다리로 땅을 좌악! 하고 훑어서 그녀의 다리를 걸어버렸다.

휘익― 탁!

그리고 그녀는 볼품없이 땅에 굴러 버렸다.

콰당!

"아아악! 콜록콜록!"

혜진은 넘어질 때의 충격 때문인지 격렬한 기침을 해대며 바닥에서 뒹굴었다. 처참하군. 온몸은 흙투성이에, 군데군데 피가 흐르고, 옷은 검게 그슬린 몰골로 바닥에 쓰러져서 버느적거리는 모습이라니. 그녀는 히스테리컬하게 소리를 질러대기 시작했다.

"까아이아이악! 나를 쓰러뜨렸어! 감히! 이 나를! 너희들이! 감히! 나를! 까아악! 죽여 버리겠어! 죽여 버리겠어어!"

불꽃이 없는 그녀의 목소리에서 더 이상 메아리 따위는 느껴지지 않았다. 그녀는 팔을 짚고 부들거리며 일어서려 했다. 그러나 가람이는 절대로 그것을 용납하지 않겠다는 듯이 다시 팔을 탁! 하고 걸어서 다시 쓰러뜨리고는 그녀의 머리 위쪽에 손바닥을 들어 올렸다.

우우웅—

그의 손바닥에 백색 기운이 점차 뭉치기 시작했고, 그 기운은 금방이라도 혜진에게로 쏟아져 나갈 듯이 거칠게 일렁거렸다. 그는 그 상태로 무색의 음성으로 혜진에게 경고했다.

"허락없이 일어나면 넌 죽는다."

멈칫, 가람이의 폭언에 그녀는 순간적으로 눈을 크게 뜨며 다시금 팔을 땅에 짚으며 일어서려던 동작을 급히 멈췄다.

"날… 죽여? 하! 네놈 따위가? 젠장, 이거 빌어먹을 정도로 짜증나는데? 네 깟 놈이 뭔데 감히 내 옷에 흙을 묻게 하더니 이젠 나한테 이래라저래라야?"

"지금 넌 그런 말을 할 처지가 아닐 텐데."

강압적인 가람이의 태도. 결국 그녀는 고개를 가로젓더니 물었다.

"좋아, 일어나지만 않으면 죽지 않는 건가?"

"물론 네가 그 지옥의 불꽃인가 하는 것을 땅에서 이끌어내도 네 머리에는 내 영기가 꽂힌다. 이 기의 덩어리가 내 손에서 네 머리까지 가는 시간보다 네가 지옥에서 여기까지 더욱 빨리 불꽃을 끌어올 자신이 있다면 해봐."

"차가우시군."

그녀는 별수없다는 표정으로 왼쪽 볼을 어깨에 대고 누워 있는 모습 그대로 어깨를 으쓱하고 들어 올렸다. 그녀의 입에서는 한줄기 선혈이 흐르고 있었지만 그녀는 신경 쓰지 않는다는 투였다. 감정 기복이 정말 심하군. 방금 전까지는 마치 미쳐 버리기라도 한 것처럼 기성을 질러대더니 그때부터 시간이 지나봐야 얼마나 지났다고 한숨을 쉬며 고개를 저어버리나?

"이제 날 어쩔 거야?"

혜진의 말에 가람은 되물었다.

"어떻게 할까?"

"하? 일단 잡아놓고 나서 어떻게 할지 생각해 보겠다는 거군, 그래? 좋아, 하지만 난 바쁜 사람이야. 빨리 결정해야 할걸."

으음, 대화가 전개되는 상황을 보고 있자니 별로 내가 끼어들 만한 구석은 없는걸? 하지만 난 당사자야. 죽을 뻔했다고. 끼어들을 구석이 없으면 내가 만들어서라도 끼어들어야겠다.

나는 비틀거리며 일어서서 혜진과 가람이의 사이로 비척비척 걸어갔고 그런 나를 보던 요령이도 내 뒤를 졸졸 따라왔다. 따라오지 마, 짜증나니까. 어쨌든 그렇게 뜨거운 열기로 녹다가 굳어버리고 폭발에 이곳저곳이 패이고 깨져 버린 어두운 밤의 검은 도로를 건너서 반대쪽 도로의 볼품없이 쓰러져 있는 혜진에게로 다가간 나는 나를 보며 희미하게 미소를 짓는 그녀의 얼굴 앞쪽에 쪼그리고 앉아서 말했다.

"이봐요, 아가씨?"

"왜 부르니, 청년? 그건 그렇고 너 참 대단한 친구들을 두고 있구나. 사람으로 변신한 고양이에, 재수없는 도사 녀석에… 설마 너도 이 재수

없는 녀석들처럼 뭔가 능력이 있니? 아참참참, 미안, 너에게 그런 능력 따위가 있을 리 없지. 생각해 보니 너는 아까 내가 불꽃을 쏘자 얼이 빠져 가지고서는 부들부들 떨고 있었어. 호호! 미안, 아픈 데를 찔러서. 하지만 궁금한 게 있는데, 그렇게 해서 네 한 목숨 제대로……."

쫘아악!

그녀의 말은 더 이어지지 못했다. 내가 뺨을 짜악! 하는 소리가 날 정도로 호되게 후려쳐 버린 것이다. 네 성격으로 보아하니 태어나서 뺨 맞아본 건 처음일걸? 아우, 시원해. 그녀는 잠시 눈에 불이 번쩍 하는 표정을 짓더니 날 보며 멍한 얼굴로 중얼거렸다.

"이, 이게……."

"날 죽이려던 사람에게 이 정도 복수는 싼 거죠. 그렇죠?"

"감… 감히… 내 뺨을 쳐?"

쫘아아악!

그녀는 반대쪽 뺨을 얻어맞고 다시금 잠시 멍한 표정을 짓다가 이번에는 증오의 눈빛으로 우리 둘을 노려보았다. 하, 노려보면 어쩔 건데? 양쪽 뺨이 벌게서 나를 죽일 듯이 노려보는 먼지와 피투성이의 그녀의 얼굴은 약간 우스꽝스러웠고, 그래서 나는 실실 웃으며 되물었다.

"생각해 보니 역시 목숨을 잃을 뻔했던 죽음의 공포에 대한 값으로 뺨 한 대는 너무 싸죠?"

그녀의 기준에서는 그렇게 싸진 않았나 보다. 뭘, 뺨 두 대면 싸지.

"이 자식이 감히 내 뺨을 쳐! 그것도 두 대씩이나! 이 빌어먹을 놈! 죽여 버리겠어!"

혜진은 당장이라도 일어나서 내 목을 조를 듯이 팔을 버느적거렸지만 곧 그 행동을 그만둬야 한다는 것을 알고는 증오에 찬 눈빛으로 나를 노려보았다. 가람이가 머리 위에서 기의 덩어리를 진동시킨 것이다. 곧 부드러운, 그러나 공격적 의지가 뚜렷한 소리가 이 주위를 온통 뒤덮었다.

우우우웅…….

"빌어먹을. 알았으니 그 소리 좀 집어치워. 콜록콜록!"

그녀는 다시 입에서 선혈을 뿌리며 독하게 중얼거렸고, 나는 그녀의 입에서 튀어나오는 핏방울을 맞지 않기 위해서 쪼그린 채로 폴짝 뛰어서 뒤로 물러났다. 그때 뒤에서 요령이가 조용하게 물었다.

"여기서 놓아준다면 어떻게 할 거지? 또 나를 따라올 거야?"

혜진은 짜증이 난다는 듯 오만상을 찌푸리며 신경질적으로 대답했다.

"당연하지, 머저리 같은 계집아."

"나를 그 딴 식으로 한 번만 더 불러보시지? 입을 뭉개놓을 테니. 왜? 또 불러봐?"

"…제길……."

혜진은 잠시 침묵하더니 풀이 죽은 얼굴로 고개를 푸욱 숙였다. 쩝, 저렇게 풀이 죽어 있는 모습을 보니 괜히 또 뺨을 때린 게 미안해지네. 그녀는 그렇게 잠시 땅을 묵묵히 바라보더니 입을 열었다.

"아까 뺨을 맞을 때 입술이 터졌나? 아니면 이 녀석들이랑 싸우면서 속에 상처를 입었나? 헤에, 입에서 피가 줄줄줄… 흐르네… 줄줄줄… 줄줄줄."

"이봐요, 괜찮은 거예요? 뺨 때린 건 미안하게 됐어요. 하지만……."

"아아, 상관없어. 어차피 내가 먼저 공격했는걸. 그보다 너, 내 피가 보이지?"

"아, 에에."

"차암… 붉구나. 그치? 너… 피가 왜 붉은지 아니?"

"피가 왜 붉냐고요?"

피가 왜 붉냐고? 으음… 과학 시간마다 자서 잘 모르겠지만 피가 붉은 이유는… 음… 피의 대부분을 차지하는 적혈구의 색이 붉으니까… 으음, 아닌가? 아니면… 혈소판 때문? 으음, 헤모글로빈 때문인 것도 같았는데 헤모글로빈이 적혈구 속에 있으니까… 으아악! 모르겠다! 나는 머리를 벅벅 긁으며 전혀 모르겠다는 표정으로 고개를 휘저었고, 그런 나를 보던 그녀는 왼쪽 검지손가락을 들어 올리더니 천천히 자신이 그린 피로 꼼지락꼼지락 낙서를 하면서 중얼거렸다.

"모르는구나… 피가 붉은 이유는 말야… 피는 영혼의 노래… 영혼의 정열… 사랑… 꿈… 희망… 절망… 고통… 슬픔… 모든 것은 피 속에… 피는 사람의 영혼의 대리자… 피는 인간의 의지의 증명자… 인간의 피는 지옥의 악마조차 눈물 맺게 한다……."

으응? 어쩌다 이야기가 이렇게 흐르지? 원래 시작은 '피가 왜 붉은가' 라는 질문에 대한 대답 아니었나? 나는 제지하려 했으나 그녀의 중얼거림은 마치 노래처럼 끊길 듯 끊길 듯이 이어지며 나에게 끝없는 애처로움과 슬픔, 그리고 나른한 기분을 느끼게 했고, 그래서 난 그녀의 중얼거림을 멈추게 한다는 데 약간의 거부감을 느끼며 그녀의 노래 같은, 흐느낌 같은 중얼거림을 끊으려는 것을 그만두어야 했다.

"…그렇기에… 피는 악마를 부른다… 악마는… 피를 매개로 지상에 힘을 보낸다… 그렇기에… 나 지금 피로써……."

그런데 점점 말의 내용이 정말 이상해지네… 악마가 피를 매개로 지상에 힘을 보내는 것이 피가 붉은 이유와 무슨 상관이지?

서, 설마? 지금 중얼거리는 게 나에게 해주는 말이 아니라… 에이,
설마!

"나 지금 피로써 그대의 힘을 부르노니… 내게 힘을 다오……."

그때 갑자기 요령이가 눈을 크게 뜨며 말했다.

"어? 지금 그건?"

그때 터져 나온 혜진의 날카로운 외침.

"블러디 랩소디!"

피의 광시곡이라는 외침은 허공을 울렸고 동시에 화르륵! 하는 소리
가 나며 혜진이 피로 그린 낙서가 순식간에 불타 버리면서 허공에 거
대한 불꽃의 구가 맺히더니 가람이에게로 꽂혔다.

콰아아앙!

"크으윽!"

가람이의 짧은 비명 소리와 그 비명 소리를 순식간에 묻어버린 폭
음. 허공에서 맺힌 그 불꽃의 그 충격파는 가람이 주위의 모두를 튕겨
나가게 하기에 충분했고, 그래서 나는 볼품없이 한참을 데굴데굴 굴러
야 했다.

제기랄! 방금 전의 그 이상한 읊조림은 역시 피가 붉은 이유에 대한
멍청하고 쓸모없는 중얼거림이 아니라 불꽃을 불러내는 주술이었어!
제길! 그럼 처음에 손가락으로 피를 잉크 삼아 끄적이던 낙서도 사실
은 마법진이나 주문 같은 것이었겠군! 멍청하게 그런 초보적인 속임수
에 속아 넘어가다니! 하긴, 나야 주문을 들어도 그게 주문인지, 마법진
을 보아도 그게 마법진인지 알 수 있을 리가 없지만 말야. 그럼 가람이
나 요령이, 너희들이라도 눈치 챘어야 하는 거 아냐?

"쿨럭쿨럭! 쿠웨엑! 제기랄! 어지러워 뒈지겠군! 허억, 허어억!"

나는 미친 듯이 쿨럭거리며 고개를 들어 주위를 둘러보았다. 내 시선의 정면에는 역시 폭발의 풍압으로 저 멀리까지 튕겨 나가 버린 혜진이 있었고, 내 왼쪽에는 폭발에서 쏟아지는 압력을 견뎌내었는지 두 팔을 엑스 자로 교차시키고 다리를 휘청이며 서 있는 요령이가 보였다. 그리고 내 오른쪽엔 저 멀리에서 나처럼 볼품없이 뒹굴고 있는 가람이가 보였다.

이런 젠장!

"우왓! 가람이가! 젠장! 가람아! 괜찮냐!"

불쌍하게도 가람이는 새까맣게 그슬려 있었다. 아프겠네, 젠장!

"괜찮… 습니다, 주인… 허억, 후우우……."

"야, 임마! 괜찮다는 녀석이 그렇게 말도 못하면서 헛숨만 쉬어대냐!"

"정말… 괜찮… 습니다. 후우, 하아아, 저 요사한 마녀가 불러들인 불꽃에 얻어맞기 직전에 손에 뭉쳐 놓았던 영기와 혹시 몰라 단전에 뭉쳐 두었던 영기를 모조리 뿌려서 기의 방어막을 쳤습니다. 그래도 역시 저 공격이 너무 강한지라 충격을 아주 상쇄시킬 수는 없더군요. 그래서 저 폭발의 충격으로 튕겨나가기는 했지만 역시 제 기의 막과 한번 부딪친 공격이라 생각보다는 충격이 크지 않더군요……."

그 녀석은 땅을 짚으며 천천히 일어서더니 그렇게 나에게 자신이 괜찮다는 것을 알아듣지 못할 말들로 힘겹게 설명한 후 혜진을 바라보았다. 혜진은 아직도 땅에 넘어져 있었다. 지금까지 계속해서 격심한 대결로 인해 몸에 심한 상처를 많이 받은 데다 방금 전의 폭발의 충격까지 가까이에서 받았기 때문인지 그녀는 쉽게 몸을 일으키지 못하는 듯했다. 그녀는 차갑게 낄낄대더니 누워 있는 상태 그대로 중얼거렸다.

"크으윽, 하아, 하아. 내가 지옥의 불… 꽃만 사용할 줄 아는 멍청이 인 줄로 알았나? 마녀라면 최소한 흑마술 몇 개 정도는 할 줄 알아야지… 콜록, 그건 그렇고 몸 상태가 엉망이군. 제기랄, 이런 상태로는 카르텔, 저 싸가지없는 고양이를 데려가지 못하겠는데? 쳇, 저 계집을 조금 괴롭혀 준 뒤 퀴에르에게 보내서 점수 좀 딸까 했더니 최소한 이번에는 틀린 것 같군. 운 좋은 줄 알아, 이 계집아."

그녀는 비틀거리며 일어섰다. 가람이도 이제는 힘이 다 빠졌는지 그 모습을 뻔히 보면서도 단전 부근에 양손을 올리고 힘을 모으는 듯한 자세를 취할 뿐 혜진이 일어서는 것을 제지하지는 않았다. 하긴, 아무리 자기 입으로는 괜찮다고 하지만 그 큰 불덩이를 얻어맞았는데 괜찮을 리가 있나. 결국 우리는 혜진이 다시 일어서는 모습을 멀뚱히 바라보기만 했고 그녀는 결국 휘청휘청하면서도 용케 똑바로 선 뒤 만면에 힘이 모두 소진된 자신이 일어나는 것조차 말리지 못한 우리들을 비웃는 듯한 냉랭한 미소를 지었다.

"이제 난 가야겠어……. 휴우, 나중에, 다시 올 테니 기다리라고."

순간.

피잉!

주르륵.

혜진의 왼쪽 귀의 끝 부분이 예리하게 베어지며 아주 작게 피 한 방울이 흘렀다. 요령이었다. 요령이는 마치 권총처럼 손가락을 하나 들어 올려서 혜진을 겨누며 말했다.

"어딜 가시려고 그러나?"

혜진은 갑작스러운 요령의 도발에 굳어버린 얼굴로 입을 약간 벌리고 숨을 작게 내쉬며 정면의 요령이를 눈을 크게 뜨고 바라보다가, 간신히 손가락을 들어서 왼쪽의 귀를 살짝 쓰다듬고는 작게 떨면서 손가락을 들어 올려 바라보았다. 귀를 쓰다듬은 손가락에는 몇 방울의 피가 붉게 배어 나왔다. 그녀는 잠시 자신의 손을 멍하니 바라보다가 마침내 힘겹게 말을 꺼내었다.

"이, 이게 무슨 짓이야? 정말 끝… 끝까지 해보자는 거야?"

"아… 아니, 전혀. 그럴 생각 따위는 조금도 없으니까 걱정 말아."

"그럼 왜 갑자기……."

"공격을 했느냐 말이지?"

요령의 짐작에 혜진은 고개를 끄덕이며 이제는 평정을 되찾았는지 방금 전보다 훨씬 날이 선 목소리로 되물었다.

"그래. 난 이번엔 더 이상 너희를 공격하지 않고 내가 갈 곳으로 다시 돌아간다고 말했어. 그런데 넌 돌아가겠다고 한 나를 공격해서 자극했지. 무엇 때문이지? 설마 나를 믿지 못해서 그런 거야? 그렇다면 그건 실수야. 마녀는 한번 한 말은 꼭 지켜. 그러고 보니 넌 퀴에르의 고양이였지. 마녀가 약속을 잘 지킨다는 것쯤은 잘 알고 있을 텐데? 그렇다면 내가 약속을 안 지킬까 봐 두려워서 무의식 중에 날 공격했다거나 한 것은 결코 아니겠군. 하긴, 나를 공격한 다음 태연히 나를 보고 '어딜 가시려고 그러나?' 하고 싸가지없게 말한 걸로 봐서도 네가 한 짓은 우발적인 공격이 절대 아냐. 그럼 뭐지? 왜 나를 공격한 거지? 하, 이유가 갑자기 궁금해지는데. 왜 공격한 거야? 싸우다 그만두니까 찜찜해서 끝장을 보자는 거야? 그런 거냐고? 나에게 도발한 거냐고!"

혜진은 점점 자신의 감정에 자신이 흥분하는지 나중에는 목에 핏대까지 올리며 소리를 질렀고, 요령은 혜진이 어떤 반응을 보이던 상관없다는 투로 여유롭게 대답했다.

"도발이 아냐, 위.협.이지."

요령이는 혜진의 질문에 코웃음을 픽 치며 '위협'이라는 단어를 강조해서 대답해 주었으며 그래서 혜진은 놀라 헛숨을 들이켰다. 허억! 하고.

"뭐? 위협? 나를?"

"그래, 너를. 위협이라고 해야 하나? 협박이라고 해야 하나? 뭐 그런 거야. 왜 이리 어안이 벙벙한 표정이야? 위협이 뭔지 못 알아들어? 그렇다면 뭐 대충 내가 원하는 것을 얻기 위해 너에게 신체적 위해를 가정한 심리적 압박을 가하는 행위라고 풀어주도록 하지. 어우, 어쩌면 좋아? 나 너무 친절한 것 같아, 말 뜻 하나하나까지 다 풀어주고."

"아… 아… 좋아좋아. 다 좋아. 나를 협박한다 이거지? 뭔가를 원해서? 그런데 뭐 하나 묻자. 나를 왜 협박하는데?"

혜진은 어깨를 으쓱하면서 이제는 오히려 약간 여유로워진 듯이 빈정대는 어투까지 섞어대며 질문했고, 그런 그의 말투에 요령 역시 약간 여유로운 말투로 받았다. 마치 친한 친구 두 명이 오랜만에 만나서 여유롭게 날씨 이야기를 나누는 듯한 어조의 대화들이었다.

등 뒤에 칼을 숨긴 친구들의.

"아, 별건 아니고. 너 돌아가기 전에 나와 작은 약속 하나만 해줘."

"뭔데?"

요령이는 별거 아니라는 듯 태연하게 말했다.

"사소한 건데, 다시는 나를 잡으러 오지 않겠다는 약속만 해주면 돼."

"내가 미쳤냐?"

혜진의 대답은 빨랐고 그래서 요령이는 잠시 혜진이가 뭐라고 대답했는지 인식하지 못하는 듯 계속해서 미소를 짓다가 갑자기 혜진의 대답을 깨달았는지 얼굴을 굳히며 중얼거렸다.

"싫다고?"

"당연하지. 너만 잡아가면 난 퀴에르에게 인정받는다고. 넌 나에게 복덩어리나 마찬가지야. 그런데 내가 미쳤다고 널 그냥 놔두고 안 데려가냐?"

"제길……"

요령이는 이를 갈았다.

우드득.

그리고 그녀는 무서운 고민에 빠져드는 듯 고개를 잠시 떨구었다. 무슨 고민을 하고 있을까? 이대로 보내주면 나중에 다시 덤벼들 혜진을 어떻게 말릴 수 있을까 하는 고민? 아니면 어떻게 하면 퀴에르의 손에서 빠져나갈 수 있을까 하는 고민? 무슨 고민일까?

아, 젠장. 내가 왜 이딴 것이나 생각하고 있지. 저 자식이 뭘 고민하든 말든 나와 무슨 상관이야. 그건 그렇고 혜진이 저대로 돌아가 버리면 앞으로도 요령이 때문에 목숨 걸어야 하는 일이 많이 벌어질 텐데… 아니, 혜진이 다시는 안 온다고 약속한다고 해도 분명히 혜진의 뒤를 이은 다른 사람들이 요령이뿐만 아니라 나와 가람이까지 위험에 빠뜨릴 거라고. 젠장, 이걸 어쩌지?

…역시 그래야 되는 걸까?

나는 조금 전부터 고민해 왔던 것을 떠올리고는 입술을 깨물었다. 역시 이 방법밖에 없는 걸까?

…난 어떻게 해야 되는 걸까?

이대로 가만히 있다간 난 언제 어느 칼, 아니, 언제 어느 불에 맞아

죽을지 모르는데…….

하지만… 하지만… 비록 저 녀석이 갑작스레 미워 보이긴 하지만…… 그래도…….

"좋아."

요령이가 마침내 결심을 끝냈는지 입술을 깨물며 각오에 찬 얼굴로 잠시 고개를 끄덕이더니 입을 열었다.

"너는 네가 비록 힘이 다 빠진 데다 온몸이 상처투성이에 피투성이가 됐지만 그것은 우리 역시 마찬가지라고 생각하고 있겠지. 하지만 말야, 사실 앞장서서 싸웠던 것은 멍… 가람이야. 미안, 가람아. 옛 이름으로 부르던 게 습관이 되어서. 아, 괜찮다고? 그래. 어쨌든, 그래. 나는 가끔씩 뒤에서 견제타나 던져 주는 정도였지. 몇 번이나 지옥에서 불꽃을 끌어다 쓰며 모든 주술력을 바닥내 버린 너와는 다르다고."

요령이는 여기까지 말하고는 잠시 입을 다물더니 손을 들어 올렸다. 갑자기 요령이 주위의 공기가 미친 듯이 회전하더니 기류가 푸른 기운과 함께 회오리치며 마치 털실이 둥그렇게 뭉치듯이 수백 가닥의 줄기가 되어 한 점을 향해 빠르게 뭉치고 있었다.

요령이는 그렇게 잠시 손을 들어 올려 영기─혹은 요기… 요물이니까 요기가 맞을 것이다─를 모았고, 곧 그녀의 손에는 수십 수백 가닥의 기의 줄기가 뭉쳐서 이루어진 수박만한 기의 덩어리가 꿈틀거리며 빛났다. 그녀는 위협하듯 그것을 든 손을 움찔거리며 혜진을 노려보다가 말을 이었다.

"봤지? 잠시 동안의 집중만으로도 이 정도는 쉽게 만들어낼 수 있어."

그리고 혜진은 방금 전의 여유로운 모습에 비해서 확실히 어두워진 표정으로 주춤거리며 억눌린 목소리로 말했다.

"그래서… 어쩌란 말야?"

"약속해. 다시는 나를 건드리지 않겠다고. 그렇지 않으면……."

"않으면?"

혜진의 도발적인 질문에 요령이는 위협하듯 손을 쉭쉭 흔들어 보였다.

"던진다."

"…헛소리하지 마. 지금의 내 몸 상태가 어떤지는 눈으로 나를 직접 보는 네가 더 잘 알 텐데. 솔직히 말하면 내 흑마력은 몸에 가해진 몇 번의 강한 영적 충격과 마력의 무리한 운용 때문에 마치 마녀의 냄비처럼 부글부글 들끓고 있어. 알아? 지금처럼 평이한 상태를 유지하는 것도 힘들단 말야. 지금 그걸 맞으면 내 몸속의 흑마력은 바로 역회전할걸. 그러면 난 죽어. 네가 살인을 할 수 있어?"

혜진은 '절대 안 될걸'이라는 듯한 표정으로 말했지만 요령은 눈썹 하나 까닥하지 않고 대답했다.

"상대방을 궁지에 몰아넣고 이제 와서 그런 식으로 동정을 구해봤자 씨알도 안 먹혀. 내 눈빛을 보고 말해 봐. 거짓인지 아닌지. 그래도 네 동정심에 기대고 싶으면 그렇게 하고. 나 같으면 내 변덕스러운 동정심 따위는 절대 안 믿겠지만, 뭐 네 생각과 내 생각이 같을 수야 없으니까 네 마음대로 해봐. 물론 결과는 네가 책임을 져야지. 그게 죽음이라도, 뭐, 상관없잖아? 네 말따라 죽으면 따스하고 안락한 지옥 불이 널 감싸줄 테니까."

"으으으……."

혜진은 얼굴을 일그러뜨렸다. 아니, 가만. 요령이가 언제 저렇게 싸늘해졌지? 지금 요령이의 눈에는 다른 때 상대방을 공격할 때 가지던 망설임 따위가 전혀 없었다. 오직 차가운 결심뿐. 수틀리면 죽든 말든 자신의 손에 있는 기의 덩어리를 던져 버리겠다는 결심. 나쁜 것! 언제부터 그렇게 성격이 차가워졌지? 아무리 궁지에 몰렸어도, 사람이란 남의 생각을 해줘야 한다고! 도대체 상대방이 '네가 날 공격하면 난 죽을지도 모른다' 고 경고했음에도 눈썹 하나 까딱 안 하는 그 태도는 뭐야! 아까 전까지만 해도 이러지는 않았잖아!

혜진은 분명히 아까에 비해 창백해진 안색으로 다시 한 번 요령이를 설득하려는 듯 말했다.

"하… 네 손의 무지막지한… 그걸 맞으면 죽을 수도… 있다니까?"

"그래서? 어쩌라고?"

상대방이 아예 변명의 말이나 다른 화제를 꺼내지 못하도록 못 박아 버리는 말, 그래서. 상대방을 아무리 설득하려고 나와도 상대방이 '그래서?' 라고 대답한다면 할 말이 없어진다. 즉, '그래서' 란 말에는 '네가 아무리 날 설득하려고 어떤 말을 해도 난 네 말을 개소리로 들어버리겠다' 는 뜻이 들어 있는 것이다. 그리고 방금 요령이는 자신이 죽을 수도 있다고 호소한 혜진에게 '그래서? 어쩌라고?' 라고 대답했다. 결국 이 말로써 요령이는 완전히 혜진을 구석에 몰아버린 것이다. 선택하라. 죽든지, 아니면 더 이상 자신의 일에 관여하지 말든지. 혜진은 압박감을 느끼는지 얼굴을 심하게 찡그리며 다시 한 번 천천히 또박또박 말했다.

"그걸 맞으면 죽을지도 모른다고 말했어."

그러나 요령이는 단호했다.

"알았으니 결정이나 해."

"젠장……."

혜진의 마지막 시도마저도 실패로 끝나고, 그녀는 머리가 지끈거리는지 잠시 머리를 짚으며 생각에 잠겨드는 듯한 표정을 지었다. 그러나 요령이는 그 잠시의 생각조차 용납하지 않으려는 듯 혜진을 재촉했다. 하긴, 압박하는 쪽은 상대방에게 생각할 시간을 주면 줄수록 불리해지지.

"얼른 대답해. 기 덩어리 계속 들고 있으려니까 팔 아파 죽겠어. 힘 빠지면 바로 약속이고 나발이고 던져 버릴 테니까 얼른 대답하는 게 좋을걸. 그래, 이런 식으로 말하면 네가 언제 불시에 기 덩어리가 날아올지 몰라서 불안해할 테니 내가 여기서 친절하게 기 덩어리를 던질 카운트까지 세어주지. 정말 나 너무 친절한 것 같지 않니? 호호호, 자, 10초야. 더 이상은 못 버텨. 10… 9… 8… 7……."

"이, 이런……."

혜진은 적이 당황해 버린 듯 주춤주춤 뒤로 물러서며 반사적으로 천천히 부들부들 떨리는 손을 가슴 앞으로 끌어 모았다. 하지만 그것뿐, 요령이의 공격을 막을 수 있는 술법을 쓴다거나 할 수는 없는 것처럼 보였다. 그렇다고 요령이의 협박에 수긍할 생각은 더욱 없어 보이는 것 같았고.

"…6… 5… 4……."

"잠깐! 잠깐만!"

갑자기 무슨 생각이 들었는지 혜진이 급하게 숨을 들이키며 요령이 숫자를 세어 나가는 것을 막았고 요령은 드디어 혜진이 생각을 바꾸었다고 생각했는지 차갑게 미소 지었다.

"대답할 생각이 들었나 보군."

"그래, 대답할게! 알았으니 그 카운트 좀 그만 세!"

"알았으니 말이나 해. 어떻게 할 거야? 다시는 나에 대한 일에 관여하지 않을 거야? 아니면 그냥 이거 맞고 지옥 불에 뛰어들 거야?"

혜진은 그 말에 한숨을 푸욱 내쉬더니 갑자기 고개를 번쩍 치켜들고 밝게 웃으며 윙크를 찡긋 하고는 이렇게 말했다.

"세상이 재미있는 이유를 아니?"

"…뭐?"

저게 또 웬 자다가 봉창 두드리는 소리야? 난 요령과 혜진의 대화를 구경하다 말고 멍청하게 혜진을 바라보았다. 요령이의 기분도 나의 기분과 가히 다르지는 않은 모양이었다. 그녀는 눈을 동그랗게 뜨고는 잠시 혜진을 바라보더니 말했다.

"계속 충격받아서 미쳤어?"

"물론 내 정신은 멀쩡해. 그러니 내 질문에 대답이나 해줘. 세상이 재미있는 이유를 알아?"

"…너야말로 내 질문에 대답할 생각이 없어졌나 본데? 자꾸 말 돌리려고 하지 말고 빨리 내가 물어본 말에나 대답……."

요령은 말을 끝맺지 못했다. 혜진이 갑자기 날카롭게 휘파람을 한 번 불더니 요령의 말을 끊어버렸기 때문이다.

"세상이 재미있는 이유를 모르거나 대답하기 싫은가 보군. 세상이 재미있는 이유는 반드시 이것 아니면 저것만을 골라야 할 것 같은 상황에서도 제3의 변수를 선택할 수 있기 때문이지."

"뭐?"

"한마디로 인생에는 언제나 히든 카드가 있다는 거야."

혜진의 익살스러운 말이 끝나기가 무섭게 쐐애애애액! 하고 갑자기 허공을 찢는 듯한 파공음이 들려오며 무엇인가가 내 눈앞을 스치며 지나갔다. 갈색의 무언가가 아주 빠른 속도로 말이다.

나는 그 무엇인가가 지나간 다음에 생긴 후기류로 인해 미친 듯이 펄럭거리는 내 옷과 머리칼들을 붙잡으며 허공에 그려진 갈색의 선을 따라잡기 위해 빠르게 눈을 돌렸다.

저게 도대체 뭐지? 허공에 그어진 선은 똑바로 요령에게로 향하고 있었다. 그리고 갑작스럽게 날아오는 갈색의 물체에 요령은 깜짝 놀랐는지 기 덩어리를 맺어놓은 손을 반사적으로 정면으로, 그러니까 그 알 수 없는 무엇인가가 날아오는 방향으로 쭈욱 뻗었다.

퍼어엉!

"까아악!"

요령이는 바로 눈앞에서 일어난 폭발에 얼굴을 가리며 비명을 질렀다.

젠장! 상황이 이해가 안 돼! 이해가! 너무 빠르게 돌아간다고! 이 상황을 정리할 수 있는 방법은 방금 전에 내 앞의 공기를 온통 휩쓸며 지나간 그것이 무엇인가에 대답을 알아내는 것 같은데……

난 곧 그 의문을 풀었다. 방금 전에 내 눈앞으로 빠르게 지나간 그것이 무엇이었는지를 말이다. 혜진의 말에 반사적으로 혜진을 향해 고개를 돌렸을 때 그것이 무엇이었는지 알 수 있었다.

그녀는 말했다.

"상황 역전이군. 깔깔깔깔깔!"

그녀의 앞에 떠 있는 것. 그것은 빗자루였다. 갈색의 다 낡아 빠진, 홀로 공중에 떠 있는 빗자루. 그 빗자루의 주위에서는 마치 사금이 빗자루 주위에서 뿌려지고 있는 것처럼 빛의 입자들이 계속해서 반짝거리며 흩날리고 있었다. 그렇다. 나의 앞을 휩쓸고 지나가서 혜진을 위협하고 요령이를 공격했던 것은 빗자루였던 것이다. 그것은 요령이가 모아놓은 기의 덩어리와 정면으로 충돌했는데도 부서지거나 빗자루 털이 타버리거나 하는 등의 손상이 전혀 보이지 않았다. 정말 대단한 빗자루군.

혜진은 얌전히 자신의 앞으로 날아와서 멈춰 선 빗자루를 잡고 화려하게 빙글빙글 돌리더니 이윽고 요령이를 향해 쭈욱 뻗고는 입술에 엷은 미소를 띠며 말했다.

"하, 역시 세상이란 히든 카드가 있어서 재밌다니까. 그렇지? 맞아, 네 말대로 이제 내 힘만으로는 도저히 너희들을 상대할 수가 없어. 요기란 요기는 거의 다 써버렸고, 그나마 조금 남아 있는 힘도 내가 받은 충격으로 인해서 길을 잃고 서로 부딪쳐 대는 데 쓰이거나, 혹은 그 혼란을 의식적으로 제어하는 데 쓰이는 것이 대부분라서 너희들과 싸우는 데는 전혀 쓸 수가 없지. 하지만 말야, 너희들, 특히 너 요령이는 명색이 마녀의 고양이라는 계집애가 마녀의 가장 큰 무기를 간과하고 있었어. 네가 간과하고 있었던 그것이 뭔지 알아?"

"……."

요령이는 말이 없었다. 당연하지. 지금 자신의 눈앞에서 '자신이 간과한 사실'이 자신을 노리고 있으니까.

"대답이 없군. 내가 대답하지. 그 무기는 바로 내 빗자루야. 그런데 너는 왜 내가 최후의 순간에 빗자루를 소환할 것이라는 것을 생각하지 않았지? 나는 마녀 같지도 않았나? 너무 같잖아서 빗자루조차 없을 줄 알았어? 호호! 하지만 미안하게도 나는 이렇게 멋진 갈색 빗자루를 가지고 있지. 내가 말 한마디만 하면 바로 자루의 끝에 마치 창처럼 날카로운 영기의 날을 세우고 돌진할 빗자루가 말야."

"제기랄……."

요령이는 혜진을 밉살스럽다는 듯 똑바로 바라보며 다시 손을 들어 올렸다. 그러나 혜진이 재빠르게 제지했다.

"손 내려."

요령은 눈도 깜박하지 않고 기를 계속해서 모으며 혜진의 위협에 한 쪽 입술을 올려 웃는 비웃음으로 대답했다.

"홍, 나를 공격해서 내가 죽기라도 한다면 그것처럼 네게 황당한 일도 없을걸. 퀴에르는 날 죽이지 말라고 했다면서? 명령을 어기면 과연 어떤 결과가 초래될까? 결코 네게 긍정적인 결과는 아닐 텐데."

"괜찮아, 빗자루에 한 대 맞았다고 죽을 리는 없으니까. 뭐, 몸이 약해 빠져서 이거 한 방에 죽는다면 나도 하는 수 없고. 퀴에르에게 야단 조금 맞으면 되겠지. 해볼까? 나야 상관없어. 내 몸이 다치는 것도 아니니까."

"제길!"

팍!

요령은 주먹을 쥐어서 그때까지 손바닥 위로 모으던 기체를 흩어버리고는 양손을 들었다.

"…이제 됐냐?"

혜진은 그녀의 물음에 고개를 끄덕이며 만족스럽게 웃었다.

"그래. 그 상태로 고분고분 나를 따라와. 이제 퀴에르에게로 가자고."

"…너를 따라가느니 혀 깨물고 이 자리에서 고꾸라져 죽고 말지."

요령이의 극언에도 혜진은 별 신경 쓰지 않는다는 투였다.

"싫은가? 뭐, 정 싫다면 한 대 후려쳐서 기절시킨 다음 데려가도 상관없고."

혜진은 빗자루를 허공에 던졌고 그 빗자루는 허공에서 잠시 휘리릭 하고 빠르게 돌더니 공중에 멈춰 서서 정확히 요령을 가리켰다.

"어떻게 할래?"

"……."

요령이는 사색이 되어 조금씩 뒤로 물러섰고 혜진은 그런 요령을 보며 이를 드러내고 말했다.

"얼른 대답해. 빗자루가 허공에 떠 있기 힘들다고 하잖아. 나는 말리고 싶은데 빗자루가 자꾸 너같이 재수없는 녀석을 되도록이면 빨리 후려쳐 버리고 싶다는군. 아이, 자꾸 손에서 움찔거리지 마. 안 돼, 빗자루야. 그래도 나는 친절한 레이디고 너는 친절한 레이디인 나의 젠틀한 빗자루니까 상대방에게 어느 정도 생각할 시간은 줘야 하잖아. 자, 아까 네가 나에게 10초 주었었지? 난 이자 쳐서 너에게 5초 주지. 호호호! 아 이러니컬하군! 방금 전까지 네가 꼽아대는 손가락을 죽을 맛으로 바라보던 내가 이제는 죽을 맛으로 나를 바라보는 너를 향해 손가락을 꼽아댈 줄이야! 어쨌든 내 친절에 감사해도 좋아. 잡담을 하느라고 너에게 생각할 시간을 더 많이 주었잖아? 호호호! 자, 이제 시간을 센다. 아까 내가 느끼던 기분을 한번 경험해 보도록 해. 그럼 시작한다. 5……."

상황이 요령이에게 암울한 쪽으로 돌아가는군. 결국 요령이는 저렇게 혜진이라는 저 마녀에게 끌려가게 되는 것일까?

내가 여러 가지 생각을 머리 속에서 떠올리기 시작하는데 갑자기 가람이가 크게 소리쳤다.

"주인─!"

"4."

"어… 어? 왜?"

"주인은 분명히 아까 내가 요령이를 도와야 한다고 명령했었다─!"

"3."

"아, 그, 그랬지……."

휘릭!

내 말이 미처 끝나기도 전에 가람이는 거의 땅에 붙듯이 낮게 바닥을 타고 시위를 떠난 화살처럼 빠르게 앞으로 달려가더니 순식간에 빗자루의 아래쪽으로 파고들었다. 그리고는 반 보를 내디디며 곧바로 왼팔을 구부려서 옆으로 뿌리듯 세우고 오른팔로 주먹을 똑바로 내질렀다.

타악! 쉬이익! 부웅!

우와! 대단하다! 왼팔로는 강하게 빗자루를 쳐내어서 옆으로 튕겨 버리고 오른 주먹으로는 곧바로 혜진의 배를 노린다. 주먹에서 나는 바람 소리는 주먹이 실제로 공기를 찢어버리나 하는 착각을 할 정도로 날카롭고 컸다. 그 정도로 공격에 힘이 실려 있었다는 소리이다. 혜진은 재빨리 재주를 넘으며 뒤로 물러섰지만 가람이가 다시 한 보를 내디디며 다시금 명치를 발로 지르고 목으로 주먹을 뻗으며 몰아붙이자 엉거주춤 피하다 다리가 얽혀 결국 넘어져 버렸다.

콰당!

"이, 이 빌어먹을 자식이… 감히 고귀한 나를 두 번이나 넘어뜨려?"

그녀의 얼굴은 분노를 넘어선 증오로 일그러졌다. 그러나 그녀가 얼굴을 증오로 일그러뜨리든 사랑으로 일그러뜨리든 상관하지 않는다는 투로 가람이는 무너지듯이 한쪽 무릎을 꿇어서 넘어진 혜진과 높이를 비슷하게 하며 그대로 손을 혜진의 목으로 뻗었다.

쉬이익!

"크, 크으윽……."

"입 다물어."

가람이는 차갑게 말했다. 또 헛소리를 하는 것처럼 위장하고서 주문을 외울까 봐 두려운가 보군. 혜진은 가람의 경고에 잠시 거친 숨소리만을 내더니 천천히 입을 떼었다.

"나를 찌르면 저 뒤의 계집의 몸에는 바로 저 빗자루가 박힌다."

"빗자루는 이미 내가 쳐서 각도를 꺾어버렸다. 요령에게도 힘이 많이 남았으니 네 빗자루가 다시 제 각을 잡기 전에 이미 요령이도 빗자루를 막아낼 준비를 끝냈겠지."

"하! 각도가 꺾여? 뒤를 보고나 말하시지?"

그러나 가람이는 그 말에 뒤를 돌아보는 대신 나에게 물었다.

"주인, 빗자루는 어떻게 되었는가?"

빗자루? 빗자루야… 아까 네가 쳐낸 그대로이지 뭐. 뒤쪽은 네가 치는 바람에 방향이 돌아가 버렸지만 자루의 끝 쪽은 네 공격의 영향을 받지 않아서 요령이를 목표로 한 채 그대로 굳어 있듯이 공중에 떠 있어. 한마디로 부채꼴을 그리듯 돌아갔다고. 요령이라는 부채꼴의 꼭짓점은 그대로 둔 채 말이야.

"비록 각도가 약간 바뀐 것 같긴 하지만 목표는 그대로인데?"

내 말에 가람이는 잠시 난처한 표정이 되더니 내게 물었다.

"제길… 주인, 어떻게 해야 하는가?"

"나에게 물어봤자 대답할 수 있을 리가 없잖아?"

잠시 침묵의 대치 상태가 이어졌다. 양쪽 모두 서로에게 칼을 겨눈 형상이다. 제길, 이런 경우에는 어떻게 해야 하지? 생각하자, 생각.

흐음, 일단 양쪽 다, 혹은 둘 중 하나가 상대에게 원하는 게 있으니까 상대방을 압박하는 것일 텐데… 우리 쪽은 혜진에게 달리 바라는 특별한 요구가 없다.

아, 요령이의 요구 조건이 있었지, 다시는 자신을 쫓아오지 말라는 요구. 하지만 녀석의 의견이야 어떻든 나로는 상관없지. 내가 일일이 녀석의 의견을 다 들어줄 의무 따위는 전혀 없으니까 말야. 솔직히 들어주고 싶다고 해도 이 상황은 어느 한쪽만의 의견을 들어주는 것을 결코 용납하지 않는다. 어쨌든 대충 이쪽은 이렇다고 치고 혜진 쪽의 요구는 뭐였지? 아, 요령이를 데려가겠다는 요구. 역시 그쪽의 의견도 들어줄 수가 없지. 그럼 어쩌지? 일단 이 상황만이라도 벗어났으면 좋겠는데… 언제까지 지리하게 이러고 있어야 하지?

"일단… 그냥 이 여자를 보내는 게 어떤가?"

가람이는 턱으로 혜진을 가리키며 그렇게 내게 물어왔다. 느닷없이 그렇게 말하니까 무슨 뜻으로 말한 건지는 잘 모르겠다.

"무슨 말이지?"

"요령이는 혜진이 다시는 자신을 쫓아오지 않기를 원한다. 그러나 혜진은 절대로 그런 약속은 할 수 없다고 한다. 혜진은 요령이 지금 자신을 따라가기를 원한다. 그러나 요령이는 절대로 그렇게 할 수 없다고 한다. 그러니 그 절충안으로, 일단 오늘은 혜진이 그냥 돌아가는 것이다."

"말도 안 돼! 그렇게 보내줄 거면 아까 스스로 돌아가려 할 때 보내주었다고!"

요령이의 외침이었다. 그러나 그 의견은 묵살되었다. 가람이와 내가 한마음으로 무시해 버렸으니까. 녀석은 무시당했다는 생각에 입술을 깨물었지만 나는 그쪽을 흘끗 바라보았을 뿐 다시 가람이를 바라보며 지금 상황의 타개에 대한 토론을 계속했다. 으음, 약간은 미안해지려고 하네. 하지만 난 녀석 때문에 죽을 뻔했어. 이 정도쯤으로 미안해하면 그게 내가 마음이 약하다는 반증이라고. 난 결코! 저 녀석에게 미안해할 것 따위 하나도 없어.

"그러니까 일단 오늘은 그렇게 흐지부지 넘어가자고? 괜찮겠어? 피터지게 싸우고 아무 변화도 없이 그냥 넘어간다면 허무하지 않겠어?"

"싸움에는 허무라는 것이 없다. 살아남으면 그 자체로써 이미 기쁨이다."

"…좋아, 알았어. 그럼 그냥 보내기로 하지. 그럼 이제 남은 것은 요령이와 혜진의 의견인데… 이봐, 혜진이."

혜진은 내가 무엇을 물어볼지를 이미 읽었는지 미처 말을 꺼내기도 전에 쓴웃음을 지으며 대답했다.

"…아, 내게 번거롭게 방금 나누었던 이야기를 다시금 들려줄 필요는 없어. 방금 전에 너희 아래쪽에서 내 목에 드리워진 손칼 때문에 생명의 위협을 느끼며 모두 들었으니까. 그리고 내 생각을 말하라면 난 찬성이야. 어차피 너희들이야 나중에 다시 돌아와서 공격해도 되니까. 솔직히, 아까 내가 돌아가려 했을 때 저 계집애가 가당치도 않은 욕심만 부리지 않았어도 이런 상황까지는 가지 않았을 거야."

좋아! 점차 이번 사태에 대한 모든 관련인들의 의견이 하나로 모이고 있군. 그럼 이제 남은 것은 요령이인데…….

"야, 요령아. 이제 너도 한 걸음 뒤로 물러나는 게 어때?"

"제기랄……."

그녀는 고개를 떨구며 외쳤다.

"마음대로 해! 젠장!"

"들었지? 가람아, 마음대로 하란다."

가람이는 고개를 끄덕이고는 혜진에게 물었다.

"내가 네 목에 드리운 손을 떼도 나를 공격하지 않겠다고 약속해라."

혜진은 순순히 팔을 하늘로 들어 올리며 응낙했다.

"좋아, 승락하지."

"빗자루도 치워라."

"네가 목에서 손을 뗀 다음에 치우도록 하지. 약속해."

"좋다."

가람이는 혜진의 목젖 바로 앞부분에 갖다 대었던 손을 천천히 들어 올렸고, 그러자마자 혜진은 바로 손을 하늘로 들어 올리며 외쳤다.

"돌아와, 빗자루."

하늘에 수많은 갈색 빛 원을 그리며 빗자루가 빨려 들어가듯 혜진의 손으로 날아가 그녀의 손에 달라붙 듯이 잡혔다. 혜진은 그렇게 빗자루를 부여잡고는 잠시 누운 채로 숨을 고르더니 빗자루로 비틀거리는 몸을 지탱하며 일어나서는 다시 빗자루를 공중에 띄우고 끙끙대며 옆 안장으로 빗자루에 올라탔다.

하, 빗자루를 옆 안장으로 타? 그 자세 한번 엄청 불안하네. 저러면 조금만 균형을 잃어도 바로 떨어져 버리겠는걸? 그녀는 그렇게 빗자루에 올라 잠시 몸을 보는 사람이 불안할 정도로 앞뒤로 휘청대며 균형을 잡더니 우리를 향해 말했다.

"휴우, 오늘 밤은 참 재수 더럽군. 별 시답잖은 녀석들 셋 때문에 이렇게 고생하게 될 줄이야. 아니, 둘인가? 한 녀석은 허수아비였으니 말야. 어쨌든, 이제 갈 시간인가? 모두 안녕. 다시 볼 테니 너무 슬퍼하지는 말라고."

절대 다시 보고 싶지 않다! 나는 그녀의 말에 치를 떨었고 그런 나를 비웃듯 바라보던 혜진은 갑자기 무엇인가 생각난 듯이 요령이를 불렀다. 요령이는 무엇을 생각하는지 멍한 얼굴로 자신이 서 있던 자리에 주저앉아서는 멍하니 하늘을 바라보고 있었다.

"야, 거기, 너. 가기 전에 뭐 좀 물어보자."

"뭐지?"

"아까 네가 나를 협박할 때 말야, 만약 내가 끝까지 대답을 안 했다면 너는 정말로 그 요깃덩어리를 던지려고 했었나?"

요령이는 잠시 입을 다물더니 이윽고 고개를 작게 위아래로 끄덕였다.

"그래."

그리고 혜진은 깔깔대며 웃었다.

"앞으로 거짓말을 할 때에는 눈빛부터 조절하도록 해, 이 거짓말쟁이 아가씨야."

혜진의 말에 요령이는 희미하게 미소 지었다.

"헛소리……."

…으음? 무슨 말이지? 설마 아까 요령이가 혜진을 위협할 때 만약에 혜진이가 요령의 요구를 거부했어도 요령은 결코 기의 덩어리를 던지지 못했을 거라는 그런… 이야기인가? 하, 설마! 저 녀석은 그때 정말로 마음을 독하게 먹고 있었다고!

하긴, 나도 바로 몇 시간 전까진 저 녀석이 좋은 녀석이라고 생각하고 있었으니… 어쩌면, 정말로 어쩌면이지만 그럴 수도 있겠군… 어쩌면 말이야.

혜진은 시동어를 중얼거렸다.

"떠올라라."

둥실.

빗자루가 부드럽게 흔들거리며 혜진을 태우고 천천히 하늘로 솟아올랐다. 떠올라라는 말 한마디에 떠오르다니, 그것 참 편리한데. 나도 저런 탈 것 하나 있었으면 얼마나 좋을까? 그렇게 계속해서 떠올라 꽤 높이 올라갔다고 생각될 무렵, 그녀는 다시금 손을 흔들며 높아서인지 들릴 듯 말 듯한 소리로 다시 말했다.

"가자."

스르르.

빗자루는 천천히 달빛을 받으며 앞으로 나아가다 점점 더 빠르게 속력을 내며 별 하나 없는 밤하늘을 가르고 빠른 속도로 서쪽 하늘로 멀어져 갔다. 그리고 나는 주저앉아 버렸다.

털썩.

"하아, 정말 긴 밤이었어……."

그때 가람이가 내 몸을 이곳저곳 더듬듯이 빠르게 탁탁탁 쳐내기 시작했다.

타타타탁!

어, 뭐… 뭐 하는 짓이야? 난 약간은 얼이 빠져서 물어보았다.

"가람아? 뭐 하는 거야?"

내 말에 가람이는 계속 내 몸을 빠르게 치면서 단조롭게 대답했다.

"몸에 주인이 알지 못하는 상처가 있거나 싸움 중에 공기 속에서 떠돌던 음기가 주인의 몸속에서 뭉친 곳이 있을지도 모른다. 그것을 찾고 있는 중이다."

"아아… 됐어, 괜찮아. 다친 곳은 없어."

"잠시만 참아라, 주인. 곧 끝날 테니."

"그럼 마음대로 하든지……."

가람이는 그렇게 내 몸을 구석구석 쳐 나갔다. 그런데 갑자기 뒤쪽 등에서 퍼엉! 하는 소리가 들려오며 내 몸이 부르르 떨렸다. 뭐, 뭐야?

"역시… 음기가 뭉쳐 있었군."

"으응?"

"방금 전에 몸에 진동 같은 것이 오지 않았나?"

"그래. 그랬는데?"

"주인의 등 쪽에 마녀와의 싸움 도중에 흩어졌다가 인간의 몸을 보고 모여든 것 같은 음기의 덩어리가 뭉쳐 있었다. 그것을 방금 전에 쳐서 흩어버렸지. 이제 됐다. 몸에 상처는 타박상이나 긁힌 상처를 제외하면 없는 것 같군. 피곤하긴 하겠지만 그건 푸욱 쉬면 될 테고. 이곳에 더 이상 볼일이 없다면 돌아가자."

"돌아가자고?"

"그렇다. 왜, 더 볼 일이 있는가?"

"아니, 그건 아니지만……."

왠지 이대로 가려니까 너무 허무한 생각이 든다. 밤새도록 우리는 뭘 위해서 싸웠던 거지?

"지금이 몇 시냐, 가람아?"

"나에게는 시계가 없다, 주인. 그래도 원한다면 어떻게든 시간을……."

"2시가 조금 넘었네."

요령이가 가람이 대신 대답해 주었다. 허? 시간을 어떻게 알았지?

"너, 시계도 있었어?"

"방바닥에서 굴러 다니던 거 차고 왔는데, 왜?"

"뭐? 어디 한번 봐!"

나는 녀석의 팔을 거칠게 들어서 팔목을 걷어 올렸다. 그렇게 드러난 녀석의 흰 팔목에는 내가 졸업 선물로 부모님께 받은 은색 손목시계가 달빛을 반사하며 빛나고 있었다.

"뭐야! 이거 내 시계잖아!"

그러자 요령이는 기운 빠지게 '후—' 하고 웃으며 어깨를 으쓱이더니 대답했다.

"아, 물론 당연히 이건 네 시계이지. 개나 고양이가 시계를 사서 차고 다닐 리는 없잖아? 뭐 어찌 보면 너무 당연해서 간과해 버릴 수 있는 이야기고. 그런 것도 생각 못한다면 네가……."

"조용히 해!"

옛날처럼 네가 나한테 어떻게 하던 내가 허허거리며 웃을 줄 아냐? 내가 바보냐? 나는 너 때문에 죽을 뻔했어. 알아? 나는 그 녀석의 손에서 빼앗듯이 시계를 잡아당기며 말했다.

"돌려줘!"

"아, 아, 정 뭐 네 시계가 좋다면야 가져가도록 하라고. 뭐, 동네의 네가 짝사랑하는 아가씨가 준 선물이라거나 초중고를 거치는 동안 평생에 길이 남을 은사가 주신 시계이거나 그런 건가 보지?"

그 자식, 시계 하나 끌러주는 데에도 되게 말 많네. 어쨌든, 아직까지도 네 녀석이 별것도 아닌 일로 밉살맞게 보이는 걸 보니 역시 아까 고민했던 생각을 굳혀도 될 것 같군. 나는 차가운 목소리로 가람이와 요령이에게 말했다.

"돌아가자, 집으로."

제11장

미움과 그리움

콰앙!

"으으으!"

나는 온 힘을 다해 자취방의 문을 열어젖히고 그대로 기절하듯이 방바닥에 엎드리듯이 쓰러졌다. 몇 시간 나가 있지도 않았는데 피곤해서 쓰러질 지경이다.

"후아아!"

내 뒤로 가람이가 조용히 들어와서 방구석에 편한 자세로 주저앉았으며 곧 이어 요령이가 비틀거리듯 들어와서는 내 옆에 쓰러지듯 드러누우며 말했다.

"하아암, 졸려. 피곤해 죽겠네… 얼른얼른 이불 깔고 잠이나 푹 자자. 야, 이불 좀 깔아라."

그 녀석은 발가락으로 내 허벅지를 쿡쿡 찌르면서 명령하듯이 말했고 그래서 가람이는 화가 난다는 듯 이를 드러내었다. 하아, 가람아, 네가 이를 드러낼 필요는 없어. 왜냐하면 나도 화가 나 있거든. 이로써 난 조금의 거리낌도 없이 아까 고민했던 것을 행동으로 옮길 수가 있어. 최소한, 지금의 나로서는 요령이 네가 좋아 보이는 구석이 하나도! 없다고. 나는 마음을 굳히고는 결심한 것을 실천에 옮기기로 했다.

요령이에게 나가라고 말하는 것을.

뭐, 처음에 이런 생각을 하게 된 가장 큰 이유라면 역시 생명의 위협이다. 앞으로 얼마나 더 많은 추적자들이 요령이의 뒤를 쫓아다닐지 모르고, 녀석의 옆에 있다 보면 나도 덩달아서 언제 죽을지 모르는 공포에 휩싸일 테니까 말야. 아까 혜진이라는 마녀에게 죽을 뻔하면서 생각했던 거지.

"요령아?"

"아, 왜? 피곤해 죽겠는데 왜 자꾸 말을 거니? 빨리 이불이나 좀 깔아줘. 푹 자고 싶어."

그리고 녀석을 내보내겠다는 내 생각을 굳히게 한 것은 녀석의 시건방진 태도 하나하나이고. 얹혀사는 주제에 좀 고분고분하면 어디가 덧나냐?

"요령아? 미안하게도… 넌 이제 여기서 더 이상 못 자."

"어? 그게 무슨 소리야?"

녀석은 또 무슨 농담 따먹기를 하나는 투로 별로 궁금하지도 않은 목소리로 심드렁하게 되물었고, 나는 그 녀석의 평범하디평범한 태도 때문에 오히려 더 괴로워해야 했다. 이렇게 아무런 의심이나 걱정없이 나를 바라보는 녀석에게 어떻게 나가라는 말을 쉽게 꺼낼 수 있겠는가.

"요령아?"

"아우 씨, 왜 자꾸 불러, 왜! 귀찮게! 하고 싶은 말이 뭐야! 응? 어서 말해! 어서 말하지 않겠다면……."

할 수 없네. 궁금하다면 말해 줘야지 뭐.

"나가."

"…응?"

그 녀석은 놀란 듯 잠시 멍한 눈이 되더니 곧 픽! 하고 코웃음을 치며 말했다.

"야, 농담도 정도껏 해야 재미가 있지. 헛소리의 수준까지 가면 그건 더 이상……."

"진담이야. 나가줘."

"계속하면 나 기분 나빠질지도 몰라."

녀석은 왠지 불안해졌는지 약간은 초조한 목소리로 말했고, 그래서 나는 안쓰러움을 느꼈지만 한번 꺼낸 말을 그만둘 수는 없었다.

제길, 지금 눈 딱 감고 녀석을 내보내지 않으면 나는 언제까지나 목숨의 위협을 받으며 살아가야 한단 말이다!

"나가줘. 부탁이야. 진심으로 하는 말이니까 더 이상 나를 괴롭게 하지 말고 나가줘."

"…진심… 이야?"

이제 녀석의 목소리는 조금씩 떨리고 있었고 그래서 내 마음은 무척 울적해졌다.

"그래……."

"이유나 묻자. 도대체 왜?"

"그냥… 너를 옆에 두고 있자니 한없이 내 인생이 불안해져서 그래. 다른 건… 없어."

내 말에 요령이는 한심하다는 듯이 고개를 가로젓더니 말했다.

"고작 그거냐?"

뭐? 고작? 나는 어이가 없어서 되물었다.

"고작? 고작 그거냐고?"

"그래, 고작 그거냐고 물었어."

"어떻게 고작 그것이지?"

"남자 자식이 아직 닥치지도 않은 위기에 지레 겁을 먹어? 어떻게 된 녀석이 그래도 남자라는 게 용기라고는 손톱만큼도 없냐?"

하, 보자 보자 하니까 이게 점점! 누가 너에게 나를 평가하라고 허락해 주었지? 왜 나를 그런 식으로 말해?

"야, 그게 무슨 소리야? 너야 네 한 목숨 지킬 능력이 있으니까 상관없지만 나에게는 아무것도 없다고! 내가 손에서 번개가 나? 소리를 지르면 불꽃이 올라와? 너를 공격하려고 온 사람이 나를 공격하기라도 한다면 나는 바로 죽는다고! 아까 같은 경우에도 가람이가 지켜주지 않았으면 분명히 죽었을 거야!"

"……."

녀석은 수긍하는지 아무 말이 없었고 그래서 나는 기세가 올라 마음속에 품고 있던 모든 말을 모조리 뱉어버렸다.

"그래, 다 좋아. 다 제쳐 놓고, 왜 내가 너 때문에 목숨을 걸 정도의 용기를 내야 하지? 네가 나의 무엇이길래? 내가 너의 주인이라는 이유만으로, 그것도 맘대로 네가 정한 주인이라는 이유만으로 네가 당하는 모든 위험들을 나도 같이 감수해야 하는 거야? 그런 거라면 그 따위 주인은 때려치우겠어! 솔직히 말해서 나는 네 녀석의 불행 때문에 나까지 위험해지는 그 상황을 도저히 견딜 수가 없어! 네 녀석의 불행이 나와 무슨 상관이 있지? 내가 왜 너 때문에⋯⋯.

짜아악!

마치 채찍으로 무엇을 후려치는 소리와 함께 내 뺨이 무엇에 데인 듯 화끈해지며 얼굴이 왼쪽으로 돌아버렸다. 요령이가 내 뺨을 세게 후려쳐 버린 것이다. 나는 황당해서 손자국이 나버렸을 것이 분명한 내 뺨을 쓰다듬으며 말했다.

"이익! 야! 이게 도대체 무슨⋯⋯."

그러나 녀석의 얼굴을 보고 나는 더 이상 말을 잇지 못했다. 분노 때문인지 슬픔 때문인지 빨갛게 달아오른 요령이의 얼굴. 녀석의 눈빛에서는 온갖 감정들이 느껴졌다. 분노, 슬픔, 배신감, 외로움, 괴로움⋯ 녀석은 그렇게 내 뺨을 친 채로 부들부들 떨면서 말을 도중에 흐려 버린 나에게 말했다.

"나가면 될 거 아니야! 응? 나가면 될 거 아니냐고! 내가 나가주면 될 거 아니야! 내 불행이 너와 무슨 상관이 있느냐고? 그렇게까지 말할 건 없잖아? 그래도⋯ 주인으로 생각했었는데 말야⋯⋯."

역시⋯ 못하겠다⋯ 녀석의 얼굴을 보고 있자니⋯ 도저히 내보낼 수 없어⋯⋯. 나는 순간적으로 흔들리는 녀석을 보고는 나도 모르게 생각을 고쳐먹고는 녀석을 불렀다.

"아⋯ 그게⋯ 요령아⋯⋯."

"입 다물어."

그러나 녀석은 내 부름을 짧게 잘라 버리고 벌떡 일어서서 휘적휘적 문을 향해 걸어가다가 문득 생각난 듯 뒤도 돌아보지 않은 채 말했다.

"옷은 내가 가져가겠어. 뭐, 정 벗어달라면 할 수 없지만."

"아⋯ 그게 아니라⋯⋯."

"가져가도 괜찮다는 줄 알겠어."

녀석은 싸늘하게 말하고는 그대로 문을 열고 나가 버렸다.

바깥에서는 차가운 겨울비 소리가 우울하게 겨울의 딱딱한 리듬을 한 올 한 올 이루고 있었다. 그리고 그 겨울의 음울한 음악의 향연 속에서, 세상은 온통 두 개로 보이고 바닥은 죽어라고 나에게 덤벼대고 있었다. 그리고 나는 뱃속에서 미친 듯이 솟아오르는 열기를 참지 못하고 숨을 크게 내뿜으며 가람이에게 말했다.

"아, 제기랄! 도저히 못, 으으윽, 모오옷 견디겠다아아! 가람아! 술이 다 떨어졌다. 내가 사 올까아아, 네가 사 올래애애?"

"주인, 이제 그만 마셔라. 취해 보인다."

"취이해애애? 헤헤, 난 아아안 취했어어어. 나는 술을 마시지도, 후우우, 마시지도 않았다고. 술이 나를 마시고 슬픔에 취했겠지. 아아, 왜 술은 나를 마셔서 내 속의 스으을픔에 취했단 말이냐! 머저리 같은 수우울! 이 멍청한 술들을 다아아 마셔어어 버리이겠어어어. 야, 술 사 와! 내가 사 올까? 이 모오옴이 되어서 거어얻지도 못하는 주우인을 보오낸다면야, 뭐, 나아가주우지이이… 끄윽."

"주인, 정말 이렇게 마시면 몸에 좋지 않다. 벌써 네 병째를 다 비워 버렸다는 것을 주인도 잘 알고 있지 않은가. 소주는 음료수가 아니다. 마시면 마실수록 몸을 깎아먹을 뿐더러 그런 것을 전혀 고려하지 않더라도 너무 독하기 때문에 한 병 이상 마시는 것은 독을 마시는 것과 마찬가지이다. 그만 마시는 게 좋을 것 같다."

요령이가 떠난 날, 나는 왠지 모를 슬픔에 우울해하며 이런저런 생각에 잠겼다가 그대로 잠이 들었다. 꿈속에서는 요령이가 나와서 언제나 그렇듯이 나를 괴롭혀 대며 즐겁고 유쾌하게 웃어대었고, 그래서 나는 꿈에서 깬 뒤에 더 이상 녀석의 밝은 웃음소리를 듣지 못한다는 것에 울적해졌다. 결국 그런 연유로 해서 아르바이트고 뭐고 오늘은 다 때려치우고 술잔이나 기울이기로 한 것이다. 그리고 그 결과가 이것이다. 형편없이 취해 버린 것.

"아아, 아알고오오 이이있어어어. 그으러어언데, 견딜, 견딜 수가… 크흐흑!"

술에 취해서인지 감정이 제멋대로 논다. 난 정말로 평소 같았다면 지금 같은 때에 절대로 울지 않았다고. 하지만 술에 취해서인지 자꾸 마지막에 나의 뺨을 후려치던 때의 그 왠지 모를 슬픔에 잠겨 있던 녀석의 표정이, 나를 돌아보지 않고 쓸쓸하고 차갑게 내 방을 나서던 녀석의 처연한 뒷모습이, 녀석의 떨리던 목소리가, 자꾸 내 눈에서 아른거리고 내 귀를 울려대었다. 바깥은 겨울인데 춥지는 않을까? 비가 이렇게 내리는데 비를 맞지는 않을까? 으으, 괴롭다, 괴롭다! 나는 눈물을 줄줄 흘리며 한편으로는 빈 술병을 흔들어대었고 그런 나의 모습을 안타깝게 지켜보던 가람이는 천천히 입을 떼고 우울하게 물었다.

"요물이 떠난 것일 뿐이다. 그것도 주인에게 충성심이라고는 전혀 없었던. 그렇게 구슬피 울 필요까지는 없지 않은가?"

"요령이를, 요물이라아고, 부르지 마아. 그 녀석은 그렇게, 흑, 그렇게 부르는 거어얼, 싫어어어했다고오오, 하아, 흐윽……."

가람이는 계속해서 눈물을 흘리는 내 모습을 안타까운 눈빛으로 바라보더니 참으로 묻기 힘든 것을 묻는다는 듯한 표정으로 물었다.

"그녀를… 좋아했는가?"

"뭐?"

요령이를 좋아했냐고? 갑작스러운 질문에 나는 잠시 당황해서 몸을 움찔하며 굳혔다가 결국 질문이 머리 속으로 들어오지 않아 다시 물어야만 했다.

"뭐… 라고?"

"요령이의 인간일 때의 모습을 연모했냐고 물었다. 물론 이런 질문은 주제넘은 것일지도 모르지만……."

"…왜애, 그렇케에, 새앵각하는데에. 나아르를 나아압득시켜어 봐아아."

"그녀를 보내놓고 너무도 슬퍼하는 주인의 모습에서 상실감을 읽을 수 있었다."

하아, 그러니까, 내가 요령이를 짝사랑이나… 뭐 이런 거라도 했냐는 말이지.

내가 요령이를.

크하하하하!

이거 확실히 해둘 필요가 있겠는걸. 좋아, 취한 김에 확실히 해두자고.

"가람아아아? 대애답해애 주우지이. 귀를 쪼오오오웅굿 세애우고 자아알 드을으라아고. 취주웅 진담이라는 말은 너도 드을어보았겠지?"

"그렇다."

"그으러어엄 지이금의 내애 마아알을 믿어주우우겠지. 저어얼대 아냐. 하하하! 어떻게 그런 생각을 하아이아알, 후우우, 수가 있지? 크하하!"

나는 딱 잘라서 말했다. 요령이를 좋아하냐고? 아예 그런 생각을 해본 적조차 없었다. 하하하! 살다 보니 별 질문을 다 듣는군. 그건 그렇고 술에 취해서인지 정말로 감정이 주체가 안 되는데. 방금 전까지는 오열하다가 이제는 광소인가. 나는 배를 잡고 웃어대며 방을 뒹굴었고, 가람이는 그런 내 모습을 보면서 쓴웃음을 지었다.

"내가 잘못 생각했었는가. 하지만 그렇다면 주인의 방금 전의 그 모습은 어떻게 이해해야 하나. 자신이 쫓아내고도 그 선택을 후회하며 오열하던 그 모습을."

"술기운."

"말이 되지 않는다. 술기운은 감정을 증폭시키는 역할만 할 뿐 없던 감정을 만들어내지는 않는다."

"그으으래? 그럼 마아음속으로 나도 모오르게 요령이를 손톱만큼이라도 짝사랑했다가 술을 마시니까 그 마음이 쑤우욱— 커져서 밖으로 펑! 하고 튀어나왔나 보지. 하하하하!"

"주인……."

"노오옹다아암이야. 하하하!"

"솔직히 말해도 된다. 주인을 비난할 사람은 없으니까."

나는 아마도 그러리라고 추측되는 내 마음을 말했다.

"여언민이지. 소오올직히 말하자면."

"…연민?"

가람이는 약간은 의아한 듯 물었고 나는 술기운에 나름대로 맞다고 생각하는 말들을 머리에 떠오르는 대로 개념없이 주워 담으며 고개를 끄덕였다.

"그으으래. 여어어언미이인. 제기랄. 인류 수백만 년의 역사에서 언제나 도덕의 중심이 되어왔던 연민. 매애앵자가 성선설의 가아장 큰 근거로 내새웠던 연민. 모오든 선하안 마아음의으으 시이발점이 되에는 연민. 제기랄, 빌어먹을 싸구려 동정심 말야. 응? 알 수 있어? 세상 모든 이를 불쌍히 여길 수 있는 마음이 인간들에게는 누구나 있다고. 그게 지하철의 노숙자이든 아니면 뛰어놀다 다리를 다쳐서 엄마를 부르며 우는 어린아이이든. 혹은 운 나쁘게 잠을 자다 쓰레기 더미에 깔려 버린 동네의 도둑고양이이든 간에 말야. 나도, 으윽, 그런 마음으로 요오령이를 불쌍히 여기는 것일 뿐이야. 뭐 문제라도 있어어어? 제기랄, 밖에는 지금도 비가 퍼붓고 있어. 겨울에 웬 비가 내리고 난리야, 빌어먹을! 요령이가 비를 맞지는 않았을까? 으으, 나는 이렇게 따뜻한 곳에서 술병이나 기울이고 있는데 요령이는 비 내리는 차가운 밤거리를 주린 배를 움켜쥐고 헤메고 있을 거라고. 불쌍하지 않아? 불쌍하지 않다고! 불쌍하지 않다면 지금부터 불쌍히 여기도록 해, 이 자식아! 하아, 하아. 소오리 지일러서 미이안. 그런 의미에서, 가람아, 술 좀 사와줘."

"그만 마시라고 권하고 싶다."

"명령이야. 사 와."

"받들어 모시도록 하지. 하지만……."

"군소리는 하지 말고."

"…알았다."

그 녀석은 말없이 자리를 털고 일어서서는 내 지갑에서 천 몇백 원를 꺼내 쥐고 쏟아지는 빗속으로 나가더니 잠시 후 털레털레 소주 한 병을 비닐에 담아가지고 방으로 들어왔다.

"사 왔다."

으음… 그래… 잘… 했다… 그런데… 네 얼굴… 얼굴이… 왜… 이렇게… 자꾸… 흐려… 보이… 지?

"으음… 그래… 잘했어… 잘했는데… 사 왔으면… 따라… 음냐… 줘야… 할 거… 아… 냐? 따라… 줘어어."

"알았다."

녀석은 내가 휘청거리며 비틀거리는 팔로 컵을—우리 집에는 술잔이 없다—내밀자 말없이 컵의 밑바닥에 약간의 술을 따라주었다.

"이… 게 뭐야? 술잔은… 채워야… 마아앗이지… 얼른! 가득 채워……."

"그렇게 할 수는 없다."

"내… 입에서 다시금… 명… 히꾹! 명령이란… 말이… 나와야……."

"주인, 정말 충심으로 하는 말이다. 그만 마셔라. 주인은 이미 충분히 취했으며 충분히 슬픔을 느꼈다. 이제 자책감은 그만 느껴도 되지 않은가. 어차피 요령이와 언제까지 같이 있을 수는 없었다. 주인의 말처럼 요령이 때문에 얼마나 더 많은 사건에 휘말릴지 모르는 일이었으니 말이다."

"으아아아… 거… 제에기이라아알… 노오옴… 따아르라아면 따아를 거었이지 더러럽게, 더러럽게… 말… 안… 든……."

콰아앙!

내 귀에 들린 소리였다. 술기운에 쓰러져 버렸나? 아, 제기랄. 하나도 안 아픈데 설마. 물론 술 취하면 아프지가 않긴 하지만… 세상이 수직으로 서 있는 것을 보니 확실히 술기운에 쓰러져 버렸나 보다. 으윽, 몸아, 제발 일어나 봐라. 한 잔만 더 먹고 잘게, 응?

"주인? 괜찮은가, 주인?"

"괜… 찮으니까… 흔들지……."

스르르… 내 눈은 점차 다시 한 번 세상을 보는 것을 거부하고 있었다. 으으… 젠장… 최소한 사 온… 건… 다… 마시고… 으음……

쨱쨱쨱쨱쨱.

참새의 소리가 귀를 파고들고 있었다.

끄르르륵.

그리고 위 속에서 올라오는 신물.

웨엑! 이게 뭐야! 나는 몸을 일으켜 비틀거리며 창가로 다가가 창문을 열고 침을 뱉었다. 퉤! 미끈한 위액인지 담즙인지 모를 점액이 창문 밖의 빗줄기를 뚫고 튀어 나갔다. 갑자기 찬 공기가 몸을 파고드니까 소름이 쫘악 끼치는군. 그래도 술 깨기에는 그만인 듯한데. 나는 잠시 빗방울들을 바라보며 습기 찬 찬 공기를 두어 번 들이마시다 머리를 감싸고 주저앉으며 중얼거렸다. 머리가 깨져 나갈 듯이 아팠다.

"제기랄, 비 끝내주게 오는군. 저 참새들은 몽땅 미쳤나? 왜 비가 오는데 울부짖고 난리야."

참새에게 울부짖는다는 표현은 심히 안 어울리는 표현이지만 그때는 정말로 참새의 지저귀는 소리가 마치 울부짖는 것처럼 크게 들렸다.

"깨어났나, 주인."

눈을 뜨고 앞을 바라보자 가람이가 초췌한 얼굴로 벽 구석에 기대어 나를 바라보고 있었다.

"으음… 그럭저럭 잠은 깼으니 깨어난 것이겠지. 그건 그렇고 지금이 몇 시냐?"

"아침 8시쯤 되는군."

"그래… 그건 그렇고 너 얼굴이 왜 그러냐. 눈 아래는 푹 들어가고,

얼굴은 까칠하고, 머리는 부스스하고… 밤이라도 샜냐?"

"알아주니 다행이군."

"뭐? 진짜로 밤을 샜어? 왜?"

"…어젯밤 일이 기억나지 않는가?"

"내가 어제 뭐?"

"주인… 어젯밤에 계속 드러누운 채로 입만 벌려서 먹은 것을 토해 내고 비틀거리면서 다시 일어나서 술을 마시고 토해내고 다시 술을 마시고……."

으윽… 뭐? 내가?

"야, 야, 잠깐만. 아냐, 난 어제 4병인가 정도 마시고 의식을 잃었는데? 그때 쓰러져서 잠든 게 아니란 말야?"

내 말에 가람이는 씁쓸히 웃으며 고개를 끄덕였다.

"쓰러지긴 했었지. 곧바로 다시 벌떡 일어나서가 문제였지만."

"뭐? 우우, 필름이 끊겼었나 보군… 제기랄. 집에서는 효자요, 학교에서는 모범생이었던 내가 필름이 끊길 정도로 술을 마실 줄이야… 우욱… 또 올라오려 하나?"

"주인……."

"왜?"

"정말 집에서는 효자요, 학교에서는 모범생이었나?"

"미친 소리였어. 미안하다, 젠장. 내가 집에서는 효자요, 학교에서는 모범생이면 여기에 죽치고 앉아서 이러고 있겠냐? 서울대라도 갔지."

"그런가."

가만히 앉아 있으려니 속이 요동을 친다. 소주가 뒤끝이 깨끗하다지만 그것도 어느 정도 자제해 가며 마셨을 때의 이야기이지. 가람이의 말에 따르면 나는 완전히 술을 들이붓듯 마셔 버렸다니까 몸 상태가 좋을 리가 있나. 제기랄, 아무래도 안 되겠군.

"가람아!"

"왜 부르는가, 주인."

"속이 요동을 친다."

"해장국이라도 끓여줄까."

"아니, 해장술이나 한잔하자."

"절대 반대한다. 주인이 지금 술을 한 방울이라도 마신다면 주인은 어제 주인이 무엇을 먹었는지 확인하게 될 것이다. 다 게워내 버릴 것이란 소리이다."

"농담이었어. 하아, 잠이나 좀 더 잘까?"

중얼거리며 누웠지만 깨지려는 머리와 열이 올라오는 몸은 내가 절대 누울 수 없게 만든다. 휴우, 나는 다시 벌떡 일어나면서 가람이에게 말했다.

"요령이는 지금쯤 뭘 하고 있을까?"

"그렇게 궁금하면 찾아 나서라. 도와주겠다."

"…찾아 나서라고?"

가람이는 내 말에 고개를 끄덕이며 설명했다.

"그렇다. 어차피 진심으로 요령이를 쫓아내려던 것이 아니었던 것 같은데, 그것이 자신의 선택의 실수라면 되돌려야 하겠지. 어떻게 할 건가?"

찾아 나서라고. 찾아 나선다라. 찾아 나서…….

말은 쉽지만…….

내가 녀석을 내보낼 때는 무언가 생각이 있었기 때문이야. 이제 와서 되돌릴 수는 없다고.

난 힘이 없어. 그리고 힘이 있다고 해도 쓸데없는 싸움엔 절대 끼고 싶지도 않고.

"뭘 찾으러 나가냐. 그냥 있자……."

"그럴 텐가."

"으음……."

나는 고개를 끄덕였으며 가람이도 고개를 끄덕였다. 의미없는 행동들. 그렇게 잠시 묵묵히 앉아서 이것저것을 생각하던 나는 곧 내가 지금 가장 원하는 것이 무엇인지를 깨닫고 가람이에게 말했다.

"배고파."

가람이는 피식 웃었다.

"방금 전까지는 죽을상을 하더니 배가 고프니 사람이 순식간에 달라지는군."

"다 먹고 살자고 하는 짓이니까."

"차려 바칠까."

"자식, 정말 생각이 온통 밝고 옳은 생각뿐이로군. 교육 잘 받았구나? 물론 차려 바쳐 주면 나야 좋지."

"알았다."

녀석은 부엌으로 들어가서 몇 번 달각거리더니 상을 대강 차려 왔다. 에휴, 정말 성의없게도 차란다. 어쨌든 주는 거니 먹어야지. 나는 몸을 두어 번 굴려서 상 앞까지 간 후 수저를 들었다.

"잘 먹을게."

"나도 잘 먹겠다."

달각달각… 으윽… 정말로 수저와 젓가락 소리밖에 안 나잖아? 이

거 방 분위기가 너무 조용하다… 요령이와 같이 식사할 때는 요령이가 밥을 먹으면서도 쉬지 않고 입을 놀리는 바람에 정신이 하나도 없더니 또 갑자기 녀석이 없으니 너무 허전하네… 그런 생각을 하자 약간은 쓸쓸한 생각이 들었다. 그리고 쓸쓸한 생각이 들자 밥에 신경을 못 썼다. 그리고 밥에 신경을 쓰지 못하자 밥이 어디로 들어가는지에도 신경을 쓰지 못했다.

각설하고, 결국은 사례가 들어버렸다.

"콜록! 콜록콜록콜록! 콜록콜록! 가람아! 물! 물! 콜록콜록!"

"아, 아! 주인! 잠깐만 기다려라!"

녀석은 재빠르게 부엌으로 뛰어갔고 나는 가슴을 쳐댔다. 쾅쾅쾅! 그때였다.

쾅쾅쾅!

내 가슴에서 이렇게 큰 소리가 난 것은 물론 아니다. 문을 두드리는 소리.

"뉘기쉐요? 쿠울―렉!"

나는 사례에 걸려서 비틀대며 바람이 빠지는 듯한 목소리로 물었다. 그러나 문밖에서는 대답이 없었다. 이런 젠장, 불러놓고 대답을 안 하는 건 또 뭐야? 나는 가람이에게 받아 든 물병을 아예 입에 꽂아서 들이키면서 문을 열었다.

"누구세요?"

"안녕……."

요령이가 그곳에 서 있었다.

쏴아아아…….

요령이는 조용히 나를 바라보며 힘없이 서 있었다. 그리고 요령이의 뒤에서는 검은 하늘 아래로 굵은 빗줄기가 하늘에 수백 수천 줄기의 푸른 선을 긋고 있었다. 차가운 공기가 녀석을 휘감고는 나에게로 전해져 왔다. 그리고 나는 어정쩡하게 대답했다.

"어… 안녕……."

…이라고 말하면 물론 안 되겠지만 난 당황해서 나도 모르게 마주 인사를 하고 말았고, 녀석은 그런 내 모습을 보면서 힘없이 살짝 웃었다.

"오랜만이야."

"……."

약간 마음을 가다듬은 나는 이번에는 녀석의 말에 대답을 하지 않은 채로 팔짱을 척하니 끼고 녀석의 모습을 훑어보았다.

"흠……."

"왜 그렇게 쳐다보는 거니?"

녀석은 내가 자신을 계속 쳐다보자 약간은 어색한 듯이 고개를 숙이며 말했다.

"아냐, 아무것도."

녀석의 모습은 애처로울 정도로 남루했다. 옷과 얼굴은 더러워질 대로 더러워진 데다, 어제부터 세차게 내린 비를 맞아서 녀석의 옷은 심하게 젖어 있었고, 그래서인지 녀석은 팔로 몸을 감싼 채 추운지 몸을 떨고 있었다. 고작 며칠 동안 나가 있었다고 이렇게 되다니… 정말로 불쌍해 보이는군.

"들어가도… 되겠… 니?"

"아니."

딱 잘라서 말했다. 아무리 불쌍해 보인다고 해도 녀석을 집에 들여 놓을 수는 없다. 내가 고작 이틀 동안 녀석을 멀리 떨어뜨려 놓겠다거나 버릇을 고쳐 놓기 위해 녀석을 집에서 내쫓은 것은 절대! 아니기 때문이다. 그리고 내 말에 녀석은 애타게 나를 바라보던 눈빛 그대로 고개를 아래로 떨구더니 힘없이, 약간 떨리던 목소리 그대로 나에게 물었다.

"정말… 안 되겠니?"

"그래, 미안하게도."

물론 지금 녀석의 꼬락서니를 보면 정말이지 불쌍해 죽겠다. 진짜 불쌍하다고. 하지만 비록 불쌍하기는 해도 녀석을 덥석 받아들이기에는 현실적인 문제가 너무 많다. 흐음… 솔직히 생각하면 하나밖에 없군. 녀석을 받아들이면 내가 죽을지도 모른다는 거. 하지만 그건 동시에 가장 큰 문제이지. 어쨌든 내 말에 요령이는 안절부절못하더니 눈을 들어 나를 바라보며 말했다.

"제발……."

"제발 다시 돌아올 수 있게 해달라고? 그러게 진작 좀 잘하지 그랬냐. 안 돼. 미안."

아아, 이렇게나 칼같이 냉정하게 딱 잘라 말할 수 있는 내 자신이 싫다! 어쩌다 내 성격이 이렇게 냉정해졌을까! 역시 나도 목숨 앞에서는 차가워질 수밖에 없는 비굴한 인간에 지나지 않는단 말인가!

"……."

녀석은 다시 고개를 숙이며 입을 다물었고, 그런 요령이에게 나는 다시금 물어보았다.

"그건 그렇고, 이거나 묻자. 왜 다시 돌아왔지?"

"……."

"대답해 주지 않을 셈이야? 정 대답해 주지 않겠다면 뭐 할 수 없지만."

그때 복잡한, 약간은 토라진 듯하고 슬픈 듯하면서도 체념한 듯하고, 또… 에이, 모르겠다. 어쨌든 복잡한 감정이 뒤섞인 녀석의 목소리가 들려왔다.

"당연한… 거… 아냐?"

"뭐? 뭐가 당연하지?"

"갈 데가 없었어……."

요령이는 고개를 들어 다시 나를 바라보았다. 그 녀석은 몸을 다시 떨고 있었지만 추위 때문은 아닌 듯했다. 북받치는 감정을 참지 못하고 들썩이는 것이다.

"응? 뭐라고?"

"갈 데가… 없었다고……."

"야, 아무리 갈 데가 없었다고 해도, 한번 쫓겨났던 집을 다시 찾아오는……."

나는 말을 더 이상 이을 수가 없었다. 요령이의 뺨을 타고 흐르는 두 줄기의 눈물을 봤기 때문이었다.

"야… 우는 거야? 으으윽! 뭐야!"

갑자기 내 몸에 생각지 못한 묵직한 기운이 느껴졌다. 요령이가 내 말에 대답을 하는 대신 비틀거리며 나에게 다가와서는 내게 그대로 안겨 버린 것이다.

으아악! 야! 뭐 하는 짓이야! 나는 생각지도 못했던 녀석의 행동에 당황해서 휘청이며 뒤로 주춤주춤 물러나 녀석을 떼어놓으려고 했지만 녀석은 완강히 내게 매달린 채 눈물을 흘리고 있었다. 내 가슴에 느껴지는 뜨거운 기운. 요령이의 눈물이 턱을 타고 흘러서 내 가슴을 적시고 있는 것이었다. 야! 하지 마! 이러면……

진짜 불쌍해져서 못 참겠잖아! 그리고… 이렇게 안기면… 안기면…….

가슴이 떨려서 못 참겠단 말야!

"아… 저… 이게… 뭐 하는 짓……."

녀석은 내가 말할 틈을 주지 않고 훌쩍이며 말했다.

"흑! 갈 데가 없었어! 그래서 돌아오면 안 된다는 것을 알면서도, 네가 싫어할 것이라는 것을 알면서도, 내 자존심이 상처를 입는 걸 알면서도, 흐윽! 하지만 밖은 비가 계속해서 주륵주륵, 흐으윽, 주륵주륵 내리는데, 갈 곳은 없다는 게, 너무 슬프고, 춥고, 배고프고, 몸은 젖어오고, 사람들은 다들 비 내리는 거리를 하염없이 걸어가는 나를 이상하게 바라보고, 고양이로 돌아가고 싶었지만 그래도 결국 변하는 것은 아무것도 없다는 게 너무 외로워서, 내가 다시 혼자가 되었다는 걸 생각하니까 내 신세가 너무, 처량하고, 으흑! 이틀 동안 먹지도 못하고, 너무 추워서 잠도 자지 못하고… 옛날처럼 언제까지고 떠돌아다니는 신세였다면 슬프지 않았겠지만, 이미 너와 가람이와 함께 행복하게 살다가 그 생활을 갑자기 잃으니까 너무 슬퍼져서, 그래서… 흐흑! 미안해. 돌아와서는 안 된다는 것을 알아. 하지만, 하지만! 너희들은 나를 너무 따뜻하게 대해줬는데, 그랬는데… 밖은… 으흐흐흑… 춥고… 배고프고……."

녀석은 계속 내 품에 안겨서 훌쩍거리며 눈물을 흘렸고, 그래서 나는 녀석이 너무도 불쌍해졌다. 으윽… 제길… 자꾸 이렇게 마음이 혼

들리면 안 되는데… 그건 그렇고 비에 젖어서 그런지 요령이의 몸은 너무 차가웠다. 으윽, 미안하게 됐다……

"흐흑… 제발… 같이 살 수 있게 해줘… 비록 이틀 동안이지만… 너희들이 너무… 그리웠어… 제발……"

녀석의 몸은 가늘게 떨리고 있었고, 제기랄, 녀석의 눈에서는 계속해서 눈물이 흘러나오고 있었다. 으으… 그냥 같이 살아도 된다고 해버릴까? 자꾸 이렇게 나오는데… 눈물까지 흘리는데… 설마 거짓 눈물은 아닐 테지? 으으, 머리 아프네! 도대체 나보고 어쩌라는 말이야! 나는 눈을 질끈 감으며 일단 조금씩 손을 움직여서 녀석의 머리를 천천히 쓰다듬어 주었다. 으음, 머릿결이 좋네. 아, 이런 생각을 하면 안 되지. 일단 이렇게라도 달래어서… 그런데 달랜 다음에는 뭘 어쩌지?

그때 누군가 복잡하게 핑핑 돌아가는 생각과 내 가슴을 적시는 요령이의 눈물 때문에 정신이 하나도 없는 내 마음을 다잡아주려는 듯이 내 어깨에 손을 얹었다. 가람이였다. 녀석은 나를 바라보지 않고 앞을 보면서 혼잣말을 하듯이, 그러나 나에게 말하려는 의도가 확실한 태도로 말했다.

"내 생각이지만… 연극 같다."

"으응?"

"요령이라는 녀석… 아무리 자신이 요물이 싫다고, 자신과 음의 성격은 거리가 멀다고 말하지만 아무리 그래도 역시 녀석은 천성이 요물이요, 음기의 동물이다. 눈물을 흘리는 것쯤은 쉽게 할 수 있겠지. 내 사견이기는 하지만, 지금 흘리는 요령이의 눈물은 아마도… 연극 같다. 게다가 주인의 지금 상황을 냉정하게 주인 스스로 평가해 보기를 바란다. 주인, 요령이와 함께 있다가는 언제 목숨을 잃거나 다칠지 모른다."

흐음? 가람이의 말이 꽤 일리가 있는데! 나는 요령이의 머리를 천천히 쓰다듬던 손을 멈추고 내 품에서 눈물은 멈췄지만 계속해서 끅끅대고 있는—그러나 연극일지도 모르는—요령이를 바라보았다. 그리고 요령이는 가람이의 말에 얼굴을 들어서 입술을 깨물고 가람이를 노려보았다. 얼굴이 눈물과 콧물로 범벅이 되어서인지 그런 요령이의 모습은 표독스럽다기보다는 오히려 토라진 것처럼 보였다.

"너… 내가 그렇게 싫어?"

"응… 뭐?"

아무리 차분한 가람이라도 갑작스러운 요령이의 이 말에는 상당히 당황했나 보다. 녀석은 움찔하며 얼굴을 굳혔고, 요령이는 내 품속에서 어느 정도 멈추었던 눈물을 계속해서 주르륵 하고 흘리며 가람이를 향해 말했다.

"내가… 그렇게… 싫어? 꼴도 보고 싶지 않을 정도로? 어떻게든 영준이를 부추겨서 쫓아내고 싶을 정도로 내가 보기 싫은 거야?"

"아… 그게… 그게 아니라……."

가람이는 눈물까지 흘리며 자신을 애처롭게 바라보는 요령이의 말에 뭐라고 대답할 말을 잃은 듯하다. 녀석은 자신을 똑바로 바라보며 '자신이 그렇게 싫으냐'고 묻는 요령이를 나에게 '주인, 요령이를 다시 쫓아내'라고 말할 정도로 차가운 마음의 소유자가 절대 아니니까. 결국 녀석은 뒤로 물러서며 나에게 말했다.

"결국 결정은 주인이 하는 것이다. 나는 뭐라고… 충고할 수는 없을 듯하다."

아, 그렇지. 결정은 물론 내가 하는 것이지. 하지만 나는 워낙 좀 성격이 뭐랄까… 우유부단하다고 할까? 아냐! 나처럼 결단력이 강한 사람은 없지! 젠장, 내가 제 살 깎아먹는 이야기를 했군. 어쨌든 이번 상황은 너무 복잡하고—내 성격 탓은 절대 아니다!—… 그래서 어떻게 결정해야 할지 정말 모르겠는걸. 이렇게 나에게 매달리는 요령이를 다시 내쫓자니 내가 너무 매정한 놈이 되는 것 같은 데다 요령이가 너무 불쌍하고. 그렇다고 요령이를 계속해서 데리고 있자니 내 목숨이 위협받을 것 같아서 왠지 좀 두렵고. 그런데 또다시 생각하면 실체화되지도 않은 두려움에 내가 지레 겁먹는 것은 아닌가 하는, 내가 겁쟁이라서 괜히 있지도 않은 위협에 불쌍한 요령이를 쫓아내려는 것은 아닌가 하고 생각되는 마음도 든다. 아, 제기랄. 이거 상황 더럽게 되어버렸네…….

"제발… 날… 내쫓지 말아줘… 부탁이야……."

요령이는 다시 눈물을 글썽이며 떨리는 목소리로 내게 더욱더 깊숙이 안겨들었고, 그래서 나는 요령이의 향기에 아찔해졌으며 내 가슴은 방망이질 쳤다.

두근두근.

제기랄, 가슴이 왜 두근거려? 단지 고양이 한 마리가 품에 안기는 것인데 말야! 제기랄! 두근거리지 말라고! 으으, 나는 어색하게 하늘을 바라보았고, 그런 나를 바라보며 가람이는 걱정이 되었는지 내게 말했다.

"주인, 현명하게 선택해라. 주인의 안전이 걸려 있는 일이다."

"…어… 저… 그러니까… 내 생각은 말이지……."

아아, 이것 참 곤란하게 되었다! 제기랄, 나가라고 해야 하나, 들어오라고 해야 하나? 요령이는 계속해서 눈물이 글썽한 처연한 얼굴로 나를 올려보고 있었고 가람이는 지켜보겠다는 듯이 한 걸음 뒤로 물러서서 약간은 경계하는 듯한 눈빛으로 나와 요령이를 번갈아 바라보고 있었다.

"어… 어흠, 그러니까……."

하지만 역시 목숨보다 더 소중한 것은 없겠지? 뭐? 실체화되지 않은 위험? 개나 줘버려라! 옛 선조 말씀에 이런 말이 있지! '돌다리도 두드려서 건너라!'

"미안. 역시 나가줘야……."

"제발……."

다시 한 번 애처롭게 웅얼거리며 힘주어 내게 안겨드는 요령이. 제기랄! 에라, 모르겠다. 그냥 돌아와라! 어떻게 이렇게 내게 매달려 오는 널 매정하게 비 오는 거리로 다시 내쫓겠냐!

"젠장, 에라, 모르겠다. 그래, 잘 돌아왔……."

"주인, 마지막으로 조언 하나 하겠다. 지금의 결정이 미래에 후회는 되지 않을지 잘 생각해서 선택해라."

우왕좌왕하던 내 모습을 보다 못한 가람이가 툭 내뱉듯이 말한 조언이다. 물론 이 말에 요령이가 다시 가람이를 노려보았음은 물론이다. 음, 또 듣고 보니 저 녀석의 말도 맞긴 하네! 그래, 지금 괜히 감정에 이리저리 휩쓸려서 섣불리 결론을 내렸다가 괜히 미래에 피 보고 지금의 선택을 후회한다면 그건 결코 훌륭한 결정이라고 할 수 없지! 좋아! 결정했다! 요령아, 미안하지만 역시 나가줘야…….

잠깐, 가람이는 내게 '요령이를 내보내라' 고 하지 않았다.

단지 '미래에 후회하지 않을 선택을 하라' 고 말했을 뿐.

내가 여기서 요령이를 내쫓는다면 내가 미래에 과연 지금을 회상하며 '난 그때의 결정을 후회하지 않는다' 고 말할 수 있을까?

나는 단지 녀석을 하루 동안 거리로 내몰고는 터질 듯한 후회 속에서 술에 절어 지냈었지… 하지만 혜진과의 싸움 중에서 죽을 뻔했을 때는 반대로 녀석을 구해주었다는 내 선택에 광분하며 후회했었고 말야……

제기랄, 어떻게 하란 말이냐! 어느 쪽이 내 진심인 거냐! 어떻게 해야 할지 도저히 모르겠어!

에라이, 될 대로 되라! 결심했다!

"야, 이요령! 그렇게 징징 울고 있지만 말고 일단 들어와!"

"…뭐?"

"그렇게 눈물만 줄줄 흘리지 말고 얼른 들어오라고! 마음 바뀌기 전에!"

"그럼… 날… 받아주는 거야?"

"일단 들어와! 설명해 줄 테니!"

요령이는 조용히 고개를 끄덕이며 알았다는 표시를 한 뒤 나를 안은 팔을 풀고―왠지 모르게 아쉬웠다―훌쩍이며 방 안으로 들어왔다. 그 후 가람이를 지나쳐 방구석에 무릎을 꿇고 주저앉은 뒤 고개를 숙이며 어깨를 들썩이며 다시 훌쩍였다. 그리고 나는 그 모습에 다시금 어째서인지 모를 안타까움을 느껴야만 했다. 제기랄, 역시 여자가 운다는 걸 지켜보고만 있어야 한다는 게 쉬운 일만은 아니군… 나는 물끄러미 훌쩍이는 요령이를 바라보았다. 어휴, 괜히 나까지 슬퍼지네……

그렇게 하염없이 요령이를 바라보다 문득 내가 왜 계속 따라서 앉지 않고 요령이에게 '그동안 어떻게 지냈냐, 밥은 굶지 않았냐' 등의 안녕을 묻지 않고 멀뚱히 서 있었는지가 떠올랐다. 아차차! 내가 왜 이러고 있는 거야! 기다리고 있었으면 계속 기다리지 말고 어서 할 말을 해야지! 나는 목을 가다듬으며 사람들, 아니, 정확히 말해서 개와 고양이의 시선을 내게 끌었다.

"흠, 흠, 일단 여기서 분명히 해둘 게 있어. 나는 요령이를 결코 우리집의 완전한 구성원으로 받아들인 게 아니라는 말이야."

"뭐?"

방 안으로 들어온 뒤에도, 즉 자신이 원하던 대로 된 뒤에도 뭐가 그렇게 서러웠는지 계속해서 훌쩍훌쩍 울던 요령이는 나의 말에 푹 숙였던 고개를 번쩍 들고는 놀란 얼굴로 눈을 동그랗게 뜬 채 나를 바라보았다. 눈물과 콧물로 얼굴이 범벅이 되어서 상당히 얼굴이 우스워 보였지만 그런 얼굴도 나름대로 귀여웠다.

에엑?! 귀엽긴 뭐가 귀여워. 저 녀석이?

흐음, 이 버릇 또 나와 버렸군. 쳇, 역시 난 어쩔 수 없다니까.

"뭐라니, 뭐긴 뭐야? 다시 한 번 말하지만, 나는 아직 너를 완전한 우리 집의 구성원으로 인정할 마음이 없어."

"그, 그럼… 역시 나를 다시 거리로 내보내겠다는… 흐윽!"

그 녀석은 다시금 고개를 푸욱 숙였고, 그래서 나는 다시금 씁쓸해졌다. 가람이도 약간의 동정심이 섞인 눈으로 그렇게 어깨를 들썩이는 요령이를 바라보았다. 그래도 할 말은 해야지. 쩝, 나는 잠시 입맛을 다시고는 말을 이었다.

"하지만 그렇다고 요령이를 이 집에서 내쫓겠다는 것도 아냐."

이번의 내 말에는 가람이까지 뭐가 뭔지 모르겠다는, 어리둥절한 표정이 되어 나를 바라보았다.

"그게 무슨 소리인가, 주인? 받아들이지도 않고 내쫓지도 않겠다니?"

"그, 그래… 그게 무슨 소리야, 영준아? 나도 네가 무슨 말을 하는지 잘……."

요령이는 다시 고개를 들어서 어리둥절한 얼굴로 나를 바라보았고, 그래서 나는 주위를 천천히 한번 둘러보는 것으로 뜸을 들여서 청중─그래 봐야 두 명이지만─의 관심을 증폭시킨 뒤 입을 열었다.

"선택은… 유보다."

"어? 뭐라고?"

요령이는 다시 나를 어리둥절한 눈으로 바라보고는 약간 부정확한 발음으로 짧게 물어왔다. 선택은 유보라니까, 뭐 그리 궁금한 게 많아?

"무슨 말인지 모르겠어? 선택은 유보라고. 솔직히 내 안전을 위해서라면 너를 가람이를 시켜서라도 이 집에서 쫓아내야 하는 게 당연한 이치겠지만, 또 너를 내보내자니 너를 저 비 오는 거리로 내쫓고 나서 내가 후회하지 않을 거라는 확신을 가지기가 어려워. 그렇다고 너를 다시 받아주자니 너 때문에 다시 내가 위험해질까 봐 두렵기도 하고. 그래서 결국……."

"결국?"

"지금은 도저히 결론을 못 내리겠어. 하아, 할 수 없잖아? 이건 내 인생에 있어서 몇 번 만난 적 없는 너무나도 어려운 문제라고. 그러니 할 수 없잖아?"

요령이는 도리질을 치며 말했다. 하! 자식, 별걸 다 하네?

"말도 안 돼! 할 수 없다니? 결론을 못 내리겠다니? 그럼 결국 결론을 내리지 못하고 원래대로 나를 내쫓겠다는… 그런……."

녀석은 다시 감정이 북받쳐 오르는 듯 말꼬리를 흐렸고, 그래서 나는 급히 손사래질을 치며 울려는 녀석을 말렸다.

"이봐요, 아가씨. 아니, 고양이 씨. 남이 말을 하면 끝까지 들어야 예의 바른 숙녀지. 끝까지 듣고 나서 울든지 아니면 환호성을 지르든지 하라고. 어쨌든 나는 도저히 선택할 수가 없었어. 그래서 결정했지. 선택을 유보하는 걸로. 그러니 내가 너를 내보낼 것인가 받아들일 것인가를 선택할 때까지 요령이는 우리 집에 남아."

"으… 응?"

내 말에 요령이는 내게 되묻는 듯한 소리를 냈고, 게다가 가람이도 말은 안 하지만 무언가 복잡한 표정을 얼굴에 담고 있어서 나는 다시금 정리해 주듯이 녀석들에게 내 생각을 설명을 해주어야 했다.

"으음, 그러니까, 나는 요령이 녀석을 쫓아내는 짓은 인정상 차마 못할 것 같고, 그렇다고 요령이 녀석을 계속해서 데리고 같이 살다니 왠지 모르게 미래가 불안하고 찝찝해서 견딜 수가 없어. 그러니까, 요령이를 내쫓을지 아니면 요령이와 계속 같이 살지를 결정할 때까지 요령이 너는 이곳에서 머무르도록 해."

"머무르… 라고?"

"그래. 네 녀석을 받아들이려고 해도 네가 옆에 있어야 말할 수 있고 너를 내보내려고 해도 네가 옆에 있어야 나가라는 말이라도 할 수 있으니까."

난 친절하게 내 생각을 하나하나 설명해 주었고, 그런 내 말에 요령이는 불안한 기색을 얼굴에 드리우며 물었다.

"그럼… 네가 의견을 결정하는 그때는 언제인데……."

그리고 녀석의 질문에 나는 웃으며 대답해 주었다.

"모르지. 한 달일지 평생일지."

아아, 내가 생각해도 너무나 멋진 말이다! 후하하, 이 정도면 나도 꽤 말솜씨가 멋지단 말이야… 그런데 왜 아무 말이 없지?

"요령아?"

요령이는 너무나 감격했나 보다. 그 녀석은 갑자기 나에게 펄쩍 뛰어서 안겨들었다.

"우와악! 왜 그래!"

크어억! 허리 꺾이고 목 나가는 줄 알았다! 갑자기 목에 팔을 감고 매달려 버리면 내가 어떻게 견디란 말이냐! 내 팔은 무쇠팔이 아니요 내 목이 강철목인 것도 아니며, 그렇다고 내 허리가 돌허리인 것도 아니란 말이다!

"영준아! 아니지, 주인님아! 고마워! 고마워!"

"아, 알았으니까……"

"고마워! 고마워!"

녀석은 이제는 내 목을 감은 팔을 으스러지도록 조여댔고, 그래서 나는 일차의 '뼈에 오는 물리적 충격으로 인한 고통'에 이은 '기도 확보 부족으로 인한 호흡 곤란'이라는 이차의 고통을 맞게 되었다.

"우욱! 알았으니까 이거 놓고 말해… 숨 막혀! 콜록! 콜록!"

내 말에 요령이는 내 목 뒤에서 깍지를 끼워놓았던 손을 재빨리 풀며 내 표정을 살폈다.

"응! 응, 응! 놓고 말할게! 자! 이제 시원해?"

"콜록, 콜록콜록! 조, 좀 나은 것 같긴 하다. 콜록!"

"어쨌든, 그럼 이제 나는 여기서 살아도 되는 거지?"

"아아, 확정된 것은 아니라니까……"

"어쨌든 네가 마음이 변할 때까지는 여기서 지내도 된다는 거잖아?"

"그, 그렇긴 하지……"

갑자기 쾌활해진 녀석의 모습에 내가 갈피를 못 잡고 있을 때, 갑자기 녀석이 바지 주머니를 뒤적이더니 무언가를 꺼내어서 내게 던져 준다.

"자, 가져."

탁!

나는 가볍게 그것을 낚아… 채려다 실패해서 바닥에 떨어뜨리고는 약간 창피한 마음에 붉어진 얼굴을 고개를 숙이는 것으로 효과적으로 가리면서 바닥에 떨어진 무엇인지 모를 물건을 주워서 그것을 손바닥 위에 올려놓았다. 작은 병처럼 생긴 그것에는 글씨가 병의 크기에 비해 크게 쓰여 있었다. 뭐라고 써 있는 거지?

'안약.'

이런 젠장! 이런 젠장! 이런 젠장! 나는 요령이를 날카롭게 바라보았고 녀석은 그런 날카로운 내 시선을 멋쩍게 받아넘기며 씨익 웃었다. 그리고 난 그런 녀석을 밉살스럽게 바라보며 물었다.

"너, 설마 아까 그 눈물이랑 울던 게……."

그러자 녀석은 애교스럽게─으윽! 애교스럽다니? 하지만 내 눈에 잠깐이나마 그렇게 보였던 걸 어떻게 하라고!─웃더니 갑자기 얼굴을 찡그리고 흑흑거렸다.

"흑흑! 호호, 이렇게 울던 거 말이니?"

요령이의 그 시원스러운, 맑고 큰, 하지만 옆으로 약간 날카롭게 올라가서 요사스럽게 보이기도 하는 눈에는 분명히 단 한 방울의 눈물도 흐르고 있지 '않았다'.

이런, 망할!

"뭐, 뭐야! 그게 그러면 다 가짜였단 말이야? 다 지어내서 흘린 눈물이었단 말이야? 우이 씨! 뭐 세상이 이러나! 야! 나가! 얼른!"

그러나 요령이의 표정은 말 그대로 나를 가지고 노는 표정이었다.

"나가라니? 들여보낼 땐 네 마음대로 들여보내도 내보낼 때는 네 맘대로 못 나가지—"

"우아아악!"

나는 하늘을 향해 고래고래 소리를 질러대었다. 나가! 나가! 나가란 말야—! 하고.

그런데 그런 내 모습을 바라보던 요령이의 얼굴이 갑자기 이상하게 조금씩 어두워지기 시작했다. 으음? 조금씩 찡그리는 얼굴이… 약간…….

슬퍼… 보인다?

"정말… 내가 그렇게… 싫어? 지금이라도… 나갈까?"

"아… 응?"

"정… 원한다면… 할 수 없지만… 하지만……."

그 녀석은 고개를 아래로 떨구며 바닥을 움켜쥐듯이 자신의 두 손을 꼬옥 말아 쥐었다. 녀석의 어깨는 바들바들 떨리고 있었다. 제기랄, 내가 무슨 소리를 한 거지? 며칠 지나지도 않은 일을 벌써 잊어버린 거야? 저 녀석, 자존심이 강해서 입으로는 웃지만 분명히 마음으로는 아직까지 그때의 상처가 많이 남아 있을 거라고! 어휴, 바보! 멍청이! 나는 갑작스레 변해 버린 요령이의 태도에 당황해서 녀석의 어깨에 천천히 손을 올리며 조심스럽게 달래듯 말했다.

"아, 내, 내 말은 그런 게 아니라……."

"흐흑… 어차피 결론은 같잖아! 내가 싫다고 그러는 거잖아!"

"그, 그런 게 아냐……."

"아니긴 뭐가 아냐! 흑! 나가라니, 나가라니… 어떻게 그런 말을 그렇게 쉽게 할 수 있지? 기껏, 기껏 간신히 돌아왔는데… 흑!"

"아니, 나가라는 게 아니라……."

"나가라는 게 아니야? 흐흑……."

"그, 그럼! 물론이지!"

"한 입 가지고 두말하기 없기다! 흑!"

어? 어째 이야기가 좀 이상하게 흘러간다?

"그, 그러기로 하자……."

내가 얼떨결에 고개를 끄덕이자마자 얼굴을 푹 숙이고 있던 녀석은 혀를 쏙 내밀며 얼굴을 들어 올렸다. 물론 눈물을 흘린 흔적 따위는 없었다. 이런, 젠장! 또 속았어!

"너, 너, 자꾸……."

"우헤헤, 주인님, 어째서 그렇게 진노하셨죠?"

"주인이고 나발이고, 이 자식을……."

"이 자식을 뭐, 곱게 잘 먹이고 잘 재워서 예쁘게 길러줘야겠다구?"

"아아아아!"

아, 부아가 치밀어 오른다! 오늘 속 미친 듯이 뒤집어지는구나! 나는 머리를 벅벅 긁으며 짜증을 냈다. 그런데 그때, 뒤에서 픽! 하고 웃는 소리가 들린다. 뭐야, 누가 이렇게 기분 나쁘게 웃어? 내 뒤에는 가람이밖에 없는데, 설마 가람이가?

"가람이, 너냐?"

가람이는 입에 웃음기를 띤 채로 대답했다.

"아… 으음, 약간 상황이 재미있어서."

"에엑? 아무리 그래도 그렇지, 감히 네가 주인을 비웃어?"

"어, 저… 미안. 비웃은 것은 아니지만 기분이 나빴다면 정말 미안하다."

얼굴을 굳히고 한 말에 가람이는 당황했는지 황급히 사과했다. 허헛, 이 녀석 놀려먹는 것도 꽤 재밌군. 나는 씩 웃으며 놀라 버린 녀석을 안심시켜 주었다.

"아, 아, 됐어. 화 안 났어. 장난친 거야. 그건 그렇고 너도 그렇게 웃을 때가 있다는 건 상당히 의외인걸 그래?"

그 말에 가람이는 멋쩍게 웃으며 대답했다. 으음, 저러니 진짜 사람 같군. 하긴, 외형은 완전히 사람이기는 하지만 말야.

"서로 속마음을 감추고 겉말로만 상대방과 이야기하는 모습이 상당히 재미있어서… 나도 모르게 그런 헛웃음을 내뱉게 되었다."

으음? 이건 또 무슨 소리야? 서로 속마음을 감추고 상대방과 이야기를 나누다니?

"어, 그러니까 네 말은… 요령이가 지금 자신의 마음을 숨기고 나와 이야기를 한다는 그런 말이지?"

내 말에 가람이는 고개를 저으며 나를 바라보았다.

"아니, 요령이를 말하는 게 아니다. 그녀는 요물이라 마음속을 파악하기 어렵지."

"그럼?"

"주인을 말하는 것이다."

"뭐? …내가? 그러니까, 내가 속마음을 숨기고 있다는 거야?"

그리고 가람이는 내 말에 망설이는 기색도 없이 고개를 끄덕였다. 어, 어어? 그게 무슨 소리야!

"야! 말도 안 돼! 무슨 소리야! 나같이 솔직한 사람이 세상에 어디 있다고 그런 말을 하냐! 방금 전만 해도 난 분명히 진실만을……."

"정말 요령이를 다시 밖으로 내쫓으려고 했다고?"

으윽! 왠지 핵심을 찔린 듯한 느낌이 든다.

"어어? 그, 그럼! 물론… 이지! 내가 얼마나 차갑고 냉철한 놈인데! 아직 어떻게 할지 확실히 마음을 정하지 못해서 그렇지, 만약 요령이를 내쫓자는 결론을 선택한다면 그때는 가차없이……."

"주인, 스스로를 속이려 하지 마라."

"뭐어?"

녀석은 무표정한 얼굴로, 그러나 왠지 내가 보기에는 빙글빙글 웃는다는 느낌을 주는 표정으로 이야기했다. 아직까지 웃음을 그렇게 잘 짓지는 못하나 보군.

"주인의 태도를 보면 주인은 요령이를 쫓아낼 마음이 전혀 없다. 주인은 마음이 그렇게 어둡지가 못해. 그래서 속마음이 훤히 드러나 보이지."

"아… 아냐, 임마! 내가 저런 밥만 축내는 식충이 같은 녀석을 뭐가 좋다고 들여보내겠어! 만약 내가 위험하다고 생각하면……."

그리고 내가 말을 이어 나갈수록 녀석의 약간은 무표정하던 얼굴은 조금씩 '어설픈, 하지만 상당히 무엇인가를 재미있어하는 미소' 로 바뀌어 나갔고, 그러다 녀석은 내 얼굴을 손가락으로 가리키며 웃음기 머금은 목소리로 말했다.

"그런데 얼굴은 왜 벌게지나."

어, 어어? 내가 얼굴이 빨개졌다고? 그러고 보니 내 얼굴이 약간 화끈거리는 것 같기도 하고…….

"아, 아냐! 나 얼굴 안 빨개졌어! 그냥, 이건……."

그리고 가람이는 결국 참지 못했는지 아까처럼 다시 헛웃음을 흘렸다.

"큭! 아, 아니다. 주인이 쑥스럽다면 할 수 없지. 그만 하도록 하겠다."

"이게 점점… 야, 무슨 소리를 하는 거야! 자꾸!"

"하하, 왜 화를 내고 그러나?"

어억? 저 인자한 웃음은, 그리고 저 부드러운 태도는 설마! '투정 부리는 어린아이를 달래는 어른'의 모습인가?

으윽… 더 망가지기 전에 말을 말아야겠군. 젠장…….

난 그렇게 한숨을 쉬며 요령이를 바라보았다.

"야, 요령……."

정말이지 말을 잇지 못하게 하는군. 5분, 아니다. 단 5분은커녕 3분 정도만 가람이와 이야기를 하기 위해 고개를 돌리고 있었는데도…

"푸우… 쌔액… 푸우……."

언제인지 모르게 녀석은 세상 모르게 깊이 잠들어 있었다. 에에… 흠, 거참. 머리가 다 헝클어졌잖아. 머리를 약간 가다듬어 줘야겠는걸. 아, 절대 녀석이 예뻐 보여서가 아냐. 단지 머리가 조금 헝클어져서… 나는 손을 천천히 뻗어서 뻣뻣하게나마 녀석의 앞머리를 살짝 쓰다듬어 주었다.

"으음… 푸우……."

요령이는 잠시 뒤척이다 그대로 다시 깊이 잠에 빠져드는 듯 움직이지 않았고, 나는 그런 녀석을 보면서 나도 모르게 미소 지었다. 에휴, 어쨌든 며칠 동안 고생했다, 임마. 미안해. 쩝. 미안하다고.

"요령아, 미안했다."

깨어 있을 때 이런 말 하면 당연히 내가 기 싸움에서 밀리게 되니까 안 되고. 잘 때라도 사과를 해놓아야지.

"푸우… 알면… 됐어… 쌕… 푸우……."

하하! 잘 때도 잠꼬대로 할 건 다 하는군! 나는 재미있어하며 계속 요령이를 바라보았다. 휴, 솔직히 내게 요령이를 내쫓을 마음이 없었다는 가람이 말이 맞을지도 몰라. 비록 성격이 나긋나긋하고 얌전하진 않아도 속마음은 착한 녀석인걸. 이런 녀석을 어떻게 쫓아내?

가람이는 잠든 요령이를 바라보며 미소 짓고 있는 나를 보더니 말했다.

"바라보고만 있어도 즐겁나? 역시……."

"어, 아냐! 그냥 고생했을 거란 생각에 안쓰러워서 바라본 거야."

나는 황급히 손을 흔들어 부인하며 재빠르게 고개를 요령이에게서 벽 쪽으로 돌려 버렸다. 그런데 가람이 이 녀석, 왠지 모르게 조금씩 주인을 놀려먹으려고 하는 것 같다는 생각이 든다? 하긴, 아직은 그냥 장난스러운 말 한두 마디 수준이기는 하지만. 많이 친해진 증거라고 생각하고 기뻐해야 하나?

"아하아아암, 잘 잤다!"

"아아, 일어났냐?"

녀석은 눈을 비비며 주위를 바라보았고, 여기가 자취방이라는 것에 안심했는지 안도의 한숨을 한번 쉰 후 나를 불렀다.

"야! 이리 와봐."

"어? 왜?"

따악!

내 머리에 떨어지는 꿀밤. 뭐야!

"이씨! 왜 때려!"

"왜 자는 사람을 괴롭히고 난리야!"

어억? 머리 쓰다듬은 걸 눈치 챘나? 설마! 분명히 그때 요령이는 깊이 잠들어 있었는데?

"아, 그, 그게… 내가 뭘 어쨌다고……."

"자는데 네가 꿈에서 나와서 '미안해— 미안해—' 이러면서 머리를 계속 쾅! 쾅! 때리는데, 어휴! 정말 시달려서 죽는 줄 알았잖아!"

으윽, 이거… 나 때문인 것 같기도 하고 아닌 것 같기도 하고…….

어쨌든 이렇게 시끌벅적하니까 확실히 며칠 전으로 돌아온 것 같아서 기분이 좋다. 하하! 이제 바라는 건…

제발 요령이가 며칠 동안 나 때문에 입었던 마음의 상처를 빨리 잊어버리길…….

제12장

세 발 까마귀의 패

늦은 오후. 시간이 하오로 접어들면서 햇빛은 비스듬히 옆으로 누워 창을 통해 스며들어 내 얼굴과 방의 벽지를 금잔디 같은 따뜻한 황금색으로 물들였고, 나는 그런 따스함을 즐기면서 천장을 바라보며 팔베개를 하고 누워 있었다.

조용했다. 지극한 고요. 고개를 돌려 주위를 둘러보았다. 방구석에서는 요령이가 심심했는지 괜히 가만히 벽을 보며 명상을 하고 있는 가람이를 집적대며 괴롭히고 있었고, 가람이는 자꾸 자신을 괴롭히는 요령이를 귀찮아하며 파리 쫓듯이 팔을 휘적거린 뒤 낮잠을 청하려는 듯 방구석에서 웅크리고 드러누웠다.

요령이는 자신의 장난감이 사라지자 잠시 시무룩해하며 주위를 둘러보다 나와 눈이 마주치곤 한결 밝아진 얼굴로 내게 팔꿈치와 무릎을 교묘하게 놀려서 엉금엉금 기어왔다. 녀석의 의도를 알아챈 나는 손을 휘저어 장난칠 생각이 없다는 것을 알렸다.

그래서 요령이의 얼굴은 아까보다 더욱 울상이 되어버렸고, 녀석은 그렇게 잔뜩 찌푸린 얼굴로 잠시 나를 바라보다가 나의 무엇인가가 흥미로워 보였는지 아예 가부좌를 하고 앉아서 한쪽 팔로 자신의 턱을 괸 채 본격적으로 지그시 나를 바라보았다. 내가 녀석의 시선에 왠지 모르게 머쓱해졌음은 물론이다. 나는 약간 신경질적으로, 그러나 조금 기대감을 섞어서 물었다. 아, 기대감을 왜 섞었는지는 묻지 말기로 하자.

"야, 뭐야? 왜 그렇게 처다봐?"

"바보 관찰."

크아아악! 내 얼굴색이 급격하게 변하자 요령이는 킥킥대더니 귀밑머리를 넘기며 말했다.

"진담이고—보통은 이 자리에 '농담이고' 라는 말이 들어가야 정상 아닌가?— 심심해서. 헤헤, 역시 가람이와는 다르게 반응이 한 번에 오네. 진짜로, 넌 단순해서 데리고 놀면 너무너무 재밌다니까."

"이익! 내가 장난감이냐!"

나는 화를 버럭 내었고 내 항의에 요령이는 눈을 동그랗게 뜨며 반문했다.

"어머? 벌써 눈치 챘어?"

"에휴… 됐다, 됐어."

나는 손을 내저어 지쳤다는 몸짓을 취하며 잠시 요령이의 얼굴을 바라보다 다시 허공을 바라보며 생각에 잠겼다. 한없이 평범한 일상. 옛날과 전혀 변한 게 없는 것 같은 일상이다. 그러나 왜 한숨이 이렇게 나올까?

더 이상 내가 평범하지 않기 때문일 것이다.

"후우……."

손에 힘을 주며 지금 내 손으로 몸속의 기운들이 움직이고 있다고 생각했다. 그리고 계속 손에 힘을 가했다. 그러자 곧 무엇인가 온 몸을 부드럽게 휘감으며 손끝에 차가운 기운이 모이기 시작했다. 그리고.

휘이잉.

소맷자락에서 한줄기 맑은 바람이 뿜어져 나와 머리카락을 날리며 순간적으로 눈을 감게 만들었다. 얼굴을 스쳐 머리 뒤에서 휘감겨 사라지는 바람을 살풋 떠오르는 머리칼들로 느끼며 나는 다시금 한숨을 쉬었다.

"에휴… 이게 좋은 건지, 나쁜 건지… 요즘 들어 이상하게 평범과는 거리가 먼 생활이 계속해서 반복된단 말이야……."

다시 손을 뻗어서 내 오른편의 벽에 걸려 있는 달력을 가리키고 정신을 집중했다.

쉬익!

손에선 다시 한줄기의 찬바람이 나와 달력을 마치 폭풍우 속 배의 돛처럼 요동 치게 만들었다.

"방 청소 하는 데에 써먹어볼까? …에휴."

왠지 모르게 내가 이상한 녀석이 된 것 같아 마음이 울적해진다. 손에서 바람이 나온다니. 으으으! 젠장, 이게 뭐야. 도대체… 내가 선풍기냐?

"그렇게 귀한 힘을 고작 방 청소 하는 데에나 쓰려고 하고… 여하튼……."

요령이는 어깨를 으쓱거리며 한심하다는 듯이 고개를 저었고 나는 요령이의 말에 대답하는 대신 손에 기운을 한껏 모아서 녀석의 얼굴에 뿜어주었다.

휘이이이잉!

"어푸! 어푸푸!"

꽤 강한, 정면으로 맞받아 쐬면 최소한 정신은 하나도 없을 것 같은 세기의 바람이 내 손에서 뿜어져 나갔다. 요령이는 내 손에서 나가는 바람 때문에 자신의 흑단 같은 검고 긴 머리칼을 마구 흩날리면서 바람을 걷어내기 위해 손을 마구잡이로 휘저으며 어푸거리다 마침내 뒤로 넘어져 버렸다.

콰당!

"아야야!"

"으헤헤, 그거참 쌤통이다."

내 말에 요령이는 볼을 부풀리더니 손가락을 묘하게 얽었다. 수인을 맺은 것이다.

"쌤통? 지금 쌤통이라고 했냐? 에어리얼 서번트!"

갑자기 내 몸 주위에서 내 손에서 나간 것과는 차원이 다른 강맹한 바람이 불어제치더니 나의 몸을 하늘로 둥실 들어 올렸다. 어, 어어? 으아악! 이게 뭐야!

"우아아! 무슨 짓이야! 어서 내려줘!"

물론, 내려달라고 고분고분 내려줄 요령이라면 내가 매일같이 마음고생을 하지는 않았을 것이다. 내 말에 요령이는 재미있다는 듯 입술을 치켜 올리며 나를 바라보았다.

"너도 오늘 쌤통 한번 당해봐라!"

보자 보자 하니까 이게? 옛날 같으면 허공에 매달린 채로 아등바등

거리면서 너한테 빌든지 뭘 하든지 했겠지만, 난 말야, 이제 옛날의 내가 아니라구. 난 허공을 향해 손가락을 까닥거리며 여유롭게 말했다.

"이봐, 이봐. 에어리얼 서번트? 네가 지금 잡고 있는 사람이 누군지 아직 잘 모르겠어? 영원히 소멸되고 싶지 않다면, 좀 가줄래?"

조용히, 하지만 분명한 협박의 어투로 나는 에어리얼 서번트에게 말했다. 내 말을 들은 에어리얼 서번트의 힘에서 강압적인 기운이 머뭇머뭇 사라지고 있었다. 그리고 난 에어리얼 서번트의 태도를 확실히 하기 위해 못 박듯이 다시 한 번 그것에게 명령했다.

"놓아!"

슈우우.

풍선의 바람이 빠지거나 사이다의 김이 새어버리는 것과 비슷한 소리가 난 것 같은 느낌과 함께 갑자기 나를 허공에 매어두던 힘이 사라졌다. 그리고 허공에 떠 있던 나는 황당한 마음에 얼굴을 일그러뜨리며 중얼거렸다.

"야! 사라지라고 이렇게 갑자기 사라지면 난 떨……."

꽝!

"…어지잖아. 으윽, 엉덩이 아파."

그리고 요령이는 깔깔대었다.

"호호! 그것 참 쌤통이다!"

"뭐? 쌤통? 이게… 내가 누구인지 알……."

따악!

아이고, 이마야. 요령이는 내 말이 끝나기도 전에 손가락을 튕겨서 무엇인가를 내 이마로 쏘았다. 기의 덩어리인가? 원거리 꿀밤인 셈이군. 어쨌든 그거 생각보다 무지 아프네.

"누구긴 누구야, 얼빵한 주인이지. 그것도 어린애 장난이나 치고 있는."

"으윽… 쳇."

이마를 싸쥐고 녀석을 쏘아보았지만 솔직히 요령이의 말에 별로 부인하고 싶은 생각은 없다. 쳇. 하긴, 저 녀석에게는 내가 바람을 약간 다룰 수 있게 된 것이 어린애 장난으로 보이겠지. 내가 삼사의 힘을 지니게 되었든 세 발 까마귀의 패의 주인이 되었든 말야. 쳇, 영적 계급으로 따져 볼까, 누가 더 높은지? 내가 누구의 후계자가 되었는지 알아? 하긴, 그런 하나도 쓸데없는 계급이 무슨 필요가 있겠냐마는… 아아, 이게 어떻게 된 것인지 궁금할 것이다. 사실 나도 아직까지 이 일이 잘 파악이 안 되긴 하지만 말이다(하긴, 그러고 보니 내가 내 주위에서 일어나는 일들을 정확히 파악하고 있었던 적이 내 인생을 통틀어 몇 번이나 있었던가? 특히, 요즘은 정신이 하나도 없다). 어쨌든 지금 내게 일어난 신비로운 변화가 언제 시작되었느냐고 묻는다면 난 모든 일은 일주일 전, 설을 맞아서 고향에 내려가려 하면서 시작되었다고 대답해 주겠다.

일주일 전.

"뭐라고?"

"그래, 집에 좀 다녀와야겠다고. 가는 김에 푹 쉬고 올라오련다."

"집? 너한테도 집이 있었니?"

요령이는 이죽대었고 나는 이를 드러내며 요령이의 이죽거림에 대답했다.

"물론 누구처럼 집도 절도 없이 부평초처럼 떠돌아다니는 처량한 신세는 아니지."

이번에는 요령이가 이를 드러내었다. 자식, 귀엽게 노네.

"어쨌든, 난 고향에 좀 다녀와야겠어. 설날이잖아. 이번에 못 가면 언제 내려갈지도 모르는데. 그리고 설인데 차롓상에 절 한번 안 하면 집에서 내게 어떤 소리를 해댈지도 모르는 일이고 말야. 무엇보다 오랜만에 부모님과 고향 친구들의 얼굴이나 좀 보자."

"언제쯤 출발할 건데?"

"며칠 안으로 출발할까 생각해. 아마 내일이나 모레쯤? 그러니 너희들은 집 잘 지키고 있어. 올 때 설음식 잔뜩 얻어 올 테니까 두근대는 마음으로 기다려도 좋아."

먹다가 먹다가 질려서 고춧가루 쏟아 붓고 잡탕이나 끓여 먹을 정도로 많으면 좀 가져다 줄 용의도 있지. 내 말에 요령이는 갑자기 이상한 목소리를 내었다.

"에에엑?"

그리고 나는 그 목소리를 익살맞게 흉내내어 주었다.

"'에에엑?' 이라니? 그 인간의 성대 구조에서 절대 나올 수 없을 것만 같은 괴성은 뭐냐? 점심에 먹은 생선 가시가 목에 걸리기라도 했냐?"

"아, 그게 아니라… 우리보고 집이나 지키고 있으라니?"

"그럼 너희가 집이나 지켜야지 뭘 해? 아르바이트도 때려치웠잖아? 왜, 또 집 나가려고?"

아르바이트는 얼마 전에 그만두었다. 요령이가 가출했던 동안 출근하지 않았다고 카페의 주인 아저씨가 화가 머리끝까지 나셨던 까닭이다. 결국 주인 아저씨는 손님도 많은 데에서 내게 앞치마를 집어던지며 이렇게 나태하게 다닐 거면 차라리 그만두라고 고래고래 소리를 질러대었고, 결국 기분이 더러워진 나는 '예, 이따위 곳 때려치우면 그만이죠!' 하고 맞받아 외치고는 그대로 요령이와 가람이를 데리고 가게를 나와 버렸다. 그리고 지금까지 쭈욱 옛날처럼 백수 생활.

생각해 보면 그게 꽤 돈벌이가 되는 아르바이트이긴 했지만 또 생각해 보면 우리가 올려준 매상에 비해서 우리는 너무 대우를 못 받았다. 어쩌면 이렇게 생각하는 것 자체가 후회하지 않기 위해 스스로의 생각을 미리 합리화시켜 놓는 것인지는 모르겠지만 어쨌든 그만둔 것을 후회하지는 않는다. 어차피 너무 힘들어서 빠른 시일 내에 걸레를 던져 버리려 했으니까.

"끄으응."

요령이가 집을 나갔다 돌아온 일은 이미 농담거리에나 주고받을 정도로 가벼운 옛일 정도가 되어버렸다. 뭐, 속마음은 그렇지 않을지도 모르지만 겉으로나마 그렇다는 것도 나에게는 정말이지 다행스러운 일이 아닐 수 없다. 이런 식으로 천천히 마음속에 묻어가는 거지, 뭐. 난 요령이의 계속되는 불만스러운 태도에 대한 의아함을 실어 물었다.

"왜? 뭐가 불만인데?"

내 말에 요령이는 치를 떨며 되물었다.

"으으으! 정말 몰라서 물어?"

"그럼 내가 비싼 밥 먹고 할 일 없어서 아는 거나 물어보고 있어야겠냐?"

"에휴, 도대체 너, 눈이 왜 있는지는 아냐?"

"왜 있는데?"

나는 궁금하다는 표정을 지으며 물었고 요령이는 그것도 모르냐는 듯 한심하다는 투로 고개를 휘휘 저었다.

"눈이 있는 이유는 눈치 좀 채라고 있는 거야. 넌 눈을 멋으로 달았냐?"

…아, 그랬나. 난 또 사물을 제대로 보라고 있는 줄 알았지.

"눈이 그런 일을 위해서 있는 거라면 내 눈은 없으면 허전할까 봐 있는 것일지도 모르겠고."

"하여튼 널 본 지 얼마 안 되지만 넌 그동안 말솜씨만 늘어버린 것 같다?"

"칭찬으로 들을게. 고마워."

내 대답에 요령이는 한숨을 푸욱 쉬더니 내 어깨를 툭툭 치고, 볼을 어루만진다. 어, 어어? 얘가 갑자기 또 왜 이래?

"영준아."

"으… 으윽, 왜… 애?"

으윽… 얘가 또 왜 이래? 녀석은 부드러운 손길로 볼을 몇 번 쓰다듬다가 그대로 꽉 잡고 주욱 잡아당겼다.

"아아아악!"

"눈치가 어쩜 그렇게도 없냐. 야, 너는 네 집에 가서 신나게 놀고, 우리보고는 집이나 지키고 있으라고? 지금 그게 동물을 기르는 주인의 태도라고 생각해? 응? 입이 있으면 말을 해봐! 이렇게 버리고 가는 주인들 때문에 굶어 죽는 애완 동물들이 한 해 얼마나 되는 줄이나 알기나 하는 거야?"

무어라 대답하고 싶지만 볼을 잡아당기는 바람에 입이 벌어져서 말이 안 나온다.

"어 오이 어야 아이 어야! 이아 아여 어어(넌 손이 없냐, 발이 없냐! 네가 차려 먹어)!"

"뭐? '넌 손이 없냐, 발이 없냐'고? '네가 차려 먹어'라고?"

"으(응)!"

"내가 지금 밥 굶어서 이러는 걸로 보이니? 집에 가람이 저 녀석과 단둘만 있을 걸 상상하니까 너무 너무 너무 너무 너무 끔찍할 것 같아서 그러는 거지! 단도직입적으로 물을게, 너희 집에 나 데려갈 거야, 안 데려갈 거야?"

"이아 오이아 와(일단 손이나 놔)!"

"뭐라고?"

"이아 오으 오으아오! 이이 어어여어 아으 오아에아아(일단 손을 놓으라고! 입이 벌어져서 말을 못하겠잖아)!"

"아, 일단 손을 놓으라고? 입이 벌어져서 말을 못하겠다고?"

난 고개를 끄덕였다.

"으! 아 아 아아으에(응! 말 잘 알아듣네)?"

"과찬의 말씀. 그리고 이 손은 데려간다고 말하면 놓아줄게."

"어이에(어디에)?"

"너희 집에."

"이어아(미쳤냐)?"

그리고 요령이는 내 말에 재밌다는 듯 미소를 지으며 말했다.

"물론 난 저어엉사아앙이이아아아."

'저어엉사아앙이이아아아'라고 말하면서 내 볼은 점점 더 늘어났음은 물론이다. 이익! 젠장! 내 얼굴이 장난감이라도 되냐? 왜 죽죽 당기고 난리야! 난 분명 고무 찰흙 인형처럼 변해 버렸을 내 얼굴을 상상하며 다급하게 외쳤다.

"아이 아(하지 마)!"

"데려갈 거야, 안 데려갈 거야?"

자, 이 잠시 간의—어쩌면 잠시라는 표현보다는 조금, 아니, 훨씬 더 긴 시간일지도 모르지만—고통을 참아내고 '설연휴 +ɑ'라는 짧은 기간이나마 나를 들볶아대는 요령이와 비록 들볶지는 않지만 너무 충성스러워서 오히려 약간 부담을 느끼게 하는 가람이라는 두 개의 심리적 압박 요소에서 해방될 것인가, 아니면 지금의 얼굴이 찢어지는 듯한 고통에 굴복하여 '알았어, 알았어, 데려갈게!'라고 마음에 없는 말을 내뱉고 고향으로 내려가서까지 두 심리적 압박 요소에 의한 스트레스를 받으며 지낼 것인가?

결론은 간단했다. 난 사나이다!

"아아어, 아아어, 에여아에(알았어, 알았어, 데려갈게)!"

…그리고 사나이는 가끔씩 어쩔 수 없는 상황에서 무릎을 꿇어야 하는 때도 있는 법이다. 더 나은 미래를 위해서…….

아씨, 요 따위로 마음을 위로하려 해도 하나도 위안이 안 돼! 요령이가 입에 달고 사는 말마따나, '남자 자식이' 고작 얼굴 잡아당기는 걸 못 참고 굴복을 하냐! 쳇! 정말이지 나란 녀석은 어쩔 수 없다니까! 요령이는 볼을 놓고 내 어깨를 툭툭 치며 말했다.

"자식, 진작 그럴 것이지. 그러니까 왜 데려가고 싶으면서 싫은 척을 해."

당연히 난 비웃어주었다.

"누가 누굴 데려가고 싶다고?"

"물론 네가 나를."

그리고 난 당연한 소리지만, 듣는 상대방으로 하여금 '내 말상대는 상당히 싸가지라는 것의 소유량이 적구나'하고 생각할 수 있을 듯한 투로 비웃어주었다.

피식.

"…그 '하하' 도 아니고 '껄껄' 도 아닌 '피식' 이 의미하는 건 뭐야?"

"아, 아냐, 아무것도. 아무렴 '설마' 내가 널 비웃으려는 의미로 '피식' 이라는, 잘못 들으면 '어이없음' 처럼 들리는 소리를 사용했으려고."

나는 이죽거리며 설마, 피식, 어이없음이라는 단어를 강조해 가며 사용했고 요령이는 팔짱을 끼고 그런 나를 잠시 바라보다 다시금 재빠르게, 마치 뱀이 개구리를 물려고 하듯이 총알처럼 팔을 뻗었다.

"어딜!"

훗, 아무리 네 공격이 빠르다고 해도 이미 난 네가 그렇게 나올 줄 알고 있었다고! 난 당연히 고개를 틀며 왼쪽으로 몸을 재빠르게 틀었다. 빙글! 그런데 그때 왼쪽과 오른쪽이 도는 속도가 서로 달랐던지 왼발과 오른발이 서로 얽혀 버리는 사태가 벌어지고야 말았다. 크어억! 안 돼!

털썩!

으아악! 엉덩이 깨진다! …라며 비명을 지르려고 했는데 이상하게 푹신한 느낌이 들었다. 가람이가 재빠르게 몸을 날려서 날 받아준 것이었다.

"휴우, 십년감수했네. 가람아, 고마워!"

"아, 별말씀을."

나는 잠시 가람이에게 고맙다는 인사를 한 뒤 요령이를 바라보았다. 녀석은 당연히 배를 잡고 깔깔대며 웃고 있었다.

"아하하하, 바보냐! 자기 발에 자기가 걸려서 넘어져! 아하하하!"

으음… 쳇, 요령이는 계속 방바닥을 탁탁 쳐가며 배를 잡고 뒹굴었고 나는 그렇게 웃어대는 녀석을 탐탁지 않게 바라볼 수밖에 없었다. 녀석을 제지할 다른 수가 없었으니까. 솔직히, 말린다고 저 녀석이 그만둘 놈인가? 더 할 놈이지.

그렇게 해서 결국 내 오랜만의 고향행 방문단의 명단에는 요령이와 가람이(가람이는 특별히 따라가고 싶다는 말을 하거나 한 건 아니지만 어떻게 가람이만 혼자 집에 놓아두고 요령이와 나만 희희낙락 고향으로 내려갈 수 있겠는가. 가람이도 데리고 가야지)라는 불청객이 추가되었다. 아, 물론 그 둘이 없었다면 고향 방문객의 명단은 나 혼자였겠지만.

"아, 정말 같이 다니자니 창피해서! 도대체 예의범절이라고는 눈곱만큼도 없냐!"

난 목에 핏대까지 서도록 소리를 질러가며 요령이를, 정확히 말하면 요령이 정면의 허공을 손으로 쿡쿡 찔렀고 그러는 내게 맞서 요령이도 두 손을 허리에 가져간 채 얼굴을 앞으로 내밀고 내게 맞서 고함을 질렀다.

"뭐? 예의범절? 그러는 너는 뭐가 잘났어? 응?"

"야, 도대체 뭐야! 외모가 다른 사람 보기에 불쾌하면 행동이라도 똑바로 해야 될 거 아냐! 버스 안에서 창피해서… 도대체 네 코 속에는 뭐가 들었냐? 그리고 이는 또 왜 갈아? 잠이랑 원수졌어? 꿈에 퀴에르라도 나오든?"

"야! 내 외모가 뭐가 어쩌고 저째? 다른 사람 보기 불쾌해? 지금이라도 길거리 나가면 남자가 줄을 서, 임마! 이거 왜 이래! 그리고 피곤하면 이 좀 갈 수도 있고 코 좀 골 수도 있는 거지. 뭘 그걸 가지고… 어휴, 남자가 정말 속은 밴댕이…….”

이게 정말? 나는 기가 막혀서 '허!' 하고 헛숨을 내뱉었다.

“뭐 밴댕이? 야! 그러는 넌! 최소한 나는 너처럼 힘으로 억압하지는 않는다! 너 때문에 내 정의가 폭력 앞에 무릎 꿇었던 적이 몇 번인 줄이나 알아?”

“얼씨구, 말은 거창해! 폭력 앞에 무릎을 꿇은 정의? 네가 언제 무릎 꿇었나! 얍삽하게 빠져나갔지!”

“뭐 얍삽? 말 다 했냐?”

그러나 그건 시작에 불과한 모양이다. 요령이는 잠시 오른손을 들어 이마에 맺힌 땀을 닦아내고 숨을 크게 들이쉬더니 다시 손을 허리에 얹고 내게 소리쳤다.

“다 하긴 개뿔을 다 해! 다 하려면 동해물과 백두산이 닳도록 해도 모자라! 도대체 코 좀 골았다고 버스 안에서부터 계속 들볶기 시작하는데 이건 완전히 사람을…….”

“네가 무슨 사람이야! 고양이지! 그것도 아주 매일같이 울었다 웃었다 사람 마음을 가지고 노는 요물 중의 요물…….”

내 말에 요령이는 갑자기 버럭 화를 내며 소리를 빼액 질렀다. 악, 귀 떨어지겠네!

“야! 요물이라고 부르지 말라 그랬지!”

“요물보고 요물이라 그러는데 왜 화를 내고 그래!”

“자꾸 요물, 요물 하지 말라니까?”

“내 맘이다, 이 요물아!”

“이… 이 씨!”

녀석은 주먹을 움켜쥐고 부르르 떨었지만 뭐 지가 어쩌겠어, 주인한테. 나는 녀석에게 웃어 보이며 입 모양으로 '요물, 요물' 하며 이죽거렸고 녀석은 그런 나를 보며 분한지 눈가가 빨개져서는 씩씩거리며 가쁜 숨을 내쉬다 입술을 꼭 깨물었다.

쳇, 너무 분해서 눈물이 나려 하나 보다. 하여튼 완전 버릇 잘못 들었어. 성격이 완전히 어린애라니까, 어린애. 분하다고 눈물이나 흘리려 하고 말야. 진짜 요령이를 보고 있자면 어린애를 보고 있는 것 같다. 자기 멋대로 하려는 것도 그렇고, 자주 토라지는 것도 그렇고, 속마음은 착한 것도 그렇고⋯─마지막 건 아닐 수도 있겠다─어쨌든⋯ 제⋯에기랄. 자꾸 그렇게 눈이 빨개져서 쳐다보지 마. 또 미안해지잖아.

처음엔 장난스럽게 요령이를 바라보던 난 계속 붉게 충혈된 물기 어린 눈으로 거친 숨을 쉬며 나를 쏘아보던 요령이를 마주 바라보다 결국 마음이 무거워져서 고개를 돌리고야 말았다. 뭐, 나도 이렇게 마을 입구에 소리를 고래고래 질러가며 들어서서 귀향하자마자 기분을 완전히 잡쳐 버리고 싶었던 것은 절대로 아니다. 어쩌다 보니 요령이와 시비가 붙어버린 거지. 난 하늘을 향해 한숨을 푸욱 쉬고는 머리를 마구 헤집으며 중얼거렸다.

"으으, 정말⋯ 앞으로 저 녀석과 같이 버스를 타면 사람이 아니다, 사람이⋯⋯."

나는 아직도 씩씩거리는 요령이를 힐끔 바라보곤 우리 집을 향해 천천히 발을 옮겼다. 아, 아직 어떻게 싸움이 났는지 이야기 안 했지. 뭐, 지금 생각해 보면 그건 별일도 아니었다. 단지 창피함을 조금─조금 많이일 수도⋯─감수해야 했다는 것을 제외하고는. 그러니까 결국 버스를 탄 후부터 시비가 붙기 시작했다.

…우리 일행이 고향으로 향하는 버스에 올랐을 때, 사람들의 시선은 모두 우리에게 집중되었다. 나에게 집중되었다고 말할 수 있다면 얼마나 좋겠느냐마는 불행히도 남자는 모두 요령이를 바라보았고 여자는 모두 가람이를 바라보았다. 어쨌든 여기까지는 좋았다. 이런 녀석들과 같이 다닌다는 것만으로도 왠지 나까지 어깨가 으쓱거렸으니까. 문제는 버스가 출발한 후 한 시간쯤 뒤에 일어났다.

"드르릉― 푸우, 빠드득, 크으윽! 컥, 컥! 푸우우… 드르릉……."

"어디서 도로 공사 하나?"

어디선가 들려오는 굉음 소리에 사람들은 모두 어안이 벙벙해져 주위를 둘러보았고 같이 어리둥절해하며 주위를 두리번거리던 나는 곧 그게 요령이의 코와 입에서 나는 소리인 것을 알고는 정말 당황해 버렸다. 집에서는 조용히 자던 애가 갑자기 차가 흔들려서인지, 아니면 다른 이유가 있어서인지 버스 안에서 갑작스레 마치 미친 기관차가 지나가는 것처럼 코를 골아대고 맷돌 갈듯이 이를 갈아대니 이건 대책도 없고 수단도 없고, 뭘 어쩌란 말인가?

난 얼굴이 벌게져서 미친 듯이 요령이를 흔들었지만 요령이는 요지부동, 오직 꿋꿋이 잘 뿐이었다. 아아! 아까 사람들이 내게 보냈던 동경의 눈빛은 이제 동정의 눈빛으로 변해 있었다! 나는 계속 녀석을 깨우기 위해 흔들었지만 소용없었고 마침내 보다 못한 가람이가 요령이의 귀에 대고 무어라고 속삭였다.

"으아아아아악! 깜짝이야아아아아!"

녀석은 벌떡 일어나면서 외마디 비명을 질렀고 그래서 코 고는 소리와 이 가는 소리에 더 이상 신경을 쓰지 않기로 결심하고 귀를 틀어막고 차창 밖 먼 산만을 바라보던 승객들은 모조리 우리를 향해 시선을 집중해야 했다. 그리고 요령이 녀석은 자다 깨서 정신이 없는지 40여 명의 사람들이 쳐다보든 말든 귀를 마구 파대며 횡설수설했다.

"무엇인가가 폭발했나 봐! 당장 도망쳐야 해! 기사 아저씨! 차 돌려요! 으아악! 지진인가? 아니면 뭔가 다른 무언가? 분명히 하늘이 무너지는 소리가 들렸어! 도망쳐야 해! 어서! 뭐 해? 야! 영준아! 너도 어서 도망쳐야 해! 시간이 없다니까? 으응? 그런데 여긴 어디지?"

…이러니 그때 요령이의 옆에 앉아 있었던 내 기분이 어땠겠는가. 혹시나 아직도 내 기분을 짐작 못할까 봐 친절히 말해 준다면, '환장해 버릴 노릇이었다'. 나는 처참하게 일그러지는 얼굴을 감싸 쥐며 가람이에게 속삭이듯 물었다.

"야, 도대체 요령이에게 무슨 짓을 한 거야?"

"아, 별건 아니고……."

가람이는 슬쩍 웃으며 내게 속삭였다.

"그냥 요령이의 귀에 사자후를 응용해서 극히 짧은 거리에만 소리가 퍼지게 한 후 일어나라고 살짝 속삭여 줬지."

"…그래서?"

"내가 한 말의 음파는 고막까지 가기도 전에 소멸되었겠지만 그전에 귀를 살짝 울렸을걸? 그 귀의 진동은 고막으로 전달되었을 테고."

글쎄, 귀를 살짝 울린 정도로 저렇게 되었을까? 어쨌든 요령이의 얼빠진 행동 때문에 나는 버스에서 오는 내내 고개를 푹 숙이고 있어야만 했었다. 그리고 내리자마자 나는 요령이에게 버스 안에서 있었던 일을 항의했고, 그 결과 이렇게 되어버리고 만 것이다. 에휴.

으으, 이렇게 입구부터 기운 빠져 버리는 귀성길이라니. 쳇! 그러니까 애초에 저 녀석을 데려오는 게 아니었는데… 요령이는 마을 입구에서 대판 싸운 뒤로 화가 풀리지 않았는지 그 말 많던 녀석이 계속 입을 꾹 다물고 내 뒤만 묵묵히 따라오고 있었다. 결국 집까지 어색한 분위기 속에서 걸어가 버린 것이다.

명절 연휴에, 그것도 새해 이후 첫 귀성길에 이게 뭐람? 난 나뭇가지로 얼기설기 엮어놓은 참 고풍스럽게 생긴, 즉 다시 말하면 썩어서 삐걱거릴 정도로 오래된 정감 가는 느낌의 사립문을 손으로 밀며 한숨을 내쉬었다. 박영준, 너도 참 잘하는 짓이다. 오랜만에 집에 들어오면서 한숨이나 푹푹 쉬어대고. 사립문의 나뭇가지들은 언제나 그렇듯이 따스했다.

"휴우, 엄마— 나 왔어요—"

난 축욱 늘어진 어깨로 다 죽어가듯이 말하며 마당에 발을 디뎠다. 마른 흙과 지푸라기의 향기가 부드럽게 코로 스며들었다. 그리고 내 눈에 덩그런 초가집의 모습이 비쳐졌다.

참고로 우리 집은 초가집이다. 아아, 물론 초가집에서 살 정도로 집이 가난한 것은 절대 아니다. 우리 아버지께서 워낙 청빈한 삶을 좋아하시고 연구를 좋아하셔서 돈도 별로 못 벌면서 언제나 발굴하러 다니신다고 대학 지원비에다 집의 돈까지 보태서 쓰고 다니시는 바람에 우리 집의 삶은 그렇게 풍족하지는 못하지만, 그렇다고 수십 년 간 저축했다면 초가집에 기와 한 장 못 올렸겠냐, 명색이 대학 교수 집인데? 이건 그냥 역사학자이자 고고학자이신 우리 아버지의 취향이시다. 우리 가족이야 초가집에서 산다고 특별히 불편한 것도 없고 해서 그러려니 하며 살고 있고.

"아아— 너 왔니?"

부엌에서 엄마의 목소리가 들려왔다. 그리고 난 당연히 엄마가 버선 발로—비유적인 표현이지 실제로 버선을 신고 있다는 뜻은 절대 아니다. 초가집에서 산다고 치마 저고리 차림을 하고 있을 거라 생각은 버리길 바란다—뛰어나오길 바라며 마당에서 기다렸다.

…그리고 잠시 후, 나는 화가 덜 풀렸는지 입술이 뾰족하게 튀어나온 요령이와 무표정한 가람이를 보고 무안한 표정으로 머리를 긁고 씨익 웃으며 마루에 발을 디뎌야 했다. 으으, 어머니도 참. 아들이 오랜만에 왔는데 내다보지도 않나? 하여튼 우리 가족이란. 사는 곳이 시골이라서 그런지 애정 표현에 약하다니까. 아, 물론 나는 거기서 제외된다.

방에 잠시 앉아 있자니 부엌으로 연결된 쪽문이 열리며 엄마께서 고개를 내밀어 보이셨다. 오랜만에 봤지만 엄마의 얼굴은 하나도 변한 것이 없었다.

"오, 영준아. 우리 아들, 오랜만이네?"

"예, 엄마. 저 왔어요."

"그런데 왜 집에 들어서면서 그렇게 한숨을 푹푹 내쉬었니? 집에 오는 게 그렇게도 싫었니?"

어억? 한숨 소리가 부엌에까지 들릴 정도로 컸었나? 난 재빨리 고개를 흔들어 부인했다.

"아, 아뇨."

"그럼 왜 한숨을 쉬고 그러니?"

"그런 게 있어요."

나는 고개를 돌려 엄마를 외면하며 요령이를 쏘아보았다. 그리고 요령이는 당연한 소리지만 똑바로 마주 쏘아보았고. 으이구, 아직도 화가 안 풀렸군. 사실 화가 풀렸다면 이렇게 내가 쏘아보았을 때 뭔가 장난스러운 반응이 왔어야 한다. 나는 잠시 고개를 휘휘 젓고는 다시 엄마를 바라보았다.

"엄마, 일단 방으로 들어오세요. 오랜만에 봤는데 이야기나 좀 하죠."

"응, 그러자꾸나. 손님들이 왔으니까 일단 차라도 끓여 와야지. 조금만 기다리렴."

쪽문이 닫히고 가람이는 내게 고개를 돌려 느릿하게, 그러나 궁금증을 실어 물었다.

"왜 존댓말을 쓰면서 어머니라는 말은 안 쓰나?"

"그냥. 어머니라고 부르면 다 커버린 느낌이고, 또 어색하고… 에이, 몰라."

내 말에 가람이는 기가 막히다는 표정을 지었다.

"그럼 주인이 다 큰 청년이지, 어린애인가?"

"그냥. 주인이 그렇다면 그러려니 해. 뭘 따져, 임마."

"주인이 원한다면 그만두도록 하지."

으윽, 이런 반어법적 말을 사용하다니! 게다가 나를 빤히 쳐다보면서! 나는 순간 당황해서 주춤거렸으나 내가 황당한 눈빛으로 가람이를 바라보자 역으로 가람이가 나를 바라보는 눈빛에 가득 의문점을 실어 되돌려주는 것을 보고는 '저 녀석은 원래 태도가 저렇지…' 라는 사실을 상기해 내었다.

사실 가람이가 방금 한 말은, 보통 사람이 똑같이 말했다면 완전히 '자식, 더럽게 짜증 내고 그러네. 관둬! 관둬! 말하기 싫으면 때려치워!' 등등의 생각을 바로 연상시키게 하는 투의 말이다. 그러나 가람이는 개이고 개의 특징 탓인지, 아니면 단지 본인의 성격이 그런 것인지 직설적으로 말하는 경우가 많다. 게다가 가람이는 내가 시키면 무조건 그대로 하는 스타일이고. 한마디로 지금 가람이가 '원한다면 그만두도록 하지'라고 한 말은 말 그대로 그만둔다는 소리이다. 뭐, 솔직하고 돌려 말하지 않고 당당한데 말까지 잘 들으니 분명 멋있고 마음에 든다. 그러나 사람의 말투란 저렇지 않잖아? 저 녀석의 말투에 평소에도 흠칫흠칫 놀라곤 한다. 언제나 돼야 적응이 되려나?

쪽문 밖에서 엄마가 나를 부르셨다.

"영준아― 문 좀 열어다오. 차 들이게."

"예, 엄마."

내가 재빨리 쪽문을 열자 엄마가 다과상을 가지고 들어오셨다. 다과상에는 향긋한 냄새를 풍기는 유자차 네 잔과 사과 한 접시가 올려져 있었다.

"잘 먹을게요."

나는 고개를 살짝 숙여서 인사하고는 곧 찻잔을 들어 입에 가져다 대었다. 그리고 내 뒤의 녀석들도 나를 따라 엄마에게 인사를 하고는 찻잔을 들어 올렸다.

"감사합니다……."

"감사합니다."

에구… 요령아, 왜 그리 목소리가 풀이 죽었냐… 아직도 화가 안 풀렸냐? 먹을 걸 줘도 별로 안 좋아하네?

나는 좀 씁쓸하게 요령이를 바라보았지만 요령이는 고개를 살짝 돌려 내 눈빛을 외면했다. 으윽… 요령이가 이렇게 나오면 곤란한데.

"그래, 맛있게 먹으렴. 그런데……."

"예, 말씀하세요."

"너흰 누구니?"

아차차. 엄마에게 이 녀석들의 소개를 해주는 것을 깜빡 잊었다! 먹는 데 혹해서… 녀석들도 깜빡 했다는 표정을 짓더니 곧 찻잔을 내려놓고 일어서서 고개를 숙이며 말했다.

"안녕하세요, 어머님. 전 이요령이라고 해요."

"안녕하십니까, 한가람이라고 합니다."

인사가 상당히 늦었지만 엄마는 별로 신경 쓰시지 않는 듯했다. 엄마는 웃으며 한 명 한 명을 찬찬히 뜯어보셨다.

"아아, 그래 이요령, 한가람. 이름들이 다 좋네. 어휴, 얼굴들도 다 예쁘고 잘생겼어. 그래, 특히 처녀는 꼭 선녀가 내려온 것 같아. 어쩜 그렇게 예쁘게 생겼어?"

아아, 엄마, 너무 띄워주지 마요! 나는 눈에 안 띄게 무릎을 움켜쥐었다. 눈앞이 캄캄해져서. 저렇게 엄마가 띄워주면 당장 요령이의 화는 풀릴 테니 어떻게 보면 다행이지만, 그 대신 기고만장해질 앞으로의 요령이를 어떻게 감당해야 하나? 나중에 나와 혹시라도 싸움이 나면 아마 저 녀석은 '아무리 그렇게 말해도 네 어머니께선 나보고 선녀라고 했다네' 같은 식으로 나올 것이다. 쳇. 좋지 않아, 좋지 않아.

"어머, 어머님, 정말 안목 좋으시다. 호호호!"

어이구, 방금 전까지만 해도 씩씩거리더니 이젠 호호거리네? 하여튼 완전히 단세포라니까.

"그건 그렇고… 혹시……."

"예, 어머니!"

"너, 영준이 애인이니?"

"예에에에?"

나와 요령이는 경악해서 눈을 동그랗게 뜨며 손을 마구 휘젓고, 고 개를 마구 가로젓고, 얼굴을 찡그리는 등 마구 부정의 뜻을 표시했다.

"엄마! 말도 안 되는 소리 하지 마요! 내가 어떻게 고작 저따위 짐 승… 은 아니고 여하튼 그 비스므레한 녀석과 사귄다는 생각을 할 수 있는 거죠(너무 놀라서 짐승이라고 할 뻔했다!)?"

내 말에 엄마는 나를 조용히 내려다보며 말했다.

"아니니?"

"무, 물론 아니에요, 어머니. 호호호! 우린 그냥 '친구' 랍니다! 호호 호호!"

억지웃음으로 애써 당황하지 않은 척 넘어가려는 요령이. 거기에 덧 붙여서 나도 못 박듯이 말했다.

"맞죠? 알겠죠? 쟤도 아니라고 하죠? 이제 알겠죠?"

그리고 엄마는 땅이 꺼져라 한숨을 쉬었다.

"에휴— 그럼 그렇지. 네 주제에 무슨 저런 애인이 있겠니. 쯧쯧, 기 대한 내가 잘못이지. 그럼… 저 뒤에 있는 잘생긴 청년이 처자 남자 친 구인가? 하긴, 처자 수준에 저 정도 남자는 되어야지. 아주 잘 어울리 네. 천생 배필이야, 배필."

또다시 엄마의 넘겨짚기의 표적이 되어버린 요령이는 엄마가 자신 을 가리켜 가람이와 잘 어울린다고 하자 더욱 당황했던지 얼굴색까지 하얗게 변해서 고개를 마구 저어대었다.

"아, 아니에요, 어머니! 우리 셋은 모두 그냥 '평범한 친구' 일 뿐이 랍니다. 호호! 그, 그렇지, 가람아?"

사실 요령이로서는 가람이와 연인 취급을 받았다는 사실 자체만으로도 상당히 기분이 나쁜 일일 것이다. 그건 가람이도 마찬가지일 테고. 단지 어른을 앞에 세워놨기에 당황한 상태에서도 말을 가려가며 하는 것이겠지… 만약 내가 요령이에게 '너 가람이와 잘 어울리는데?' 라고 했다간 '이런 멍청이, 지금 무슨 소리를 하는 거야! 차라리 악담을 해라!' 등의 말을 듣게 될 것이다. 어쨌든 이제 곧 가람이가 '그렇습니다, 어머니. 요령이의 말대로 우린 단지 친구일 뿐입니다' 라고 말하겠지.

…으음? 그런데 가람이의 대답이 늦다? 나는 가람이를 바라보았다. 가람이는 요령이의 '우린 평범한 친구일 뿐이지?' 라는 질문에 대답을 하지 않고 있었다. 게다가 저 표정은… 무언가를 말할까 말까 망설이는 표정이잖아?

이윽고 가람이는 심각한 얼굴로 입을 열었다.

"사실… 저와 요령이 같은 경우는 평범한 친구 사이라고 하긴… 힘듭니다… 어쩌면 단지 저 혼자만의 생각일지도 모르겠지만……."

…가람아? 너 설마… 설마……?

"요령이와 저의 관계는……."

야… 야! 너 임마, 그렇게 안 봤는데! 안 돼, 임마!

"…상당히 사이가 안 좋은 친구에 속하죠… 주인과 요령이가 그러하듯이… 사실 이건 요령이의 입장을 생각해서 말하고 싶지는 않는데… 역시 사실은 사실이니만큼… 아니, 친구라고나 말할 수 있을까……."

"에라이, 자식아! 깜짝 놀랐잖아!"

나는 소리를 버럭 질렀다. 어휴, 십년감수했네… 천만다행이다. 내 말에 가람이는 약간 당황한 듯 눈살을 찌푸리며 물었다.

"무엇에?"

"어?"

무엇에 당황했냐고? 참, 이렇게 말하면 뭐라고 대답해야 하지? 네가 요령이를 좋아하는 줄 알고 깜짝 놀랐다고 할까?

"…몰라, 임마! 주인이 그렇다면 그런 줄 알아!"

결국 가람이의 말에 난 이런 식으로 어물쩍 넘어가 버렸고, 가람이는 무엇인가 궁금하다는 표정이었지만 내 말에 수긍하고 넘어갔다. 휴우, 다행.

그런데 생각해 보니 가람이가 요령이한테 좋아한다고 하지 않은 게 왜 나한테 다행이지? 매일 치고 박고 싸우는 두 녀석이 좋아하는 상황이 생긴다면 내 쪽에서는 축하를 해줘야 마땅한 것 아냐? 어쩌면…….

…에이, 갑작스러운 일이라 당황해서 그런 것이었겠지.

고향에 내려온 지 벌써 일주일이 지나가고 있었다.

"아… 지겨워……."

간간이 들려오는 요령이의 하품과 투정 소리.

사락.

그리고 또 간간이 들려오는 가람이의 책장 넘기는 소리.

"으음… 심심해. 뭐 재미있는 놀이 없을까……."

TV를 켜도 낮 시간이라 그런지 온통 흑백의 점들만 쏟아져 나와 알 수 없는 문양을 흩뿌리며 지직거릴 뿐 제대로 된 방송은 나오질 않았다. 나는 다시 TV를 끄며 한숨을 쉬었다.

"푸우… 정말 이런 산골에 있자니 좋게 말하면 생활이 조용하고……."

"나쁘게 말하면 지루하고."

요령이가 내 말을 냉큼 받았다. 내가 하고 싶은 말이 바로 그거다. 이건 뭐, 집 주위에서 만화책을 빌릴 수가 있나 비디오를 빌릴 수가 있나 오락실이 있나 게임방이 있나… 나가서 놀려고 해도 오늘따라 왜 이렇게 추운지 이거 집 안에서 꼼짝도 하기 싫고… 그렇다고 집 안에만 있자니 너무 심심하고… 하아, 누군가 거의 20년이라는 세월 동안 여기서 아무 탈 없이 잘 살아오다가 집 밖으로 나가서 살기 시작한 지 얼마나 되었는데 옛날과 변한 게 하나도 없는 시골 생활에 적응을 하지 못하고 권태로움을 느끼느냐고 비웃을지도 모르겠다. 하지만 만약 누군가 그렇게 말한다면 나는 이렇게 대답해 주겠다. '지겨운 걸 그럼 어떻게 하나? 억지로 웃으리?

나는 요령이를 바라보며 별 기대 없이 물었다.

"산에라도 갈래?"

"이 날씨에? 미쳤냐?"

그런 대답이 나올 줄 알았기에 별 기대가 없었던 것이지. 그때 방문이 열리며 엄마가 다과를 들고 들어오셨다.

"어이구… 팔자 좋다. 아주 봄날 햇살 맞은 개처럼 축 늘어졌구먼. 왜 그러니?"

봄날… 햇살 맞은 개라… 왜 순간 가람이가 떠오르는 걸까. 으윽, 가람이는 지금 바른 자세로 앉아 열심히 책을 보고 있고 축 늘어진 것은 나와 요령이 쪽인데 말이다.

"아… 엄마, 너무 지겨워서 그래요……."

"잘났다, 잘났어. 타향살이한 지 얼마나 되었다고 벌써 지겹다고 그래?"

…설마 '지겨운 걸 그럼 어떻게 하나? 억지로 웃으리? 라고 대답해야 할 상대가 엄마일 줄은 몰랐다. 엄마한테 이렇게 말해 줘야 하나? 으윽, 차마 그렇게는 못하겠군. 그래서 나는 그냥 못 들은 척하며 딴청을 부렸다.

"뭐 재미있게 할 만한 거나 시간 때울 만한 거 없어요? 정 없으면 시킬 일이라도 괜찮은데."

"어이구, 없다, 없어. 그리고 있어도 손님들 계신 데서 일시킬까? 정 지겨우면 창고에라도 가보렴. 네 아버지가 잡동사니들을 새로 채워놓아서 볼 게 좀 늘었으니 말이다. 정말 뒹굴뒹굴하고 있는 꼴이… 도저히 못 봐주겠으니까. 너도 저 청년처럼 책이라도 좀 읽으면 얼마나 좋으냐? 어휴, 자식이라고 하나 있는 녀석이 죽어라 책은 안 읽고. 그리고 할 일이 아무리 없어도 그렇지, 좀 단정히 앉아 있으면 안 되니? 요령이 좀 보렴. 얼마나 단정하게 앉아 있니?"

에엑? 가람이야 아까부터 내 책상에 앉아서 조용히 책을 보고 있었으니까 그렇다 쳐도 요령이가 단정히 앉아 있다니 그게 무슨 소리야? 요령이는 분명 방금 전까지만 해도 내 옆에서 뒹굴거리고 있었는데! 나는 고개를 재빠르게 옆으로 돌려 요령이를 찾았다. 요령이는 내 옆에 조용히 무릎을 꿇고 앉아 있었다. 으윽, 재빠른 녀석 같으니라고! 약삭빠른 녀석 같으니라고! 엄마가 오는 것 같은 눈치를 챘으면 나한테도 경고를 했어야지, 혼자서만 그렇게 다소곳이 앉아 있으면 다냐?

"하여튼 내가 정말 너를 보고 있자면 나오느니 한숨이요, 무너지느니 하늘이다. 정말 누구를 닮아서 그렇게 게으른지…….."

으윽, 시작이다. 엄마의 잔소리!

"아, 아, 알았어요, 엄마. 알았어, 알았으니까 1절만 해요, 네? 얘네들 데리고 창고 구경 좀 시켜주고 올게요. 야, 가자!"

"그래, 가자."

가람이는 책에서 눈을 떼더니 내게 물었다.

"나도 가도 되는 건가?"

"그럼 안 가려고 했어?"

가람이는 내 말에 말없이 고개를 가로젓고 책을 덮고 일어섰다. 나는 겉옷을 하나 더 걸쳐 입고 요령이와 가람이에게도 하나씩 건네주고 방을 나섰다. 곧 차갑지만 방 안의 그것과는 비교할 수 없을 정도로 상쾌한 공기가 내 폐부 깊숙이 밀려 들어왔다. 나는 숨을 깊게 들이쉬었다 깊게 내쉬며 창고로 걸음을 옮겼다.

"글은 언제 배웠냐?"

"그냥 이럭저럭 굴러다니다 보니… 그건 그렇고 지금 어디로 가는 건가?"

"창고."

"아니, 창고에 뭐 볼 게 있다고 창고로 가는데?"

요령이가 얼른 끼어들었다. 잠시를 못 참는군 그래.

"가서 보면 될 거 아냐, 가서 보면! 거기까지 가는 데 5분이 걸리냐, 10분이 걸리냐! 봐! 벌써 다 왔잖아!"

어느새 우리의 눈앞에 꽤 큼지막하고 허름한 창고 하나가 서 있었다.

"…여기야?"

"응."

"쳇, 보아하니 별로 볼 것도 없을 것 같은데 뭐."

"그거야 들어가 보면 아는 일이고."

나는 실망한 표정으로 중얼거리는 요령이에게 건성으로 대답하며 내 키보다도 큰, 창고의 녹슨 철문을 열어젖혔다. 끼이익… 귀에 거슬리는 소리와 함께 철문이 천천히 열렸다. 안은 낮임에도 불구하고 캄캄했다.

"에엑? 뭐야, 아무것도 안 보이잖아? 이렇게 깜깜한데 뭘 어떻게 본다는 거야?"

"너 전구라는 게 발명된 줄 아직 몰랐구나?"

사사건건 토를 다는 요령이에게 한번 쏘아주며 손으로 더듬더듬 문 옆의 스위치를 찾아서 올린다.

달깍!

작은 소리와 함께 잠시 세상이 깜박거리고 곧 희푸른 빛이 어둠을 몰아내며 우리 주위를 환하게 비추었다. 요령이는 탄성을 질렀다.

"와아—! 이게 다 뭐야?"

나는 녀석의 탄성에 조금 우쭐해져서 씨익 웃어주었다. 저 녀석이 저렇게 놀랄 때도 있다니. 비록 내가 모은 건 아니지만 자랑스러워지는걸?

"이게 뭐냐고? 우리 아버지가 우리 나라, 일본, 중국 등등을 돌다가 진귀한 것들을 사서 수집한 수집품들이지. 어때? 볼 만하지?"

"으… 으응."

요령이는 듣는 둥 마는 둥 고개를 끄덕이고 진열대로 달려갔다. 창고 안은 언뜻 보면 마치 작은 박물관처럼 생겼다. 박물관과 다른 점이 있다면 훨씬 허름하고 지저분하다는 것, 그리고 훨씬 난잡하다는 것 정도? 창고 안에는 긴 탁자가 마치 진열대처럼 벽에 바짝 붙어서 주욱 늘어서 있었고, 탁자 위쪽으로는 여러 가지 신기하게 생긴 물건들이 크기에 따라 여러 줄로 주욱 늘어서 있었으며 탁자 아래쪽에는 미처 진열하지 못한 것들이 종이 상자에 담겨 있었다. 요령이는 이미 탁자 앞에 바싹 붙어서 눈을 뗄 줄 몰랐고 가람이도 이채로운 눈빛을 띠며 탁자 위에 진열된 것들을 바라보고 있었다.

"햐, 정말 신기하네!"

진열대라고 부르는 것이 더 나을 탁자 위에는 여러 가지 물건들이 놓여 있었다. 작은 토기, 신기한 문양이 새겨진 그릇, 이상하게 생긴 동검, 조잡하면서도 한편으로는 화려한 녹슨 방울, 세밀한 문양이 새겨진 거울 등……. 아버지께서 개인적인 여행으로, 혹은 연구 목적으로, 혹은 발굴 목적으로 가셨다가 발굴한, 하지만 박물관에선 이미 흔해 값어치가 별로 없는 물건들이나 혹은 연구를 하기 위해 가져온 물건들이나 또는 그 지방의 골동품상에서 구입한 신기한 물건 등 여러 가지 사연을 안고 온 물건들을 하나하나 모으다 보니 어느덧 창고를 필요로 할 정도로 물건들의 양이 잔뜩 늘어버린 것인데, 정말 작은 바늘부터 엄청나게 큰 향로까지 모양과 크기, 종류가 모두 가지각색이다.

흐음, 그건 그렇고 내가 집을 비운 동안 물건이 여럿 바뀌어 있군. 예를 들면 저기 신기한 문양이 새겨져 있는 은가락지나 용의 형상이 새겨진 둥근 원판… 저 작은 방울도 예전에는 못 본 물건이고… 토기 그릇도 여럿 바뀌어 있고.

요령이는 신기하다는 듯 이것저것을 둘러보다 은가락지를 보고 눈을 빛내며 말했다.

"와~ 이쁘다. 나 한번만 손가락에 끼어봐도 돼?"

내 건 아니지만 뭐 한번 끼어보는 것쯤이야 상관없겠지? 나는 고개를 끄덕여 허락했다.

"마음대로."

"고마워! 와!"

"내… 내 말 아직 안 끝났는데."

요령이는 내 말이 끝나기도 전에 좋아라 팔짝팔짝 뛰며 가락지를 들어 올려 오른손에 끼웠다. 그런데 갑자기 가락지를 긴 요령이의 얼굴에서 핏기가 사라졌다. 요령이는 갑자기 얼굴을 굳히며 소리쳤다.

"이익! 이게 뭐야!"

"어? 왜 소리를 질러! 무슨 일이야?"

"요기다!"

"뭐?"

"뭐라고?"

나와 가람이는 동시에 요령이를 향해 외쳤다. 요령이는 왼손으로 자신의 손목을 움켜쥐고는 오만상을 찡그리며 무엇인가를 중얼거리기 시작했다.

"하아앗!"

펴엉!

갑자기 들려온 나지막한 폭음 소리. 그리고 반지에서 갑자기 무색의 기운이 피어 올랐다. 무색인데 어떻게 알았느냐고? 눈에 보이지는 않았지만 싸늘한 무언가가 분명히 느껴졌거든. 그리고 허공에 아지랑이 같은 것이 맺혔고 말이야. 요령이는 왼손을 뒤로 돌려서 잠시 주먹을 쥐고는 앞으로 쭈욱 뻗었다.

"이거나 먹고 꺼져 버려랏!"

호르르르

요령이의 주먹에서 무엇인가가 뿜어져 나오는 느낌과 함께 갑자기 공중에서 서글픈 진동이 울려 퍼지다 이윽고 허공을 작게 울리며 사라져 갔다. 그리고 요령이는 손으로 무릎을 받치며 고개를 푹 숙이고는 가쁜 숨을 쉬어대었다.

"헉! 헉! 깜짝 놀랐네! 야!"

"방금… 뭐야? 도대체 무슨 일이…….."

"뭐야? 여기 귀신 붙은 물건들도 있잖아! 하마터면 큰일 날 뻔했네!"

"…귀신 붙은 물건?"

"그래! 어휴, 정말. 십년감수했네! 야, 너희 아버지한테 앞으로 모르는 물건 가져올 때는 조심해서 가져오라고 말씀드려! 알았어?"

나는 당황해서 요령이의 명령 투의 말에도 별 이의를 달지 않은 채 엉겁결에 고개를 끄덕였다.

"으, 으응. 그런데 귀신 붙은 물건… 이라니?"

내 말에 요령이는 자신의 오른손에서 거칠게 반지를 뽑아서 내 눈앞에 바싹 들이대며 말했다.

"이 반지! 잡귀가 씌여 있었단 말야! 반지를 끼는데 갑자기 손가락의 감각이 사라지고 요기가 손가락으로 파고드는데… 얼마나 놀랐는지 알아?"

"윽! 그, 그런 말도 안 되는…….."

"말이 안 되긴 뭐가 말이 안 되니? 그럼 내가 지금 장난치는 것 같니?"

"요령의 말이 사실인 것 같다."

가람이도 요령이를 거들었다.

"요령이 반지를 꼈을 때… 별것 아니긴 했지만 분명 요사스러운 기운이 반지에서 요령이의 손가락으로 빨려 들어갔다. 아무래도 잡귀인 것 같다."

"끄으응……."

할 말이 없군. 가람이가 편을 들어주자 요령이는 더욱 기세가 등등해져서 나를 몰아세우려고 했다.

"어디서 귀신 붙은 물건만 잔뜩 있는 이런 데로 데려와서……."

"너도 그만 좀 해둬!"

버럭 소리를 지르는 가람이. 잘한다! 더 몰아붙여라! 더!

"너! 주인에 대한 태도가 되어먹지가 않았어! 되어먹지가! 도대체 주인이 얼마나 더 고개를 조아려야 넘어가겠냐! 주인이 무릎 꿇고 빌기라도 하길 바라는 건가!"

"너, 뭐야? 도대체, 이쪽에 붙었다 저쪽에 붙었다… 박쥐냐?"

"지금 내가 누구 편들자고 이러는 건가! 주인이 널 보고 반지 한 번 껴보라고 꼬드기기라도 하였는가! 네가 좋다고 낀 반지에 붙어 있던 귀신을 만난 걸 누굴 탓하는가! 네가 조금만 더 주의했으면, 아니, 주의를 기울일 필요도 없이 그렇게 경망스럽게 굴지만 않았어도 귀신이 있는지 없는지쯤은 충분히 알아낼 수 있었을 것이다! 도대체 잡귀 한 마리에 그렇게 놀라는……."

"알았어, 알았으니까 그만 해! 기차 화통을 통째로 삶아먹었나, 목소리 하고는……."

요령이는 귀를 틀어막으며 가람이에게 험상궂은 표정을 지어주더니 다시 종종걸음으로 진열대를 향해 걸었다.

"더 말해 봐야 네 목만 아프지 뭐. 그나저나 더 볼 만한 게 뭐가 있나……."

요령이의 절대 패배를 인정하지 않는 저 깜찍한 대사. 아, 깜찍은 아니고 끔찍한. 가람아, 이겼구나! 잘했다! 그건 그렇고 요령이는 방금 전까지도 별 난리를 다 부릴 만큼 깜짝 놀랐다더니 아무 일도 없었다는 듯이 다시 호기심 가득한 얼굴로 진열대로 걸어간다. 하여튼 호기심 하고는… 어쩌면 일부러 모르는 척하려고 그러는 걸지도 모르겠지만 말야. 가람이도 잠시 후 다시 진열품들을 구경하러 진열대로 돌아갔고, 나도 다시 진열대 앞으로 가서 녀석들과 함께 천천히 여러 가지 물건들의 모양을 감상했다.

"이건……."

무심코 이것저것을 훑어보며 천천히 걷던 나는 이번에는 가람이의 목소리에 고개를 돌렸다.

"왜 그래?"

"…이거… 범상찮은데… 이 주위가… 음!"

지금까지 구경을 열심히 하던 가람이가 갑자기 무엇인가를 발견한 듯 우뚝 멈춰 서서 어딘가에 신경을 집중하기 시작한다. 갑자기 뭐지?

"뭐야, 이번에는? 또 귀신인 거야?"

귀신을 가지고 '뭐야, 또 귀신이야?' 라는 식으로 말할 수 있다니 나도 분명히 간이 커지긴 커졌다. 하아, 도대체 어쩌다가 내가 이렇게 되어버린 걸까! 가람이는 내 말에 대답하지 않고는 그저 마치 무엇인가를 찾는 듯 계속 고개를 휘휘 저으며 주위를 둘러보았다.

"아냐. 이건 한낱 귀신 따위와는 비교도 되지 않는 건데… 도대체 뭔지 모르겠군."

요령이는 궁금하다는 듯 고개를 갸웃하더니 가람이의 옆으로 다가 갔다. 그리고 곧 요령이도 경악한 표정이 되어서 눈을 동그랗게 뜨며 숨을 들이켰다.

"히이익! 이게 뭐야?"

"왜, 왜 그래! 궁금해 죽겠어!"

나는 급히 요령이와 가람이가 있는 곳으로 달려가 섰다. 하지만 나는 아무것도 느낄 수가 없었다. 아, 궁금해! 도대체 뭘 가지고 저렇게들 놀라는 거지?

"뭐야, 도대체? 귀신도 아니면 뭐야?"

요령이는 놀란 얼굴을 그대로 유지하며 고개를 가로저었다.

"귀신? 귀신은 감히 범접도 못할… 엄청난… 엄청난 영기가 느껴져… 분명 이 주위에… 무언가가 있어!"

요령이는 말을 마치더니 황급히 진열대의 물건 하나하나에 손을 대보기 시작했다. 빠르게, 스치듯이.

슥. 슥. 슥.

아, 뭐야! 도대체 상황이 이해가 안 되잖아!

"야! 뭐야? 혹시 너희들 서로 짜고 장난치는 거 아냐? 나는 아무것도 못 느끼겠는데! 요령이는 또 지금 뭘 하고 있는 거야?"

"아무것도 느끼지 못하는 것은 당연하다, 주인. 왜냐면 인간의 몸은 영기 속에서는 미약한 평온함 외에는 아무것도 느끼지 못하는 반면 요기 주위에서는 그것이 비록 미약한 양의 요기라도 극도의 이질감을 느끼기 때문이지. 그건 그렇고 분명히 이 주위에 '그것'이 있을 텐데……."

"그것이라니? 그리고 영기라니? 좀 알아듣기 쉽게, 차분히, 설명을 좀 해줘!"

"설명이라. 하긴, 주인은 지금 갑자기 돌아가는 상황이 매우 궁금하겠지. 설명해 주지. 일단 나와 주인이 서 있는 곳에는 지금 엄청난 농도의 영기가 뒤덮여 있다."

나는 어리둥절하여 내 주위의 창고를 훑어보았다. 하지만 특별한 것은 아무것도 없었다.

"어? 난 정말 아무것도 못 느끼겠는데… 그러니까 네가 서 있는 곳과… 내가 서 있는 곳, 그리고 이 주위가 온통 영기로 뒤덮여 있단 말이지?"

"맞아. 그리고 그 영기들은 그냥 쓱 보면 마치 아지랑이처럼 보이지만 대강 형태를 가늠해 보자면 반구의 형태를 띠고 있다. 중심점은 지금 내가 서 있는 곳 주변이지. 한마디로, 지금 어떤 물체에서 영기가 뿜어져 나와서 그 영기가 우리 주위를 반구를 그리며 둘러싸고 있다는 말이다. 그리고 그 영기를 뿜는 물체는 분명히 이 주위에 있을 것이다. 방금 전에 말했지만 중심점이 여기니까. 대충 이해가 가는가?"

나는 고개를 끄덕였다.

"…어, 말 그대로 대충이지만 이해가 갈 것 같아."

지금 창고 안의 어느 물체가 엄청난 물건이라서 거대한 반구의 영기로 뒤덮인 공간을 만들 만한 영기를 뿜어낸다는 말이다. 하, 신기하네. 정말 내가 평생 동안 바로 옆에 두고 살아왔던 창고 안에 별 물건이 다 있었군. 귀신 붙은 반지, 영기를 뿜어대는 물건… 그런데 문득 궁금해진 것이 하나 있다.

"어, 그 영기라는 건 행동반경 같은 게 있는 거냐? 힘을 내뿜는 곳에서 어느 정도 이상 멀어지면 기가 소멸된다던지 하는……."

"아니, 그런 건 없다. 기를 운용할 때 인위적으로 응결시키거나 할 수는 있지만 보통의 경우 영기는 자유롭게 흐를 수 있다. 그런데 그건 왜 묻는가?"

"으음? 그렇다면 이상하잖아. 왜 여기에는 영기들이 뭉쳐 있는 거지?"

분명히 아까 처음에 창고에 들어올 때 가람이는 '창고 안에 영기의 덩어리가 있는 것 같다' 따위의 말을 하지 않았다. 들어와서도 이 주위에 접근하기 전까지는 영기에 대해 특별히 언급을 하지 않았고, 그 말은 가람이도 지금 우리 주위에 펼쳐졌다는 영기의 공간 안에 들어오기 전에는 이런 게 있었는지도 몰랐다는 소리가 된다.

그렇다면 이 영기는 가람이가 말한 반구 모양의 공간 안쪽으로 모두 뭉쳐 있고 반구형의 공간 바깥쪽으로는 거의 움직이지 않는다는 소리인데. 이상하잖아? 방금 전에 가람이가 분명히 영기는 자유롭게 흐른다고 했는데 여기서는 왜 영기들이 자유롭게 흐르지 않지?

나는 내가 방금 떠올린 의문을 가람이에게 말했고, 가람이는 명쾌하게 대답해 주었다.

"나도 잘 모르겠다."

"그래? 좋아, 그건 그렇다 치고 넘어가자. 그건 그렇고 말야. 요령이는 왜 계속 저렇게 골동품을 툭툭 치면서 걷고 있는 거냐?"

"요령이가 지금 여기 놓여 있는 물건들을 하나하나 만져 보는 것은 물건 속에 배어 있는 영기를 확실히 느끼기 위해서이지. 지금 이 안은 온통 영기로 뒤덮여 있기 때문에 영기가 뿜어져 나오는 곳을 찾기가 힘들다. 비유를 들자면… 요동 치는 호수 속에 수백 개의 구멍이 있다고 치자. 그리고 그중에 한곳에서만 물이 나온다고 가정하자. 그 속에서 물이 뿜어져 나오는 구멍을 느낌으로만 찾기는 쉽지 않을 것이다. 그럴 때에 물이 솟는 구멍을 찾는 가장 쉬운 방법은 구멍에 일일이 손을 대어보는 것이지. 요령은 지금 그것과 비슷한 행동을 하고 있는 것이다. 뭐, 어설픈 비유지만 대강 이해는 되었으리라 생각한다."

내가 이해를 못한다고 할까 봐 친절하게 비유까지 들어서 설명해 주는군. 어쨌든 그렇다면 이제 곧 요령이가 '와! 찾았다!' 를 외치며……

"어? 이상한데? 없잖아!"

내가 속으로 기대하고 있었던 '와! 찾았다!' 와는 전혀 반대되는 뜻이 담긴, 그래서 나를 당황스럽게 만들어 버린 요령이의 낭패 어린 목소리가 들렸다. 가람이도 이번에는 약간 놀랐는지 눈을 조금 치켜뜨며 외쳤다.

"없다니? 그럴 리 없다! 네가 실수한 것이겠지! 이 주위에서 나오는 힘이 그럼 무슨 풍수지리로 인해서 솟아나는 힘이라도 된다더냐!"

"아, 그 자식, 없는 듯 없는 듯 하면서도 진짜 말 많네! 말로만 나불거리지 말고 네가 직접 찾아봐!"

가람이가 말이 많다라. 음, 그것 참으로 독창성이라는 면에서는 박수를 쳐주고 싶은 독특한 의견일세그려. 요령이에게 해주고 싶은 말이 마구 떠올라서 미치겠다. '남의 눈의 가시는 보이고 자기 눈의 들보는 안 보인다', '뭐 묻은 개가 뭐 묻은 개 나무란다' 등등… 가람이는 요령이의 말이 많다는 말에 조금 충격을 받았나 보다. 왜냐고? 평소와 달리 아무런 대꾸도 못했거든. 그 녀석은 잠시 기가 막히다는 표정을 짓더니 입을 꾸욱 다문 채 자신이 직접 진열된 물건들에 손을 대며 뛰기 시작했다.

빠르게 뛰며 진열대의 물건에 하나하나 손을 대어보던 가람이도 곧 낭패라는 듯 고개를 저으며 돌아왔다.

"이상하군. 정말 없잖아!"

"내가 뭐랬니? 없다고 그랬지. 사람이 말을 하면 믿지 그래?"

"사람이 한 말이라면 혹시 믿었을지도 모르겠군."

"뭐, 임마!"

"아아아, 그만, 그만! 그럼 이 영기는 도대체 뭐지?"

나는 손을 내저으며 두 녀석 사이에 끼어들어 화제를 다른 곳으로 돌렸고 가람이와 요령이는 내 말을 듣고 방금 전까지 티격태격하던 것은 잊었는지 두리번거리며 이상하다는 듯 계속해서 고개를 갸웃거렸다. 나도 괜히 혼자 가만히 있기 어색해서 같이 고개를 흔들며 누구보다도 이상하다고 생각하는 표정을 지었고. 흐음, 진한 영기가 흘러나오는 것이라⋯ 도대체 어느 정도의 힘이길래 그러지?

"야, 그게 그렇게 대단한 거야? 왜 못 찾아서 안달들이야?"

"대단한 정도가 아니다. 추측이지만 영기가 이 주위를 벗어나지 못하는 걸로 봐서 어마어마한 어떤 것이 봉인되어 있는 모양인데, 봉인의 틈에서 새어 나오는 영기가 이 정도라면 봉인된 무언가의 영기는 어느 정도인지⋯⋯."

"아, 잠깐! 너 아까 내가 왜 이 주위에서 영기가 달아나지 않느냐고 물었을 때는 분명히 잘 모르겠다고 그랬잖아!"

"아, 그냥 추측일 뿐이고 이유를 확실히 아는 건 아니라서 그렇게 대답했다. 그냥 그럴지도 모른다는 것이다."

"⋯앞으로는 그냥 추측되는 거라도 말해도 돼."

"새겨듣도록 하지."

지금 같은 경우에도 보통 사람이 눈 똑바로 뜨고 방금 전에 가람이가 말한 것처럼 말했다면 아마 나와 주먹다짐을 할 각오를—물론 상대가 나와 주먹다짐을 할 수준이 되는지를 먼저 파악한 뒤여야겠지만—해야 할 것이다. 하지만 가람이는 방금 전 '새겨듣도록 하지'라는 말에 '미안해,

앞으로는 잘할게'라는 의미를 담아서 말했다. 아, 이거 미치겠군. 가람이에게 다시 '그럴 때는 새겨듣도록 하지'라는 말 대신 '앞으로 주의할게' 같은 말을 써야 되는 거야!'라고 말해 줘야 하나? 에이, 관두자. 이런 일이 한두 번 있는 것도 아니고 가람이의 저런 말투도 차차 나아지겠지. 저게 뭐 명령으로 고치라고 해서 고쳐질 성격의 것도 아니고 그런 걸로 일일이 훈계나 명령하기도 싫으니까 말이다.

"그건 그렇고, 그게 그렇게 대단해?"

"어휴, 너는 정말 이 정도의 기운도 못 느끼겠단 말야?"

"…어."

"텃다, 텃어. 그래도 조금이나마 자질이 있다면 마음먹고 내가 기초적인 거라도 가르쳐 주려고 했는데… 이건 평범의 극을 달리니 원……."

요령이는 자신의 이마를 탁! 치며 말했다. 쳇, 그래, 유별나서 좋겠다. 뭐, 네가 불이나 바람을 마음대로 다루고 만화책이나 게임에서나 나올 법한 마법을 펑펑 써대는 게 조금이라도 부러울 줄 아냐? 하나도 안 부럽다!

…사실은 약간, 아주 약간 부럽긴 하다……

뭐 그래도 그거 없다고 죽냐?

…죽을 뻔했었지…….

자꾸 왜 이야기가 이상하게 흘러가냐? 죽을 뻔한 것도 요령이 때문이었다. 요령이를 안 만났다면 아예 저런 이상한 힘 따위는 쓸모가 없었다는 이야기가 되겠지! 어쨌든 없다고 삶에 큰 지장 있는 건 아니고, 그냥 있으면 좋은 거고 없으면 없는 거지 뭐. 결국 네가 이상한 거라고! 눈 두 개 달린 사람들 사이에서는 눈 세 개 달린 건 좋은 게 아니라

이상한 거야!

…라고는 말해도 역시 부럽다… 하아, 어쨌든 이 주위에 있는 힘이 요령이가 그렇게 단지 모른다는 이유로 타박을 줄 정도로 엄청난 힘인가? 나야 느낌도 없지만 뭐 엄청나다니 믿어야지. 그건 그렇고 그 정도로 대단한 힘을 뿜어내는 것이라면 나도 한번 보고 싶어지는데. 하지만 진열대를 모두 뒤져도 안 나왔다고 했잖아. 그럼 없는 거지 뭐. 진열대 말고 다른 곳에도 무엇인가 있다면 몰라도…….

…잠깐! 진열대에 있는 게 이 창고 안에 있는 물품의 전부가 아니잖아! 진열대 아래의 상자! 나는 재빨리 아까 가람이가 힘의 중심이라고 말한 곳, 즉 아까 가람이가 서 있던 곳의 바로 옆쪽 진열대로 달려가 진열대 아래에 놓여진 종이 상자를 꺼내었다.

"혹시 여기 있는 거 아냐?"

"아차! 그곳을 빼놓았었군!"

"맞다! 거기 있을지 모르겠다!"

내가 꺼낸 상자는 그저 평범한, 슈퍼마켓 한구석에 애물단지처럼 쌓여 있는 걸 자주 볼 수 있는 골판지 상자였고 상자의 전면에는 A4용지에 사인펜으로 대강 휘갈긴 듯한 '중국—북경 4' 라는 글자가 씌여 있었다. 아무래도 북경에서 나온 물건들을 모아놓은 상자 중 하나인가 보다. 내가 상자 둘레를 대강 감아놓은 청테이프를 뜯어내고 박스의 뚜껑을 열자 가람이와 요령이는 재빠르게 상자 주위로 붙더니 상자 안의 내용물을 하나씩 꺼내보기 시작했다.

"분명히 영기의 농도가 갑자기 엄청나게 짙어졌어… 이 안에 있는 게 확실해!"

가람이와 요령이의 물건을 헤집는 손이 좀 더 빨라졌다. 하지만 상자가 바닥을 드러낼 때까지 요령이나 가람이 중 무언가를 발견한 듯 표정이 변한 사람은 없었다. 내가 잘못 생각했나? 저 상자가 아닌가? 나한테 해가 오는 것은 하나도 없음에도 난 괜히 불안해졌다. 저러다 못 찾으면 어쩌지? 내가 까닭없이 전전긍긍하고 있을 때, 마침내 요령이의 입에서 탄성이 터져 나왔다.

"찾았다!"

요령이가 꺼내 든 것.

그것은 이상한 문양이 새겨진 검붉게 녹이 슬어 있는 둥근 패였다.

신비롭게 빛난다면 그나마 기대를 충족시켜 주었을지도 모르지만 저 패는 안타깝게도 볼품없이 생긴 데다 거무죽죽하게 녹까지 슬었고, 게다가 군데군데 약간씩 눈에 잘 띄지는 않지만 이그러진 곳까지 있어서 아마도 분명 외관상으로 보기에도 눈에 확 들어올 것이라는 모두의―혹은 나만의―기대를 저버리고야 말았다. 저게 무슨 대단한 물건이라는 거야? 아무리 겉만 보고는 모르는 법이라지만 저건 좀 심한걸. 인디아나 존스의 성배처럼 볼품없는 것이 사실은 대단한 물건이라는 말인가?

그런데 저 패를 본 가람이의 태도가 이상하게 심상찮다. 가람이는 안색이 변해서 말까지 더듬으며 중얼거렸다.

"저, 저것은… 혹시……."

"야, 왜 그래?"

"세 발… 까마귀의… 패……?"

세 발 까마귀의 패? 그게 도대체 뭐야?

"세 발 까마귀의 패라니?"

"…으음……."

가람이는 별다른 말 없이 그저 놀란 얼굴로 고개를 가로저으며 손으로 얼굴을 감쌌다.

"오, 맙소사. 저런 물건이 어떻게 여기에 있을 수가 있지… 저런 신물이……."

뭐지? 도대체 뭐지? 가람이가 저렇게 놀란 표정을 짓는 일은 참으로 드물다. 도대체 무슨 일이길래 저러는 걸까? 저게 그토록 대단한 물건인가?

"도대체 이게 뭐길래 그렇게 놀라는 거야?"

"이건……."

차창 밖으로 흰 김이 엉겨 있다. 그리고 그 뿌연 유리창 너머로 희게 변한 산들이 흐릿하게 스쳐 지나간다. 난 서늘한 차창에 이마를 기대고 곁눈질로 창밖의 모습을 잠시 바라보다 다시 눈을 돌려 가람이가 '세 발 까마귀의 패'라고 일컬었던 패를 만지작거리는 요령이의 모습을 계속 응시하였다.

"뭘 봐? 물건 관찰하는 사람 처음 봐?"

어이구, 한 번만이라도 곱게 대답해 주면 입이 비뚤어지기라도 하냐? 나는 눈을 슬쩍 내리 감으며 약간은 퉁명스럽게 쏘아주었다.

"물건 관찰하는 고양이는 처음 보는 듯도 하다, 그러고 보니."

"또 그 소리다, 또 그 소리."

요령이는 넌덜머리가 난다는 듯 고개를 휘휘 내저으며 다시 세 발 까마귀의 패를 햇볕에 비추어 보았다가, 다시 내려서 빙글 돌려보았다가 하며 고개를 갸우뚱거리다 다시 왼손으로 툭툭 던졌다 받으며 머리를 긁적였다.

"이 안에 그것이 봉인되어 있다는 말이지… 흠, 나야 뭐 알지도 못하는 것이니 넘어간다 쳐도 여기에서 느껴지는 힘은 확실히 내 호기심을 자극하기에 충분하단 말야……."

"괜히 함부로 건드리다 혼쭐나지 말고 그냥 고이 모셔놓으시지."

가람이가 충고했지만 요령이는 물론 언제나 그랬듯이 깔끔하게 가람이의 말을 무시했고 가람이도 언제나 그렇듯이 요령이가 자신의 말을 무시하든 무시하지 않든 신경 안 쓴다는 투로 별 표정의 변화 없이 기차의 흐름에 부드럽게 몸을 맡긴 채 편하게 앉아 있었다.

"흐음… 저런 게 어떻게 우리 집에 있었을까……?"

내 고민에 가람이는 명쾌하게 답을 내렸다.

"질문이라면 모르겠다고 답하지."

"혼잣말이었어."

"그런가… 내 생각이지만 주인은 너무 혼잣말을 좋아하는 것 같다."

내가 혼잣말을 좋아한다고? …으음, 내가 미친 사람도 아니고 벽을 붙잡고 궁시렁거리는 것을 좋아한다는 말인가, 아니면 허공을 친구 삼아 지껄이는 것을 좋아한다는 말인가? 양자 모두 그렇게 마음에 들지는 않는데… 그냥 워낙 생각이 많아서 뇌로만 생각하기 힘들어 바깥에 생각을 풀어놓는다고 좋게 생각하자.

"난 내가 혼잣말을 좋아하는지 잘 모르겠는데. 하긴 내가 나를 판단하는 것만큼 힘든 일도 없긴 하지. 네가 그렇다니 그런가 보지 뭐."

난 고개를 휘휘 저으며 다시 요령이가 만지작거리고 있는 세 발 까마귀의 패를 바라보았다. 오랜 풍파에 녹이 슬어서 검푸르게 변해 버린 색. 작고 볼품없는 생김새. 패 안에 조각되어 있는 세공 자체는 그 당시에는 참으로 정교하고 아름다웠을 테지만 이미 너무 오랜 시간이 흘러 버려서 그 세공이 무디어지는 바람에 지금은 겨우 새와 비슷한 어떤 형상임을 알아볼 수 있을 뿐이다. 저런 것이 그렇게 대단한 물건이라니, 도저히 믿을 수가 없다.

세 발 까마귀의 패.

가람이의 말에 따르자면 저건 옛날 하고도 아주 먼 옛날, 그러니까 고조선 시대에 환웅과 함께 이 땅에 내려왔다고 전해지는 삼사, 즉 풍사, 우사, 운사들의 상징이었다고 한다. 셋 모두를 상징하는지, 아니면 셋 중 하나를 상징하는지, 셋 중 하나를 상징한다면 셋 중 누구를 상징하는지는 가람이도 모른다고 한다. 어쨌든 그 패에는 세 발 까마귀가 조각되어 있고 조각처럼 정말로 그 패 속에는 세 발 까마귀가 봉인되어 있다고 한다. 그 말을 듣고 난 문득 궁금해져서 이렇게 물어보았다.

"세 발 까마귀가 뭐야?"

"세 발 까마귀… 음, 뭐 봉황이라고 생각해도 좋고 주작이라고 생각해도 좋고 다른 뭐라고 생각해도 좋아. 보는 사람에 따라 다르게 보였다고 하니까. 어쨌든 전설의 새… 정도로 생각하는 게 가장 무난하겠군."

"그 이상의 설명은?"

"내가 보지 않았으니 그 이상의 설명은 힘들지. 그저 엄청난 힘을 가지고 있다는 정도… 일까."

"엄청난 힘?"

"음, 아무래도 신수니까."

"신수라… 신의 동물? 신 같은 동물? 아니면……."

"후자이지 싶다, 아무래도."

"그래? 그런데 왜 그 세 발 까마귀라는 게 이 조그만 패 안에 들어 있는 거냐?"

"세 발 까마귀는 예전부터 조선의 조력자였다고 전해진다. 아마도 항시적으로 조선을 돕기 위해 필요하면 언제든지 빠르게 나타날 수 있기 위해 일부러 그 속에 들어가 있지 않았나 싶다. 아니면 힘의 상징으로써 들어가 있었던지… 확실한 것은 알 수 없다."

"그런가… 그런데 너는 왜 이리 그런 이야기들을 잘 아냐?"

"…우리 옛 주인이… 한때 세 발 까마귀의 패에 대해 연구한 적이 있어서……."

옛 주인? 옛 주인이 누구더라… 하도 오랜만에 듣는 이야기라서 잘 모르겠는데. 아! 요절했다던 그…….

"이상환… 이었나, 이름이?"

"맞아. 그분은 어떻게든 자신의 수명을 연장해 보겠다며 여러 가지 자료를 찾아보다 우연히 세 발 까마귀의 패의 존재에 대해 알게 되었다. 그리고 한참을 고민하다 전국을 유람하며 패를 찾아볼 생각까지 하게 되지."

"왜?"

"세 발 까마귀의 어마어마한 기운이면 자신의 생명을 연장하거나 몸을 건강하게 만들 수 있지 않을까 하고 생각한 것이다."

"그래서? 결국 찾아냈어?"

가람이는 쓸쓸하게 고개를 저었다.

"아니. 시도조차 하지 않고 그만두셨다."

"아니, 왜?"

"…남의 힘이나 빌려서 목숨을 연장하려고 하는 짓이 너무 역겹게 느껴졌다고… 하시더군."

으음, 참. 가람이의 주인이었다는 그 사람도 성격이 똑바로 박히긴 진짜 똑바로 박혔었나 보다. 하지만 옛 선비들이 다 그랬듯이 융통성은 없지 않았었는가 하는 생각이 든다. 뭐, 지금의 기준으로 생각하면 솔직히 상환이 한 짓이란 바보 같은 짓이다. 자신의 목숨을 늘릴 수 있다는데, 그렇게 평생의 소원이 수명 연장이었다면 그냥 눈 딱 감고 지금 요령이의 손에 쥐어져 있는 저 패를 찾아보기라도 하는 게 합리적인 선택 아니었을까? 결국 자신의 힘으로는 아무것도 못하고 죽었잖아. 하긴, 다르게 생각하면 그건 일종의 자신에 대한 믿음, 혹은 자주적 인생관일지도 모르지만.

상환의 생각은 남의 힘으로 자신의 평생을 구원받느니 그냥 죽더라도 자기가 끝까지 노력한다는, 뭐 그런 것 아니었을까. 그 사람을 만나본 적도 없는 나로서야 뭐 알 수 있겠느냐마는 왠지 그런 생각이 든다.

"흐음, 그래서 네가 그렇게 잘 아는 거였구나. 그건 그렇다 치고… 그럼 그 세 발 까마귀인지 네 발 까마귀인지 뭔지는 어떻게 보지? 봉인되어 있다며?"

내 말에 반응을 보인 것은 가람이가 아니라 요령이었다.

"맞아, 정말 어떻게 해야 세 발 까마귀를 볼 수 있는 거지? 아니, 볼 수 있는 것은 둘째 치고 어떻게 교감이라도 할 수 없을까?"

"힘을 가하면 무슨 반응이 일어나지 않을까……."

요령이는 가람이의 말에 가람이를 똑바로 바라보며 말했다.

"확실한 거야?"

"확실하면 말꼬리를 흐렸을까."

"흐음, 하지만 일리가 있는 말이네. 이 정도의 영기덩어리라면 분명 힘을 가하면 무슨 반응이 일어날 거야. 에잇! 좋아. 한번 해보지 뭐!"

난 기겁할 수밖에 없었다. 달리는 기차의, 여러 사람이 앉아 있는 실내에서 그런 짓을 하겠다고? 아서라, 아서!

"야! 너, 설마 여기서 세 발 까마귀의 패에다 힘을 가하겠다는 생각을 하는 것은 아니겠지?"

"왜 아니겠어?"

"으아악! 정말 너!"

요령이는 고개를 설레설레 저으며 말했다.

"어휴, 농담이야, 농담. 난 농담도 못하니? 내려서 집에 돌아가기 전에 학교가 하나 있잖아. 거기 운동장에서 뭘 하든 해보자."

하여튼 농담을 해도 사람 가슴 철렁하게 하는 농담만 해요… 으으으, 나는 약간 골을 내며 요령이를 바라보았고 요령이는 생긋 웃었다.

…예뻐서 봐줬다.

아무도 없는 초등학교 운동장에는 스산한 바람이 불고 있었다. 지금이 낮이었다면 이곳은 많은 아이들이 즐겁게 뛰어노는 밝은 모습을 우리에게 보여주었겠지만, 지금은 한밤중이고 그래서 학교의 모습은 심히 을씨년스러웠다. 더군다나 이 학교는 얼마나 오랜 기간 동안 손을 대지 않았는지 궁금해질 정도로 낡아 있어서 그 을씨년스러운 분위기를 더해주었다.

창틀에는 곳곳에 녹이 슬어 있고 벽면에는 군데군데에 금이 가 있는 모습을 보자니 한숨밖에 나오질 않는다. 도대체 학교 측에서는, 아니, 나라에서는 이런 환경에서 공부하는 아이들의 안전에는 신경이나 쓰는 걸까? 그리고 보니 내가 다녔던 초등학교도 이곳과 별로 다르지 않은 교육 환경을 자랑하는 곳이긴 하군. 여기 있는 아이들도 나처럼 밝게 자라주길. 아, 낯 간지러워.

"으, 추워."

요령이는 몸을 움츠리며 나지막하게 투덜대었고 그때마다 입에서 하얀 김이 새어 나왔다. 쌓여 있는 눈과 비슷한 하얀색. 그러고 보면 겨울은 하얀색의 계절이라는 생각이 든다. 요령이는 계속 종종 뛰며 손을 비비더니 나를 보챈다.

"빨리빨리 뭐든 해보고 안 되면 가자. 추워 죽겠다."

"음… 어, 알았어."

나는 건성으로 고개를 끄덕이며 주머니를 뒤적여서 세 발 까마귀의 패를 꺼내었다.

"그런데 이걸 가지고 뭘 어쩌라는 거야?"

"흐음… 정말 뭘 어쩌지?"

요령이는 고개를 갸웃거리며 내게 되물었다. 이런! 네가 모르면 나보고 어쩌라는 거야! 나는 당황해서 무언가 되물으려 했지만 가람이가 먼저 입을 열어서 그만두었다. 가람이는 요령이를 바라보며 말했다.

"아까 기차 안에서 주고받은 말이 있지 않나."

"기차 안에서? 뭐?"

"'힘을 가하면 어떤 변화가 일어나지 않을까'라고 내가 말하니까 네가 '그럼 해봐야겠네'라고 말했었지. 그 말을 한 지 몇 시간이나 되었다고 벌써 잊어버리나."

"아차, 그랬지. 흐음… 그건 그렇고 이 나라 말은 주어가 앞에 나와야 해. 도대체 네 문법은 왜 그리도 어긋났냐?"

"개성이려니 해주길. 그건 그렇고 주인이 추울 것 같다. 얼른 서둘러라."

가람이는 저런 말투를 자신의 특성이라서 어쩔 수 없이 쓰는 게 아니라 멋있다고 생각해서 쓰는 게 아닐까… 라는 생각이 들게 하는 대화 내용이었다. 그건 그렇고 요령이가 주어의 차례 같은 어려운 것은 어디서 주워들었을까? 요령이는 가람이의 말에 고개를 끄덕이면서도 특별히 무엇을 해본다거나 하지 않고 단지 별말없이 계속 세 발 까마귀의 패를 바라보기만 한다.

"무슨 문제 있어?"

"아니, 뭐 별로……."

"그런데 왜 멍하니 서 있기만 해? 뭐든지 해봐야 할 거 아냐?"

요령이는 약간이긴 하지만 걱정스러운 빛이 섞인 얼굴로 말했다.

"어, 그냥 좀 불안해서……."

"뭐가?"

"이게 말이지… 힘을 가했다가 혹시나……."

요령이는 공포 분위기를 조성하듯 나직하게 목소리를 내리깔고 눈빛을 이상하게 바꾸고는 가만가만 말하다 갑자기 세 발 까마귀의 패를 나에게 들이대며 외쳤다.

"펑!"

"으아아악!"

깜짝 놀랐다! 나는 뒤로 휘청거리고 물러섰고 요령이는 그런 나를 한심하다는 듯 바라보며 말했다.

"…혹시나 무슨 '장난'이 걸려 있어서 괜히 힘을 가했다가 나쁜 일이라도 생길까 봐 그런다. 그런데 너, 너무 오버하는 거 아냐?"

"으윽… 너, 이… 깜짝 놀랐잖아!"

"어휴, 남자라는 녀석이 저렇게 소심해서야. 속이 터져 나갈 듯이 답답하다. 정말 너를 보고 있자면 한 마리 밴댕이를 보는 듯해서 내가 다 가슴이 아플 정도야. 그런 마음가짐으로 세상을 어떻게……."

"그 입 다물어!"

"너, 지금 뭐라고 했어?"

"나… 나, 난 아무 말 안 했는데."

난 당황해서 손을 가로저었다. 물론 가람이가 한 말이다. 그리고 요령이는 잠시 가람이와 눈싸움을 하다가 고개를 돌리며 한숨을 푹 쉬었다.

"젠장, 저 녀석이야 원래 저런 녀석이니 내가 이해해야지. 하여튼 개란 종족이란……."

그리고는 패를 고쳐 잡으며 눈을 감는다.

"이 추위에 벌벌 떠느니 뭐라도 해봐야겠지. 자, 잠시만 모두들 물러서 있어."

곧 눈을 감으며 무엇인가를 중얼거리는 요령이. 그렇게 잠시 입술을 달싹이자 요령이의 전신에서 푸르스름한 빛이 배어 나오더니 조금씩 꿈틀대며 세 발 까마귀의 패로 흘러 들어가기 시작한다. 흰 눈에 가득 반사되는 달빛과 어우러진 푸른 기운의 흐름. 꽤 몽환적인 모습이다. 그렇게 달빛과 때로는 섞이며, 때로는 흩어지며 요령이의 몸을 감싸던 빛은 잠시 머뭇대다 이윽고 점점 요령이의 손끝으로 모인다… 점점… 점점… 그리고…….

펑!

"까악!"

"뭐야!"

갑자기 요령이의 손에서 나지막한 폭발음이 나더니 요령이가 손을 감싸며 뒤로 펄쩍 뛰었다. 그리고 세 발 까마귀의 패는 허공으로 날아가더니 바닥에 힘없이 떨어져 버렸다. 요령이는 손을 재빨리 눈 속에 파묻으며 이를 악물었다.

"아야! 뜨거워! 도대체 뭐야!"

"괘, 괜찮아?"

요령이는 눈을 날카롭게 뜨고 쏘아붙였다.

"괜찮냐고? 왜 그렇게 쓸데없는 질문을 하니? 넌 지금 내가 괜찮은데 연기하는 걸로 보이니? 젠장! 저거 도대체 뭐야!"

흠, 간단한 이야기지만 역시 요령이의 행동이 저 세 발 까마귀의 패의 일종의 안전장치 같은 것을 자극한 것이 아닐까. 뭐, 애들이랑 같이 있다 보니까 이제 이 정도는 대충 예측할 수 있다고. 요령이는 계속 손을 주무르며 비틀비틀 자세를 바로잡더니 세 발 까마귀의 패를 노려보며 천천히 말했다.

"지… 저분한……."

"뭐?"

"지… 저분한 손 치워라……."

"뭐라고 하는 거야?"

나는 어리둥절한 목소리로 물었고 요령이는 손을 계속 주무르며 혼잣말처럼 말했다.

" '지저분한 손 치워라' 라는 말이 들리더라… 힘을 가했을때. 으, 손이야. 데지는 않았겠지?"

"윽! 지저분한 손 치우라고?"

하, 거참. 말 한번 살벌하게 하네. 지저분한 손 치우라니. …가 아니라. 목소리가 들렸다고? 어, 뭔가 이상하다?

가람이도 요령이의 말에 의문점을 품었나 보다.

"지저분한 손을 치우라는 목소리가 들렸단 말이지. 흐음, 흥미… 롭다고 해야 하나……."

"굳이 흥미롭다라고 말한다면 그렇게 말할 수도 있겠고."

"결론은 둘 중 하나다. 무조건 어떤 자극이 오면 기계적으로 저런 반응이 흘러나온다거나."

요령이가 말을 이었다.

"아니면 어떤 자아를 지닌 주체가 내 행동에 대해 경고했다거나. 역시 흥미로워. 이거, 생각했던 것보다 훨씬 대단한 물건일 수도 있겠는데!"

"그래서? 대단하면 어쩔 건데?"

내 물음에 요령이는 꽤나 활기 차게 대답한다.

"물론! 끝장을 볼 때까지 계속 대화를 시도해 봐야지!"

도대체 뭘 끝장을 본다는 건지, 왜 대화를 시도한다는 건지 내 정신 세계로는 도저히 이해가 되질 않는다. 왜 건드리지 말라는데 계속 건드리고 그래?

…그 대답은 잠시 후에 나왔다.

"무엇보다 이 진주같이 희고 아름다운 손을 지저분한 손이라고 표현한 것은 도저히 용서할 수가 없어!"

…고작 그 이유 때문에, 설마 고작 그 이유 때문에 한 번 호되게 당해서 벌겋게 되어버린 손을 가지고 다시금 대화를 시도하겠다느니 어쩌느니 하는 건 아니겠지… 나는 내가 데리고 사는 애완 동물이 받들어 모셔야 하는 공주병의 소유자이기를 절대 원치 않는다. 그것도 진심으로.

"미의 기준을 다시 세워줘야지! 흐으읍!"

계속해서 궁시렁거리며 힘을 모으는 요령이를 보면서 난 생각했다.

'어쩌면… 정말 원치 않는 일을 해야 될지도 몰라…….'

"만약 대답한 것이 자아를 가진 주체라면 역시 아까 기차 안에서 네가 말했던 세 발 까마귀인지 네 발 까마귀인지 하는 그것이겠지?"

요령이는 멀찌감치 튕겨 나갔던 세 발 까마귀의 패를 향해 천천히 걸어가며 물었다. 세 발 까마귀에서 어떤 열기, 혹은 다른 기운이 뿜어져 나왔던 건지는 도저히 나로서는 이해하지 못하겠지만 어쨌든 세 발 까마귀가 떨어진 곳 아래쪽에 쌓여 있던 눈은 어느새인가 녹아서 바닥을 드러내고 있었다. 요령이의 손에서 벗어나서도 눈을 녹일 정도의 열을 가지고 있었다면 비록 잠시 동안이기는 했지만 요령이의 손 안에서 기운을 뿜은 동안에는 얼마나 뜨거웠다는 소리일까?

가람이는 요령이의 말에 동의한다는 듯 고개를 끄덕였다.

"그렇겠지, 아마도."

"좋아, 그럼 그냥 '야, 세 발 까마귀!' 라고 불러도 되겠네."

…상상도 못할 정도로 강하다며? 엄청나게 신성한 것이라며? 아까 너희들이 나눈 신성하네 강하네 무섭네 어쩌네 저쩌네 등의 말들은 사실은 내가 잘못 들은 말이었던 거냐? 진정 그런 거였단 말이냐?

내가 내 귀의 성능을 상당히 의심하고 있는 동안 요령이는 세 발 까마귀의 패를 다시금 주워 들고는 눈을 감았다.

곧 다시금 푸른 빛이 요령이의 몸을 잠시 휘감다 요령이의 손으로 조금씩 엉겨들었다. 그러자 기다렸다는 듯이 다시금 세 발 까마귀의 패에서 바지직! 하는 소리와 함께 열기와 빛이 뿜어져 나오기 시작했다. 그러나 이상하게도, 세 발 까마귀의 패는 아까처럼 폭발하지는 않았다. 아마도 내 생각이지만 요령이가 어떤 힘으로 폭발을 잡아두고 있는 듯했다. 그렇게 손 안에 빛과 열을 가둔 채로 요령이는 입을 열었다.

"야, 세 발 까마귀— 듣고 있냐?"

…말하는 싸가지 봐라. 잠시 세 발 까마귀의 패는 웅웅거리며 떨기 시작했고, 마침내 요령이의 손에서 다시 세 발 까마귀의 패가 폭발했다.

펑—!

"으랏차차!"

폭발이 일어나자마자 요령이는 이상한 기합 소리와 함께 재빠르게 뒤로 펄쩍 물러나며 손을 눈 속에 파묻었다. 아무래도 뜨겁겠지.

"괜찮냐?"

"응, 손에 미리 대비를 해두었더니 아까보다는 좀 낫네. 아, 젠장. 그건 그렇고 저 까마귀인지 뭔지 성질 한번 더럽네. 잠깐 말 좀 하자는데 그새를 못 참고 난리를 치나. 아마 내가 손에 힘을 가해서 조금이라도 폭발을 잡아두고 있지 않았다면 아까처럼 손에 쥐자마자 터졌을 걸. 사교성있는 친구란 소리는 듣기 어렵겠는데? 조류계의 왕따가 아닐까 하는 생각이 드네."

…조류계라… 하긴… 새는 새니까… 그런데 그런 논리로 맞추자면 용은 파충류계의 신인가? 내가 잠시 아주 쓸데없는 고민에 막 빠져들려 할 때, 요령이가 다시금 손을 털면서 시원한 웃음을 터뜨렸다.

"그래도 저런 친구가 사귀면 또 깊게 사귈 수 있어서 좋아요. 깔깔!"

비꼬긴.

"그건 그렇고 세 발 까마귀가 뭐래? 아니, 저게 세 발 까마귀는 맞대?"

"귀찮게 자꾸 부르지 말고 기분 나쁘니까 그 더러운 손 좀 제발 치우라던데. 결국 자기가 어떤 기계적인 음성이 아닌 세 발 까마귀임을 자기 스스로 인정한 거지."

요령이는 다시 세 발 까마귀의 패를 주워 들고는 힘을 모았고 아까와 비슷한 광경이 내 눈에 들어왔다. 푸른 빛, 요령이의 손에서 빛나는 패. 요령이는 다시금 말했다.

"야, 잠깐 이야기 좀 하자―".

펑!

다시금 폭발이 일어났지만 요령이는 태연하게 잠시 손을 휙휙 휘두르고 이번에는 손을 눈에 파묻지도 않은 채로 다시 패를 주워 들었다.

"뭐래?"

"싫대."

짧은 대답과 함께 다시금 힘을 모으는 요령이. 잠시 간의 섬광과 함께 다시 재빠르게 질문을 던진다.

"도대체 나랑은 왜 이야기하면 안 되는 건데?"

펑!

"뭐래?"

"더럽대."

다시 질문.

"내가 왜 더러운데? 사람이 아니라서?"

펑!

"뭐래?"

"비슷하게 맞췄대."

"비슷하다니? 사람이 아니라서 더럽다는 거야?"

펑!

"뭐라냐?"

"사람이 아니면 안 되는 건 당연한 거고, 사람 중에서도 자신의 수호 민족의 피를 이어받은 자가 아니면 말하기 싫다는데? 별 웃기는······."

자신의 수호 민족이라니? 이건 또 무슨 소리야? 내가 막 얼굴에 의문 부호를 하나둘 빚어가고 있을 때 내 궁금증을 눈치 챘는지 가람이가 날 보며 말했다.

"세 발 까마귀는 조선의 조력자였지. 물론 옛 조선을 말하는 것이다. 어쨌든 그러니 그가 찾는 것은 옛 조선 사람의 피를 이어받은 자쯤으로 해석하면 되겠지······."

"옛 조선 사람의 피를 이어받은 자?"

참고로 우리 나라 사람은 자신이 단일 민족이라는 데 큰 자부심을 가지고 있고 그것은 나 역시도 마찬가지다. 그래서 나는 아무 생각 없이 말했다.

"나도 되네?"

아차, 그러고 보니 그렇군! 하면서 모두들 놀라주는 상황 따위는 애초부터 기대도 하지 않았지만 아무리 그래도 요령이의 저 한심하다는 눈빛은 정말이지 못 견디겠다. 그냥 콕 집어서 바보 같다고 말을 해라.

"에휴, 바보 같으니······."

···그래, 아주 가슴에 비수를 꽂아라, 꽂아.

"저기 저 패 안에 갇혀 있는 닭인지 까마귀인지가 잘 나가던 시절과 지금이 얼마나 시간적 간격을 두고 있는지 알아? 그때는 저런 게 하늘에 날아다녀도 전혀 이상할 것이 없던 시절이었지만 지금은 저런 게 하늘에 날아다닌다면 뉴스에 나올 거야. 피를 이어받아? 웃기고 있네.

그 당시에는 민족이라는 개념 자체가 없었고, 있었다고 쳐도 지금 네 몸에 흐르는 피는 저 이상한 새가 노닐던 하늘 아래 살던 사람들의 피가 수백 번 뒤섞인 피라고. 알아들어? 또 괜히 나서서 '내가 조선의 후예예요' 어쩌고 하지 말란 말이지."

그리고 난 요령이의 말에 진심으로 감탄했다.

"아, 알았어… 근데 너 디게 똑똑하다."

"나이는 헛먹은 게 아니거든."

요령이는 내 말에 씨익 웃으며 다시 패를 잡았다.

"수호 민족이라, 이미 당신이 지키던 나라는 멸망했고 그 후예를 자처하는 자들은 수천만이나 남아 있지만 그들의 피는 그때 당신이 지켜주던 자들의 몸에 흐르는 피가 아니에요. 알아들어요? 도대체 그 수호 민족의 기준이 뭐예요?"

펑!

"이번엔 뭐라고 하니?"

"나보고 멍청하대."

"…왜?"

"아버지는 자신의 피가 반만 섞인 아들을 자신의 자손으로 아무 거리낌 없이 생각하고 할아버지는 자신의 피가 반의 반만 섞인 손자를 당연히 자손으로 받아들인다나? 비유도 이상하게 드네."

나는 요령이의 비유를 듣고 잠시 생각을 정리하다가 물었다.

"…결국 아주 조금의 피라도 섞여 있으면 된다는 거 아냐?"

요령이는 고개를 젓더니 세 발 까마귀의 패를 쥐고는 대답했다.

"그런가 보지 뭐. 으, 내가 잘못 생각했나? 어이, 이봐요. 피만 섞여 있으면 되는 건가요?"

요령이는 힘을 가하며 대충 질문을 던졌고 곧 펑! 하는 소리와 함께 세 발 까마귀의 패는 다시 허공으로 튕겨져 날았다.

"대답은?"

"양자도 자손이래."

난 고개를 끄덕였다. 가문이 아래쪽으로 내려갈수록 시조의 피는 옅어지지만 가문이 옅어지지는 않으며, 양자는 피가 섞이지 않았지만 자신이 누구의 후손이라는 것을 확실히 인정한다면 자손으로 인정된다. 한마디로…….

"…그냥 후계자면 다 된다는 거군."

"그런 것 같아."

난 이번에도 아무 생각 없이, 정말로 아무 생각 없이 중얼거렸다.

"나도 이야기가 되겠네, 그럼."

"응."

요령이는 내 아무 생각 없는 말에 아무 생각 없이 대답하는 듯 고개를 대강 끄덕이며 세 발 까마귀의 패를 아무 생각 없다는 듯 덤덤하게 나에게 건네었다. 당연한 소리지만, 받는 내 쪽에서는 아무 생각이 없지 않았다. 아니, 오만 가지 잡생각이 다 들었다.

"…뭐 어쩌라고?"

요령이는 별것 아니라는 듯 말했다.

"말 걸라고."

"…뭐?"

정말이지 나는 아주 가끔 '인생이란 참으로 황당한 요구에 화답할 것을 원한다'고 생각할 때가 있다. 그리고 누군가 내게 '그 경우가 어떤 경우입니까?' 라고 물으면 '아, 예. 잘은 모르겠지만 예를 들자면 어느 추운 겨울날 한 고양이가 제게 말을 걸면 터지는 폭탄을 건네며 말을 걸어보라고 할 때쯤 되겠지요' 라고 대답할 테다. 물론 그 누군가는 내 대답에 이런 반응을 보이겠지. '미쳤군'.

그리고 그 말은 내가 요령이에게 해주고 싶은 말이기도 하다.

"미쳤어, 미쳤어, 미쳤어! 완전히 미쳐 버렸어! 이건 도대체가 손도 댈 수 없을 정도야! 어떻게 저렇게 말도 안 되는 소리만 늘어놓을 수 있지?"

요령이는 내 반응에 눈을 낮추고 입술은 좀 뻬죽 내밀고 얼굴 근육을 좀 팽팽하게 잡아당기는, 즉 쉽게 말해서 '이죽대는' 표정을 지으며 약간은 부정확하고 뒤틀린, 즉 쉽게 말해서 '비꼬는' 발음으로 말했다.

"에에엑― '미쳤어, 미쳤어. 완전히 미쳐 버렸어' 좋아하네. 내가 뭐 못할 짓 시켰냐? 방금 전에 네가 네 입으로 말했잖아. 너는 이 패를 쥐고 세 발 까마귀인지 뭔지 하는 속 좁은 새한테 말을 걸 수 있는 자격이 있다고 말야. 그리고 그런 네 생각은 비록 황당하긴 하지만, 세 발 까마귀의 반응으로 봐서는 일리가 있다고 생각해. 한마디로 네가 세 발 까마귀에게 말을 건다 해도 이 세 발 까마귀가 나에게 한 것처럼 힘을 폭발시킨다거나 하는 등의 히스테릭한 반응은 보이지 않을 거란 이야기지. 그런데 도대체 뭐가 마음에 걸려서 말도 안 된다는 둥, 미쳤다는 둥 과민 반응을 하고 그러냐?"

아무리 그런 식으로 나와도 내게도 이번에는 할 말이 있고 논리적인 근거가 있다! 안 되는 건 안 되는 거야! 하긴, 언제는 내가 할 말이 없고 논리적인 근거가 밀려서 요령이에게 언제나 졌냐고 물어보면 할 말이 없긴 하지만… 그래도 이번에는 절대 그냥 물러서 줄 수가 없다고!

나는 약간 흥분해서 목소리를 높이며 대답했다.

"야, 너 같은 경우는 손에서 불이 확 나더라도 네 이상한 힘으로 찍어누를 수가 있지. 상처 하나 안 입는다고. 하지만 나 같은 경우에는 어떨까? 아마 아까 네 손에서 일어난 것 같은 폭발이 일어난다면 내 손은 누더기처럼 너덜너덜해지거나 숯덩이처럼 까맣게 타버릴 거야. 만약에 내가 그 패를 쥐고 말을 걸었는데 '그 더러운 손 치워' 라는 말을 듣는다면? 경고를 듣고 나서 '아차차!' 라고 생각해 봤자 내 손에서는 이미 폭발이 일어난 후일 테고 나는 새까맣게 타서 부서져 버린 손으로 머리나 벅벅 긁으면서 '안 되나 보네' 라고 말하면서 바보처럼 '헤~' 하고 웃는 수밖에는 별수가 없겠지. 싫어, 싫어, 싫어, 싫어, 그런 건 절대 싫어! 내 경고해 두는데……."

"으이그!"

요령이는 내가 말을 끝마치기도 전에 갑자기 내 손을 덥석 잡는 것으로 내 입을 막았다. 앗! 난 아직 마음의 준비가… 는 아니구나. 어쨌든 갑자기 왜 손은 잡고 그러지?

내 의구심은 잠시 후에 풀렸다. 요령이의 손에서 푸른 빛이 뿜어져 나오기 시작했고 요령이는 그 손으로 내 손과 팔을 스윽 훑었다. 그리고 곧 이상하게도 차가운 느낌과 함께 내 손과 팔에서 빛이 뿜어져 나오기 시작했다.

"어어? 이거 뭐야?"

이게 뭐냐고 반문하기는 했지만, 대충 무엇인지 알 것 같긴 하다. 보나마나 혹시 모를 폭발로부터 내 손을 보호해 줄 보호막 같은 것이겠지.

"힘으로 살짝 감싸놓았어. 보호막 같은 거니까……."

음, 역시 나의 통찰력이란 대단해.

"…이제 '이게 손에서 터지면 어쩌나' 하는 눈으로 멀뚱멀뚱 세 발 까마귀의 패만 보고 있지 말고 어서 그 속에 틀어박혀 있는 세 발 까마귀에게 말을 걸어봐."

요령이의 말을 들은 후에도 불안한 건 어쩔 수 없었지만, 뭐 할 수 있나. 요령이가 이렇게 손에 술법까지 걸어주었는데 해봐야지.

"좋아! 그럼 어디 한번… 이 아니라 말을 걸려면 어떻게 해야 하냐?"

"그냥 눈을 딱 감고 손에 힘을 꽉 줘. 그리고 네 몸의 힘이 손에 집중된다고 생각해."

"그거면 돼?"

"아마도."

생각보다 쉽군 그래. 난 눈을 감고 힘을 주어 세 발 까마귀의 패를 꽈악 쥐었다. 그리고 머리 속으로 생각했다.

'생각해 보니 내가 지금 이 짓거리를 왜 하고 있나. 왜 하고 있었지? 음, 단지 호기심 때문이었군. 뭔가 신기한 물건에 대한 호기심. 그런데 난 별로 안 궁금한데, 그냥 지금이라도 그만두면 안 될까? 에이, 이제 와서 그게 무슨 소리야. 그런데 이 안에는 정말 뭐가 있을까? 아니, 무엇인가가 있긴 있을까? 만약 무엇인가가 말을 건넨다면 난 무슨 말을 해야 할까? 설마 얼빠지게 '안녕하세요?' 따위로 대답하진 않겠지.'

『무슨 생각을 그렇게 많이 하는가.』

우왓! 정말로 무엇인가가 말을 걸잖아! 자, 잠깐, 이럴 때일수록 침착하게 대응하자!

"아, 저, 안녕하세요?"

…음, 자주 떠오르던 '내가 얼빠졌던가?' 라는 질문은 이로써 해결된

셈이로군. 난 얼빠진 놈이었어. 젠장.

『나름대로 안녕한 편이지. 방금 전 누군가가 계속해서 말을 걸어 조금 귀찮긴 했지만… 그러고 보니 방금 전의 그 대화도 참으로 오래간만의 대화였군. 그 대화의 주체가 더럽지만 않았더라면 꽤 즐거운 대화가 될 수도 있었을 듯했지만. 그건 그렇고 자네의 손은 더럽지 않군. 잘 되었어. 이야기가 되겠는걸.』

"아… 이야기가 되겠다니 감사한데… 그런데 무슨 이야기를 먼저 해야 할지… 음……."

나는 참으로 내가 생각하게도 불쌍해 보일 정도로 당황해 버렸다. 요령이는 만약 이야기가 되면 뭘 어떻게 하라는 대화 지침을 전혀 알려주지 않았던 것이다! 한마디로,

'제기랄, 나보고 뭘 어쩌라고?'

내가 당황해서 '에… 어… 저기… 그게……' 만 반복하고 있을 때였다.

『이런, 이런. 안 되겠군… 할 말이 별로 없는 것 같은데.』

"아, 아닙니다. 할 말은 많은데… 저… 일단 무슨 이야기부터 해야 할지……."

요령이가 내 어깨를 짚으며 나직하게, 그러나 단어마다 힘을 주어 말했다.

"일단 세 발 까마귀가 맞냐고 물어봐. 그리고 좀! 제발 당황하지 좀 마!"

난 고개를 끄덕이고는 세 발 까마귀의 패를 쥔 손에 반사적으로 힘을 꽉 주며 물었다.

"저기… 당신이… 그… 뭐라고 해야 하나… 거참… 저기… 당신

이……."

으, 미치겠다! 왜 이런 쉬운 질문조차 못하는 거야! 나는 잠시 내 자신을 질책한 다음 단도직입적으로 물었다.

"당신이 세 발 까마귀가 맞습니까?"

대답은 빨랐다.

『잘 아는군. 내가 바로 세 발 까마귀일세.』

어떤 식으로 놀라야 효과적일까?

"아, 예. 그러셨군요. 하하……."

가장 효과적으로 보였을는지는 미지수이지만, 가장 바보스럽게 보였을 가능성은 많다는 사실이 나를 슬프게 만들었다.

『무엇이 그리 재미있어 웃는가?』

"아, 예… 그게……."

아니, 세 발 까마귀님—왠지 '님' 자를 붙이지 않으면 안 될 것 같다는 생각이 들어버렸다… 그렇다, 무의식 중으로 난 이 알지 못할 것에 위압감을 느껴 버린 것 같다—무안해서 웃어넘기려고 짓는 억지웃음에 그런 식으로 반응하시면 제가 또 당황해 버리지요. 어쨌든 나는 그런 세 발 까마귀의 반응에 순간 당황하여 다시금 웃음으로 넘기려는 우를 범하고 말았다.

"별로 딱히 재미있는 건 아닌데요. 하하……."

『우스운 청년이군. 이보게, 젊은이. 웃음이 많은 것은 좋지만 너무 웃음이 헤프면 실없다는 소리를 듣는다네. 이것은 내가 자네에게 충심으로 하는 충고라네.』

"예… 충고 감사합니다. 하하하……."

내 세 번째의 바보 같은 행동에 그만 세 발 까마귀의 패마저도 허허 웃어버리고 말았다.

『허허… 이거 내가 아무래도 패의 주인 될 자를 완전히 잘못 만난 것 같군.』

그리고 정말 당연한 소리지만, 세 발 까마귀의 다음 말에 나는 웃는 대신 경악해 버렸다. 무슨 소리야? 패의 주인 될 자라니? 난 방금 전에 혹시나 내가 잘못 듣지 않았을까 하는 기대를 담고 다시금 패를 향해 물어봤다.

"…실례지만 지금 뭐라고 하셨는지 한 번만 더 말씀해 주시겠습니까?"

『패의 주인 될 자를 잘못 만났다고 했네. 왜, 내가 한 말이 너무 심했는가? 그렇다면 사과하지. 하지만 나는 지금껏 마음에 없는 소리를 하는 데에는 익숙하지가 않다네.』

나는 고개까지 크게 가로저으며 급히 물었다.

"아, 아니, 그게 아니라… 방금 패의 주인 될 자라고 하셨습니까?"

그리고 패 안쪽에서 약간은 의아한 목소리가 되돌아왔다.

『그렇다네. 그런데 왜? 뭐가 잘못되었는가?』

오히려 안쪽에서 뭐가 잘못되었냐고 물어보는 데에야 할 말을 잃을 수밖에 없다. 나는 잠시 어안이 벙벙한 채로 머리를 짚고 있다가 조용히 말했다. 속으로는 '그럼! 당연하지! 완전히 잘못됐지! 주인은 무슨 주인이야! 이젠 주인의 주 자만 들어도 지긋지긋하다고! 도대체 무슨 소리를 하는 거냐! 밑도 끝도 없이 패의 주인이라니, 알아들을 수 있게 설명을 하는 최소한의 노력은 있어야 할 것 아니냐! 갑작스럽게 그렇게 말해 버리면 내가 당신의 말을 어떻게 받아들이란 말이야, 도대체!' 라고 고래고래 소리를 질러 버리고 싶었지만 나는 세 발 까마귀라는 존재에게 약간의 심리적 위압감과 상당한 위엄을 느끼고 있었기에 차마 그렇게 말하지는 못하고 그저 최대한 조용하고 정중하게 대답할 수밖에 없었다.

"조금요. 아주 조금… 잘못된 게 있는 것 같습니다만."

『무엇이 잘못되었는가?』

차분히… 차분히. 의아한 것들을 차분히 하나씩 물어봐 주자. 어차피 시간은 많지 않은가.

"제가 왜 패의 주인입니까?"

『이 패를 지금 누가 가지고 있는가?』

이런 바보 같은 반문이 있나. 하지만 이런 당연하고도 짧은 질문이 상대방의 허를 찌르는 데는 가장 무서운 법이다. 의도적이었는지 아니었는지는 모르겠지만, 세 발 까마귀의 질문은 그대로 나의 허를 찔러 버렸다. 나는 약간 더듬거리며 대답했다.

"저… 입니다만."

『그러니 자네가 주인이지. 나로 하여금 너무도 당연해서 아이들의 농담 같은 소리를 더 이상 주워 담지 않게 하게.』

말할 뻔했다. 순간적으로 세 발 까마귀의 말에 수긍하고 '아, 예. 앞으로 주의하겠습니다' 라고 말해 버릴 뻔한 것이다. 그러나 나는 그렇게 말해 버리기 직전에 간신히 다시 한 번 바보가 되어버리려는 자신을 제어할 수 있었다. 후우, 다행이야. 난 다시 한 번 마음을 다잡고는 세 발 까마귀의 논리의 허점을 찾으려 노력했다.

"그건 말이 되지 않습니다."

『무엇이 말이 되지 않는다는 말인가?』

"제 손에 쥐어져 있다고 제가 주인이라니요. 그렇다면 제가 친구의 금덩이를 손에 쥐었다면 그것이 제 것이라는 말입니까? 세 발 까마귀님의 말씀은 이치에 맞지 않습니다. 현 위치와 소유권은 분명히 다른 것입니다."

아아, 논리적이야, 난 너무도 논리적이야! 정말 나의 논리성은 가끔 가다 문득문득 소름이 끼칠 정도로 대단해! 나는 약간의 자아 도취를 느끼며, 그러나 차분히 세 발 까마귀에게 내가 생각해도 괜찮다 싶을 정도로 날카롭게 질문했다. 그러나 세 발 까마귀라는 목소리는 여유롭게 내 질문을 받아넘겼다.

『자네가 든 예야말로 이치에 맞지 않는 예일세. 자네가 방금 든 예에서 그 금덩이는 소유주가 누구인지 분명히 정해져 있었지. 그러나 나의 경우, 아니, 정확히 말하면 내가 깃들여 있는 이 패의 경우 현재 주인이 없다네. 길에서 주운 주인 없는 금덩이를 자네가 가진다고 해서 자네를 탓할 사람은 아무도 없지. 아니, 길에서 주운 금덩이는 주인이 있을지도 모르지만 현재 자네의 경우에서는 내가 단정할 수 있다네. 내가 깃들어 있는 이 패에는 현재 '주인이 없다네'.』

노, 논리 정연하다… 무섭도록… 젠장. 하지만 난 조금의 허점이라도 잡기 위해 발버둥을 치며 힘들게 말을 꺼냈다. 젠장! 젠장! 젠장! 이제 무엇인가의 주인을 한다는 것은 지겹단 말이다! 게다가 그게 지금까지와는 다르게 나를 완전히 압도해 버리는 당신 같은 경우라면 더더욱 안 돼! 안 할 거야! 못해! 둘로도 벅차다고! 더군다나 나는 아직 내가 왜 주인이 되어야 하는지, 주인이 되면 뭐가 어떻게 되는지, 그런 것들에 대한 설명을 듣지 못했단 말야! 이해할 수 있게 설명을 해보라고, 설명을!

"하, 하지만… 그런 경우 그 금덩이를 가질지 말지는 주인의 마음 아닙니까? 소유를 강요받지는 않지 않습니까……."

내 말에 세 발 까마귀는 다시금 너무도 간단하게 대답해 버렸다.

『누가 뭐라고 했나? 자네 말이 맞네. 자네가 이 패의 주인이 하기 싫다면 안 해버리면 그만이야. 당연한 거 아닌가?』

덕분에 나는 밀려드는 허무감과 함께 다시 한 번 크게 당황해 버리고야 말았다.

"하, 하지만 아까 분명히 패의 주인 될 자라고……."

그리고 세 발 까마귀의 패는 나의 말에 그만 웃어버렸다.

『허허, 내가 그렇게 말했던가? 실수했군. 알겠네, 정확히 정정해 주지. '패의 주인이 될 수 있는 자'라고 말야. 이제 되었는가? 나는 자네가 이 패를 쥐고 있기에 당연히 이 패를 가지려고 하는 줄 생각했다네. 내가 넘겨짚어 버린 셈이군.』

너무도 쉽게 내 말에 대해 긍정해 버리는 모습에 난 도대체 몇 번째인지도 모를 당황을 또 해버리고야 말았다.

"아… 예… 그렇습니까?"

『그런데… 마치 내게는 자네가 세 발 까마귀의 패의 주인이 되기를 싫어하는 것처럼 느껴지는구먼… 내가 잘못 느꼈는가?』

뭐라고 대답해야 하나?

"어… 저… 아, 뭐 꼭 그렇지는 않습니다만 역시 불안한 마음이 강한 것도 사실입니다……."

『그런가. 내가 깃들여 있는 이 패를 갖고 싶어하지 않는 사람은 그렇게 흔치 않았는데, 자네는 조금 특이한 경우로군. 그래, 무엇이 그리 불안한가?』

나는 세 발 까마귀의 물음에 단호히 대답했다.

"아무것도 모른다는 것이 불안합니다."

『아무것도 모른다. 아무것도 모른다라?』

난 세 발 까마귀가 볼 수 있을지 없을지 모르지만 고개를 끄덕여 긍정의 뜻을 표시하며 말했다.

"예, 그렇습니다. 저는 왜 제가 세 발 까마귀의 패를 가질 수 있는지, 이 패의 주인이 되면 제게 어떤 변화가 생기는지, 그리고 갑작스레 아무런 요구도 없이 왜 당신이 제게 주인이 되어달라고 하는지, 그 모든 것이 너무도 혼란스럽습니다. 무엇보다 지금의 상황 자체가 제게는 너무 당황스러운 상황이 아닐까요?"

이 정도면 차분하고 정연하게 말한 거 맞지? 이제 세 발 까마귀가 내 질문에 대답해 줄 차례다.

『그래. 내가 너무 성급했군. 인정하네. 그럼 일단 자네의 의문점에 하나씩 답해줄 테니 그 후에 마음을 정하도록 하시게. 일단 첫 번째 질문이 왜 자네가 세 발 까마귀의 패를 가질 수 있는가 하는 것이었지. 그 이유는 아주 쉽다네. 나와 말할 수 있는 자격이 있는 자는 누구든지 패를 가질 수 있는 자격 또한 가지고 있는 것이 된다네.』

그런 건가. 이 패와 대화를 나눌 수 있는 것은 지금 이 땅에 사는 사람… 이지. 그렇군. 그럼 나는 주인 될 자격이 있는 거로군. 하지만 아직 궁금한 것은 너무도 많다.

"그럼 두 번째 질문입니다. 왜 당신은 갑작스레 제게 주인이 되어달라고 하시는 겁니까?"

그리고 세 발 까마귀는 그 말에 크게 웃었다.

『하하하! 내가 언제 그랬는가? 난 자네에게 주인이 되어달라고 한 적이 없네.』

"하, 하지만 아까 분명히……"

『말했잖은가. 그것은 말실수였다고. 난 자네에게 내가 깃든 패의 주인이 되어달라고 한 적이 없네. 단지 자네에게 그럴 수 있는 자격이 있다는 것을 알려주고 싶었을 뿐이지. 난 주인을 선택할 권리가 없거든. 주인은 나를 선택할 권리가 있지만 나는 단지 자네에게 '권리를 가지고 있음'을 알려준 것이지 '소유를 강요한 것'은 아니라네. 이와 비슷한 대화를 바로 조금 전에도 하지 않았었나? 난 특별히 자네가 이 패의 주인이 되길 바라지 않는다네. 자네 맘대로 하게. 갖고 싶으면 갖고, 그만두고 싶으면 그만두게.』

…그러니까 세 발 까마귀도 내가 자신의 주인이 되기를 바라지는 않는다는 말이지. 아니, 정확히 말하면 무관심하다는 쪽이 더 맞는 표현인가?

"그럼 당신의 주인이 되면 어떻게 되는 겁니까? 제겐 어떠한 변화가 생기는 겁니까?"

내 말에 세 발 까마귀는 엄한 목소리로 마치 호통 치듯이 되물었다.

『내 주인이라니? 감히 누가 내 주인이 되는가?』

갑자기 세 발 까마귀가 왜 이런 반응을 보이는 거지? 나는 할아버지에게 야단맞는 손자처럼 약간 목소리를 떨며 불안하게 대답했다.

"하, 하지만 지금껏 계속 주인이 되라고……."

내가 더듬더듬 말을 이어 나가자 듣기 답답했는지 세 발 까마귀는 내 말을 자르며 말했다.

『패의 주인이라고 했지 나의 주인이라고 한 적 없네. 이 패를 가지게 되는 것이지 나를 가지게 되는 것은 절대 아니네. 누구라도 나를 가질 수는 없네!』

"그, 그렇군요… 알겠습니다."

당황해 버린 나는 급히 대답한 후 갑자기 떠오른 의문점을 다시 질문했다.

"그렇다면, 패를 가지는 것이 당신의 주인이 되는 것이 아니라면 이 패의 주인이 되면 제게 있어 무엇이 달라지는 것입니까?"

『흠… 달라진다라. 무엇이 달라지느냔 말이지. 꽤 대답하기 어려운 질문이군.』

"……."

『내가 그대의 수호신이 된다네.』

"예?"

『내가 그대의 조력자가 된다는 뜻일세. 내 힘이 닿는 데까지 자네를 보호하고 도와주겠다는 의미이지.』

"…그런… 왜… 어째서요?"

『내 사명이니까.』

"사명… 이오?"

『그렇네. 사명이지. 내가 처음 자아를 가지고 이 패 안의 자신을 발견한 것은 수천 년 전일세. 얼마나 오래되었는지는 나도 정확히 알 수 없지. 나를 만든 것은 삼사, 즉 풍사, 우사, 운사들이었네. 그게 몇 대째 단군의 일이었는지, 어느 정도 때의 일인지 나는 알지 못한다네. 나는 바깥 세상의 일을 잘 알지 못하거든. 하지만 확실한 것은 내가 처음에 삼사의 종으로 쓰이기 위해 만들어졌다는 것일세.』

삼사의 종이라고? 방금 전에는 누구도 자신의 주인이 될 수 없다고 했잖아?

『하지만 나를 만든 후 삼사들은 깨달았다네. 내가 그들이 예상한 것보다 훨씬 크고 강한 존재임을 말일세. 나는 너무도 강렬한 자아를 지니고 있었고, 그랬기에 그들은 자신들을 나의 주인으로 인식시키지 못했네. 그러나 나를 창조한 삼사들은 창조자의 권위와 강한 주술력을 동원하여 나에게 숙명을 씌우는 데에는 성공했지. 그것이 바로 '도우라' 는 숙명일세.』

"도우… 라구요?"

『그렇다네. 조력, 정확히 말하자면 '그대는 절대적으로 패의 주인을 도우라' .』

"……."

잘 이해가 되지 않는다. 자신들을 돕기 위해 만들었다면 처음부터 '삼사를 도우라' 고 했으면 되었을 것을 왜 군이 '패의 주인을 도우라' 고 했을까? 내가 의문 가득한 얼굴이 되어 아무 말이 없자, 패에서 싱긋 웃는 것과 비슷한 소리가 나더니 곧 내 마음속에서 세 발 까마귀의 목소리가 울려 퍼졌다.

『세 발 까마귀의 패는 삼사를 상징하지. 삼사가 세 발 까마귀의 패를 가지고 있는 것이 아니라, 세 발 까마귀의 패의 주인이 삼사의 지위를 가지게 되는 것이라네. 즉, '패의 주인을 도우라' 는 '삼사의 주인을 도우라' 는 말과 정확히 같은 말인 셈이지.』

오늘 정말 많이 놀라는데. 하나, 둘, 셋 하고 소리 질러야지. 하나,

"에에엑?"

좀 많이 놀랐었나 보군.

『왜 그런 괴성을 지르고 그러는가.』

'너무 놀라서 그런다, 왜?' 라고 말하고 싶었지만 그 대신 차분히 예의를 갖추어 세 발 까마귀에게 말했다. 너무 당황해서인지 목소리가 떨리고 있었다.

"세 발 까마귀의 패를 가지게 되는 자가 삼사가 된다고요? 그런… 그런 말씀 안 하셨잖습니까?"

『천천히 말하려고 했다네. 성격이 느긋한 편은 못 되는군.』

세 발 까마귀는 내가 놀라서 펄쩍 뛰든 말든 신경 쓰지 않는다는 듯 여유롭게 대답했다. 하지만 나한테는 대답을 여유있게 들을 만한 마음이 들지 않는걸. 자꾸 아까부터 세 발 까마귀의 패가 나를 기만하려 한다는 느낌이 드는 것은 어째서일까? 아니, 기만한다기보다는 약간 가지고 노는 듯한 느낌이다. 아니면 단지 세 발 까마귀가 사람을 다루는 데 능숙해서 그런 것뿐일까? 어쨌든 세 발 까마귀의 저런 태도를 대하고 나니 기분이 별로 좋지 않다. 나는 다시 물었다.

"…다음부터는 그런 중요한 사실은 빨리 말해 주시길 바래도 되겠죠?"

『알았네.』

"그럼… 정리하자면 내가 세 발 까마귀의 패를 가지면 당신은 나를 무조건적으로 돕고, 그 대신 나는 자동적으로 삼사 중의 한 명이 되게 된다는… 뭐, 그런 말씀이신 것 같은데, 제 생각이 맞습니까?"

『비슷하네. 나는 자네가 꼭 도움이 필요하다고 생각될 때만 돕네. 하지만 자네가 마음속으로 도움을 요청하면 대부분의 경우에는 도와주지. 그리고 자네는 풍사의 후계자가 된다네.』

"아, 삼사 중의 풍사라… 당신이 풍사를 상징하는 것입니까? 그렇다면 운사나 우사를 상징하는 패도 세상에 존재하겠군요?"

『그렇다네. 원래는 세상에 풍사, 우사, 운사의 패, 이렇게 세 개의 패가 존재했었지. 하지만 언제부터인지 우사와 운사의 패와의 교감이 끊어졌다네. 패가 파괴되었거나 숙명이 끊어졌거나 사라졌거나, 여러 가지 가능성이 있겠지만 어쨌든 그래서 이제 내 생각엔 남은 것은 나 하나뿐인 것 같다네.』

그런가. 세상에는 풍사 하나만이 남았다는 거로군. 그런데 이거 왠지 흐름이 뻔한데. 이제 내가 '제가 풍사가 되면 무엇이 달라집니까?'라고 물으면 '자네는 이제 풍사가 되면 바람의 힘을 다룰 수 있게 된다네. 그 대신 자네는 풍사의 숙명을 짊어지고 내가 부탁하는 일을 이루어야 한다네' 따위의 뻔한 이야기가 오고 가겠지? 안 해, 그런 것 따위.

"풍사가 되면 제게 생기는 변화가 있나요? 설마 이름뿐인, 혹은 상징뿐인 그 무엇인가요?"

『그렇지 않네. 풍사는 말 그대로 바람의 주관자이지. 자네는 바람을 자유롭게 다룰 수 있다네. 물론, 자네의 영적 능력 그릇의 크기만큼만 다룰 수 있긴 하지만 말일세. 내 보아하니 자네도 상당하군.』

난 상당하다는 그 말의 의미에 약간 놀라 되물었다. 요령이나 가람이는 내가 영적 자질이 거의 없는 것이나 마찬가지라고 했는데?

"상당하다니요?"

『상당히 영적으로 둔하군. 자질이 거의 없다시피한데. 이런 상태로는 풍사가 되어봤자 큰 힘은 못 쓰겠군.』

"으윽… 그, 그렇군요. 어쨌든 풍사가 되면 바람을 마음대로 다룰 수 있게 된다는 겁니까? 그럼 그 대가는요? 그 대가로 나는 무엇인가를 해야 되는 거겠지요?"

나는 세 발 까마귀의 대답을 들을 필요도 없다는 투로 단정하듯 물었다. 그런데 세 발 까마귀의 대답이 의외였다.

『전혀.』

"그렇군요. 그렇다면 전 하지 않겠… 잠깐, 예? 전혀… 라구요?"

『그래. 자네는 그냥 힘만 얻을 뿐, 뭐 자네가 무엇인가를 해결해야 한다거나 무엇을 해야 한다거나 할 필요는 없네. 원래 삼사는 조선을 위해 일해야 하지만 조선은 이미 까마득한 옛날에 멸망해 버렸으니… 사실은 그때 삼사라는 것도 사라져 버렸어야 했지만 상징이 남아버리는 바람에 이렇게 되어버렸지. 어쨌든, 자네보고 이미 망해 버린 나라를 위해 일하라고 할 생각은 전혀 없네. 말 그대로 풍사란 이름뿐인, 일이 없는 직책이라네.』

그… 그런, 그렇게 되어버리나? 하긴, 세 발 까마귀의 말도 일리는 있긴 하지. 조선 시대(세 발 까마귀가 있던 고조선이 아닌 조선 시대)의 양반들 중 아직도 살아 있는 사람이 많지만 그 사람들은 현재의 사회에 어떠한 영향도 끼치지 못하잖아. 결국 옛날의 상징이 그대로 남아서 생겨 버린 모순이란 말인가. 일견 수긍이 가는 말이어서 나는 고개를 끄덕였다. 그런데 이거 괜찮은데. 지금 내 손에 쥔 이 패의 주인이 되면 세 발 까마귀의 도움을 받을 수 있을 뿐더러 바람까지 부릴 수 있다는 말이잖아. 어휴, 이거 갈등이 마구 생기네. 나는 잠시 머리를 숙이며 고민했다. 그렇게 머리를 숙여 고민하다 보니 내가 가장 궁금했던 것을 물어보지 않았다는 것이 생각났다. 나는 고개를 번쩍 들었다.

"궁금한 것이 있습니다."

『물어보게.』

"당신은 무엇입니까?"

세 발 까마귀는 나의 질문에 다시 없을 정도로 명쾌하게 대답했다.

『세 발 까마귀라네.』

…왠지 사람이 바보가 되어버리는 것 같은 느낌인데. 으윽, 난 잠시 입속에 마구 맴도는 수십 가지의 다른 뜻을 가진 말들을 수습하고 그

중의 하나를 꺼내어 물었다.

"좀 더 구체적으로 설명을 해주십시오."

『세 발 까마귀. 아까도 말했듯이 삼사의 조력자이며 정확히 말하면 까마귀는 아니니 '새의 형상을 한 영적 존재' 쯤으로 생각하게. 주인이 없을 경우에는 난 봉인된 채로 내 힘을 자유롭게 쓸 수 있기에 가끔씩 누군가를 지켜주며 소일을 보내곤 했고, 그것들은 하나둘씩 전설에 남게 되었다네. 그래서 지금은 나와 관련된 이야기가 많지. 자네가 알고 있는, 모든 새와 관련된 전설 속의 동물을 생각하게. 그 모두가 나이니. 조선의 상징 세 발 까마귀, 중국에서 말하는 대붕, 왕가의 수호새였던 봉황, 사신 중 하나인 주작, 사람들을 역병과 재앙에서 지켰던 세 머리 독수리, 황해도 하늘을 휘감으며 곰의 간을 쪼아 먹는다는 장산곶매, 그 모두가 나일세. 어느 정도는 대답이 되었는가?』

으음, 들어본 것도 있고 못 들어본 것도 있는데.

『뭐 더 궁금한 것은 있는가?』

"아… 됐습니다. 이제 이 정도면 별로 궁금한 것은 없습니다. 앞으로 궁금증이 생긴다면 몰라도 일단 가지고 있는 궁금증은 거의 모두 해결된 것 같군요. 그럼 선택할 시간인가요."

선택.

이 패를 가지고 삼사가 되어 바람을 부릴 수 있는 힘과 강력한 영적 능력을 지닌 조력자를 얻을 것인가. 아니면 안 그래도 약간은 어긋나 버린 인생, 괜히 엇나가는 짓 하지 말고 조용히 살 것인가.

생각할 것도 없잖아. 그냥 평범하게 살아버려! 젠장. 매일 투덜거렸 잖아. 요령이와 가람이를 만난 후로 조금은 어긋나 버린 내 운명에 대해 얼마나 불평했었어? 지금은 그때와는 달리 선택의 기회가 있잖아.

거절해 버려.

하지만…….

내가 평생 다시는 만날 수 없을지도 모르는 기회. 언제나 요령이와 가람이를 부러워하면서 정작 기회가 왔을 때는 그 기회를 날리겠다는 거야? 무엇보다 바람의 힘을 부린다는 것, 그것이 무엇인지 궁금하지도 않아? 어느 쪽으로 할까. 어느 쪽으로…….

사실 대답은 정해져 있었다. 나는 잠시 관자놀이 주위를 살짝 짓눌러 약간씩 무거워지는 머리에 자극을 준 후 입을 열었다.

"선택했습니다."

『그래? 어느 쪽인가?』

머뭇거릴 것 없어. 확실하게 대답하자.

"세 발 까마귀의 패를 갖겠습니다."

그래. 손해 볼 것은 없다잖아. 나도 바람의 힘을 부리고 싶다고. 삼사인지 무엇인지가 되고 싶다고. 그리고 무엇보다도…….

현재까지 어떠한 조짐도 보이진 않지만 요령이는 분명히 쫓기고 있다. 세 발 까마귀는 분명히 내가 패의 주인이 되면 나를 도와준다고, 그리고 지켜준다고 했다.

만약 요령이가 퀴에르가 보낸 이들에게 습격이라도 당한다면, 그렇다면 요령이와 언제나 함께 다니는 나도 공격받을 것이다. 세 발 까마귀는 분명 나를 지켜준다고 했으니 어쩔 수 없이 요령이를 데려가려온 그들과 싸워야겠지. 그렇다면 저번에 혜진이 우리를 공격했던 것과 같은 상황에서 분명히 든든한 우군이 되어줄 수 있겠지. 오히려 감사하고 싶을 정도인데, 이런 기회가 온 것에 대해. 요령이와 가람이는 분명히 세 발 까마귀의 존재감에 거의 경악이라고 표현할 정도로 놀랐었다고. 그렇다면 세 발 까마귀가 그 정도로 강하다는 뜻이잖아? 이런 존재가 우리를 보호해 준다면 마음을 좀 놓아도 될 것이다.

『좋아… 분명히 가지겠다고 했다.』

"그렇습니다."

갑자기 세 발 까마귀의 패에서 진한 자주색의 빛이 뿜어져 나왔다. 강렬한, 너무나도 강렬한 빛. 그러나 그 빛은 신기하게도 눈부시진 않았고 덕분에 나는 고개를 돌리지 않은 채로 그 빛을 바라볼 수 있었다.

파아앗!

빛줄기들과 함께 진한 자주색의 기운이 이 주위를 온통 뒤덮고 소용돌이치며 한 덩어리로 뭉치더니 어떠한 형상을 만들기 시작했다.

"이… 이건 대체……."

내가 어리둥절해하고 있을 때 요령이가 숨 막히는 듯한 목소리로 말했다.

"엄청난… 엄청난 기운이다."

"파악조차 하기 힘들 정도의 크기… 정말 어마어마하군."

"그런데… 저게… 갑자기 왜 패 속에서 튀어나온 거지?"

가람이의 주먹이 불끈 쥐어져 있었다. 긴장하고 있다는 소리이다. 뭐지? 내가 위축되어 버린 듯 긴장하는 둘을 바라보면서 식은땀을 한두 방울 정도 흘릴 때 어디에선가 위엄있는, 마치 구름 속에서 울려 퍼지는 듯한 목소리가 들려왔다.

『나를 바라보게.』

목소리가 나는 쪽에는 어떠한 커다란 형상이 진홍빛 속에서 목소리를 내고 있었다. 세 발 까마귀로군. 나는 잠시 목소리를 가다듬고 정중히 물었다.

"세 발 까마귀님이십니까?"

『그렇다네..』

대답과 함께 '그것' 은 날개를 크게 펼쳐서 몇 번 펄럭였다. 그러자 다시 한 번 광휘가 우리에게로 뿜어져 나왔다. 날개? 날개가 맞나? 형상 전체가 흐릿하게 보여서 무엇인지 정확히는 알아보기 힘든데. 하지만 저 얇고 넓은 두 장의 무엇을 날개라는 단어가 아닌 무엇으로 설명할 수 있을까.

그러고 보면 확실히 까마귀는 아니다. 일단 크기가 훨씬 차이가 난다. 저건 거의 사람과 같은 크기이다. 세 발 까마귀는 자주색 기운들을 일렁이며 목을 길게 들어 우리를 굽어보듯 바라보았다. 그것의 주위에서 일렁이는 자주색 기운들은 마치 깃털처럼 보였다. 그것도 억세고 거친 깃털. 가슴은 독수리처럼 당당하게 쫘악 펴져 있다. 날개는 위엄 있게 펄럭이고 있다. 가슴에서 이어지는 부드럽게 흰 긴 목의 끝에는 작은 머리와 뾰족한 부리가 있었다. 정말 세 발일까? 발을 보았으나 발이 있어야 할 곳에는 붉은색 기운들이 구름처럼 소용돌이치고 있었을 뿐이었다. 발은 아예 없군.

그것은 다시 한 번 날개를 펄럭이더니 물었다.

『그대는 세 발 까마귀의 패의 주인이 되어 삼사의 숙명을 가질 것인가?』

"그렇습니다."

『좋네. 가만히 있게..』

가만히 있으라니 무슨 말이야? 말을 마친 세 발 까마귀는 날개를 크게 치더니 한 번 날카롭게 울고 갑자기 나에게로 쇄도해 왔다. 슈우웃!

『삐이이이익!』

"우웃! 뭐야!"

나는 순간적으로 팔로 얼굴을 가리며 눈을 질끈 감았고, 갑자기 무언가가 나를 휘감고 지나가는 느낌과 함께 감은 눈꺼풀 속의 검은 세상이 붉고 환한 색으로 변했다. 뭐지? 궁금함을 참을 수 없어진 나는 눈을 작게 떴다. 빛줄기 한 자락이 내 몸을 감으며 지나가고 있었다. 뭐야? 뒤를 돌아보았다. 세 발 까마귀가 내 뒤쪽으로 날고 있었고 그 꼬리가 길게 늘어져 내 몸을 스치고 있었다. 흠, 지금 세 발 까마귀가 내 옆을 지났든지 날 통과했다든지 하는 식으로 나를 지나쳤나 보군. 하지만 비스듬한 뒤쪽이 아닌 바로 내 등 뒤를 날고 있는 것으로 보아서 아마 내 몸을 통과해서 지나친 것 같다. 나는 순간적으로 내 몸을 훑어보았다. 변한 것은 아무것도 없었다. 손을 바라보았다. 역시 변한 것은 아무것도 없었다. 뭐지? 난 의아해하며 뒤를 돌아보았다. 세 발 까마귀는 우아한 곡선을 그리며 운동장을 낮고 크게 선회하여 내 쪽으로 돌고 있었다. 곧 세 발 까마귀는 허공에서 퍼드덕거리며 멈추더니 내게 말했다.

『의식은 끝났네, 풍사여.』

"에에엑?"

아니, 그럼 지금 한 게 어떤 의식이었단 말야? 이런 말도 안 되는! 변한 것이라고는 눈곱만큼도 없잖아! 나는 어리둥절한 눈으로 세 발 까마귀를 바라보았고 세 발 까마귀는 그런 나의 눈빛을 능숙하게 받아넘기며 말했다.

『자네 눈빛 속에 의심이 있네.』

안다면 의심을 풀어주는 게 당연한 일 아닐까? 나는 두 팔을 들어 도무지 알 수 없다는 몸짓을 취하며 말했다.

"저… 방금 의식이 끝났다고 하셨죠?"

『그렇다네.』

"그럼 방금 한 게… 뭐죠?"

『의식.』

…이런 순환 논증의 오류적 대화 따위는 집어치우자. 아무래도 세 발 까마귀는 대화에서 상대방이 원하는 대답이 무엇인지 파악하여 대답하는 것보다 그저 단순한 대답을 단답형으로 짧게 말하는 것을 더 좋아하는 듯싶다. 세상에 대화하기 편한 스타일과 대화하면 속이 터지는 스타일, 이렇게 두 가지 스타일의 대화 상대만이 존재한다면 나는 일말의 망설임 없이 말하겠다. 세 발 까마귀는 후자라고. 나는 단도직입적으로 물었다.

"의식이 왜 이리 짧죠?"

『의식이 꼭 길어야 되나?』

…젠장.

"하지만… 전 변한 게 전혀 없는 것 같은데요."

『허어, 그럼 풍사가 된다고 해서 갑자기 의관복식이라도 입혀질 줄 알았는가? 외형적인 변화는 전혀 없다네. 하지만 이제 자네의 내면적인 지위는 지극히 올라갔어. 이 세상에서 바람에 대한 권위를 자네보다 크게 가지고 있는 사람은 없다고 봐도 그리 과언은 아닐 걸세. 그리고 자네는 이제 자네의 영적 능력만큼 바람을 부릴 수 있게 되었어. 물론 자네의 힘이라는 것 자체가 미미한 수준이니 그렇게 큰 바람은 부릴 수 없을 거야. 오히려 실망할 수준에 가깝지. 하지만 어쨌든 자네는 이제 풍사가 되었고, 바람을 부릴 수 있게 되었으며 나의 조력을 언제라도 구할 수 있게 되었네. 이제부터 자네는…….』

잠시 말을 끊던 세 발 까마귀는 나를 바라보며 천천히 말을 이었다.

『세 발 까마귀의 패의 주인일세.』

아직 상황 파악을 못하는 요령이가 눈을 동그랗게 뜨고 주위를 두리번거리며 어떻게 된 일인지를 파악하려 노력하고 가람이가 묵묵히 나와 세 발 까마귀 모두를 시야에 넣고 바라보며 서 있는, 세 발 까마귀의 선언으로 인해 엄숙해진 분위기 속에서 나는 입을 열었다.

"저… 바람의 힘은 어떻게 쓰는 건가요?"

내 어투는 내가 들어도 상당히 어리버리했고, 그래서 방금 전까지의 엄숙했던 분위기는 순식간에 꽤나 바보 같은 분위기로 돌변해 버렸다. 세 발 까마귀는 그 상황에서도 위엄을 잃지 않으려 애쓰는 듯 목소리를 가다듬으며 말했다.

『커흠! 흠, 말하지 않아도 천천히 알려줄 것을. 꽤나 급한 모양이군, 풍사여.』

"아, 예… 그런데 제 이름은 영준이라고 합니다. 이름으로 불러주세요. 풍사라는 말은 아무래도 듣기가 조금……."

풍사라는 말은 아무래도 어감도 이상하고, 무엇보다 사람을 이름이 아닌 직위로 부른다는 것 자체가 별로 마음에 들지 않는다. 나는 풍사라는 직위가 아닌 영준이라는 이름으로 불리고 싶은 것이다. 내가 그렇게 말하자 세 발 까마귀는 별 반응 없이 고개를 끄덕였다.

『알았네.』

"그럼 이제 바람을 부리는 방법을 알려주시죠."

세 발 까마귀는 고개를 휘이 저었다. 긴 목 끝에 있는 고개가 부드럽고 우아하게 움직였다.

『그러겠네. 간단하이. 속으로 단전에 기운을 모으게.』

"…단전… 이오?"

『그렇네, 단전.』

"기운은 어떻게 모으죠?"

그리고 세 발 까마귀의 패는 당황스럽다는 듯 약간 주춤거리며 말했다.

『이런, 이런… 이거 설마 완전히 백지 상태인가… 하긴, 뭐 상관없겠지. 모르면 가르치면 그만이니. 하지만 이로써 확실해졌네.』

"…뭐가 확실하죠?"

세 발 까마귀는 확신을 담아 말했다.

『자네는 풍사 중에 역대 최약일세.』

…하긴, 내가 최약인 게 당연하지. 현대인들 중 누가 기운을 다루는 방법 따위를 알겠느냐 말야.

"…뭐 어차피 힘 쓸 일도 없으니 상관없지 않습니까. 어서 방법이나 알려주세요."

『평소대로면 자네는 워낙 둔하기 때문에 기감을 느끼는 데에만 엄청난 시간을 투자해서 수련해야 하겠지만… 기감은 아마 내가 자네에게 한 의식 중에 틔웠을 걸세. 그러니 마음으로 기운을 조종하게. 그뿐이네.』

"그게 무슨……"

『단전으로 기운을 모은다고 생각하게. 그리고 머리 속에 자네의 몸속을 돌고 있는 기운을 그려보게.』

세 발 까마귀의 말에 나는 머리 속으로 내 몸 이곳저곳을 굽이굽이 돌아치는 어떤 기운을 계속 상상했다. 내 몸속을 흐르는 무엇… 무엇… 조금씩 몸을 도는 기운의 흐름이 느껴지기 시작했다. 아주 미약하긴 했지만 분명히 느껴지고 있었다. 이 느낌인가? 나는 그 흐름에 더욱 집중하였다. 그러자 그 흐름이 분명하게 느껴졌다. 이거다! 이것들을 단전으로 모으라는 말이지? 나는 그 흐름을 제어하려고 노력하며 정신을 계속 집중했다.

'단전으로… 단전으로…….'

조금씩, 아주 조금씩 계속 몸 주위를 순환하기만 하던 흐름들이 방향을 틀어 단전으로 흘러 들어가서 뭉치기 시작했다. 나는 그렇게 기운을 계속 집중시키며 세 발 까마귀에게 물었다.

"기운이 단전으로 뭉치고 있어요. 이제 어쩌죠?"

『그 기운들을 다시 손으로 보내게.』

단전에 작긴 하지만 기의 덩어리가 뭉쳐져 있는 것이 느껴졌다. 나는 기운을 손으로 끌어 올렸다. 곧 손 쪽에 무엇인가 저릿한 느낌이 오기 시작했다.

"손으로 보냈어요."

『그럼 쏘아내게.』

손끝에 모인 기운을 손바닥으로 보내서 바깥으로 뿜어낸다.

휘이잉!

손끝이 시원해졌다. 그리고 작은 소리와 함께 내가 생각했던 것보다 훨씬 갸날픈 크기의 바람이 뿜어져 나왔다.

『잘했네.』

"에엑? 이게 다예요?"

『그래. 말했잖은가. 실망할지도 모른다고.』

이이익! 날 속였어! 이럴 수가 있나! 계속해서 쌓인 것이 많았던 나는 벌컥 화를 내었다.

"이, 이게 무슨 바람을 부리는 거예요! 부채 바람 정도밖에 안 되잖아!"

그런데 세 발 까마귀는 내 말에 미안해하기는커녕 오히려 역으로 화를 벌컥 내며 호통 쳤다.

『그럼 자네의 기운이 그것밖에 안 되는 걸 어쩌란 말인가!』

"…예?"

『자네, 생각해 보게. 아무리 높은 벼랑이 있어도 떨어지는 물이 고작 한 바가지라면 그게 폭포가 되겠는가? 내가 바람을 부린다니까 자네가 뭘 상상했을지 모르겠지만, 자네가 생각하는 그런 것이 어떤 것이든 바람과 관계된 것은 자네의 공력만 깊다면 얼마든지 가능하네. 하지만 자네의 힘이 그리도 미약한 것을 어쩌란 말인가?』

그러니까 한마디로 내가 애초에 가진 힘이 한 바가지의 물 정도밖에 안 되기 때문에 세 발 까마귀가 아무리 폭포만큼의 높이의 벼랑, 즉 능력을 줘도 그걸 쓰지 못한다는 소리이군. 하지만 이건 너무하잖아. 나는 기어 들어가는 목소리로 세 발 까마귀에게 말했다.

"하… 하지만… 이건 너무 약해요……."

『자네가 전력을 다한다면 그것보다는 훨씬 큰 힘이 나올지도 모르지.』

"그런… 가요?"

『그렇다네. 그리고 큰 걱정은 하지 말게. 힘이 필요할 때는 내가 영력을 보태줄 테니.』

"알겠습니다."

『바람을 이용한 기교는 자네 스스로 천천히 배워 나가도록 하게. 그럼 난 이제 그만 자네의 패 속으로 들어가겠네.』

패로 들어가겠다고? 저 큰 몸이 이 작은 패 속에서 답답하지는 않을까? 아라비안 나이트의 어느 이야기에서 항아리 속에 갇힌 마신은 너무도 답답했던 나머지 살아 나간다면 누구든 자신을 구해준 사람을 죽이겠노라고 맹세한다. 그 이야기는 물론 지어낸 것이겠지만 그래도 그 이야기로 미루어볼 때 마신의 정도는 아니더라도 세 발 까마귀에게 저 안은 답답한 곳이 아닐까?

"저⋯⋯."

『무엇인가. 더 필요한 용무라도? 대화라면 저 안에서도 얼마든지 할 수 있다네.』

"저⋯ 그게⋯⋯."

난 얼굴을 붉적이며 말했다.

"쓸데없는 걱정인지는 모르겠지만, 이 패 안이 답답하시다면⋯ 굳이 들어가 계시지는 않아도⋯⋯."

『하하하하!』

세 발 까마귀는 내 말이 끝나기도 전에 크게 웃었다. 뭐야! 무례하잖아! 세 발 까마귀는 그렇게 크게 웃더니 짓궂은 목소리로 물었다.

『그럼, 저 안에 들어가지 않으면? 나는 언제나 자네 곁에 있어야 하는데, 그럼 자네를 따라 한낮의 대로를 활보하기라도 하란 말인가?』

"⋯저, 그것은⋯⋯."

생각해 보니 그건 문제이긴 하군. 분명 저런 것이 길거리를 돌아다닌다면 사람들이 조금은 놀라겠지. 아니, 조금 놀라는 수준이 아닐 거야. 어쩌면 경찰을 부를지도.

『걱정 말게. 저 안은 나에겐 오히려 안락한 쉼터이니. 새로 치면 둥지쯤 될까.』

"아, 그러십니까······."

말 그대로 쓸데없는 걱정이었구나. 나는 속으로 세 발 까마귀가 '할 수 없군. 마침 답답하던 차에 잘되었네. 오랜만에 바깥 세상의 하늘을 날며 살아볼까'라고 말하지 않았다는 것에 대해 가슴을 쓸어 내리며 안도의 한숨을 쉬었다. 휴우.

일렁이는 밝은 빛 속에서 세 발 까마귀는 여운 섞인 목소리로 말했다.

『그럼 나중에 보도록 하세.』

말을 마친 세 발 까마귀는 퍼드덕거리며 자색의 날개를 하늘로 길게 펴 올렸다. 강렬한 빛이 세 발 까마귀의 전신에서 뿜어져 나오며 시야를 휘감았다.

파아앗!

너무 눈부신걸. 손을 들어 눈을 가렸지만 빛은 손가락 사이로 스며 들어왔고 그래서 결국 눈을 감을 수밖에 없었다. 그리고 잠시 정적. 눈을 떴을 때 세 발 까마귀는 없었다. 그리고 패 속에서 이제 조금은 익숙해졌다고 생각되는 목소리가 다시금 마음을 울리며 들려왔다.

『앞으로 잘 지내보세.』

"예··· 뭐 그러도록 하죠."

대답하며 늘 그랬듯이 고개를 끄덕이다 문득 궁금해져 세 발 까마귀에게 질문을 던졌다. 과연 세 발 까마귀는 내가 고개를 끄덕이는 모습을 볼 수 있을까? 설마 내가 하는 행동이 통화 중에 전화상의 수화기에 대고 인사하며 고개를 끄덕이는 것 같은 바보 짓은 아니겠지?

"궁금한 것이 하나 있습니다."

『무엇인가?』

"세 발 까마귀님은 그 안에서 바깥을 보실 수 있습니까?

『내가 원한다면. 평소에는 잘 보지 않는 편이네. 바깥 세상이 별로 궁금한 것도 아니니.』

"그러시군요."

그렇구나. 그럼 결국 내가 한 짓은 바보 짓에 가까웠군. 그런데 왜 세 발 까마귀는 바깥 세상이 별로 궁금하지 않을까. 원할 때는 언제든지 바깥으로 나올 수 있어서? 원하면 언제라도 바깥의 세상을 볼 수 있어서? 하지만 바깥 세상이 궁금하지 않다는 것은 바깥 세상의 모습이 궁금하지 않다는 말과 바깥 세상이 어떻게 돌아가는지 관심이 없다는 말, 이렇게 두 가지의 의미를 지닌다. 그리고 세 발 까마귀의 심드렁한 말투에서 느낄 수 있는 감정은 후자에 가까웠다. 단정 짓는 것인지는 모르겠지만, 세 발 까마귀는 아예 바깥 세상에 흥미가 별로 없는 듯한데. 너무 오랜 기간을 살아서 세상사는 이미 초탈해 버린 건가? 하긴. 그가 바깥 세상에 관심을 가지든 말든 나와는 상관없지.

어느새 내 옆에 다가온 요령이가 내 옆구리를 쿡 찌른다. 으윽! 소름 끼쳐! 그러고 보니 잠시 동안 세 발 까마귀와의 대화에 정신이 팔려 이 녀석과 가람이를 까맣게 잊고 있었군.

"찌르지 마!"

물론 요령이가 내 말에 아랑곳하는 그런 착한 녀석은 아니다. 그 녀석은 다시 가늘고 긴 손가락을 보란 듯 곧게 세우더니 내 옆구리를 세게 찔렀다.

쿠우욱.

이런 젠장! 나는 신경질적으로 소리쳤다.

"야!"

"뭐야, 뭐야! 도대체 뭐가 어떻게 돌아가는지 나한테는 하나도 설명도 안 해주고 말야! 갑자기 세 발 까마귀가 나오더니! 서로 알지 못할 대화만 주고받더니 들어가 버리고… 도대체 뭐가 어떻게 된 거야? 야, 설명 정도는 해주는 게 예의 아냐?"

그럼 내가 아까의 상황에서 '요령아, 지금 세 발 까마귀가 나한테 이렇게 말했다. 그리고 난 이렇게 대답할 거고' 라는 식으로 일일이 설명하고 있어야겠냐? 하긴 요령이의 기분도 이해를 못하는 바는 아니다. 내가 계속 세 발 까마귀와 알아듣지 못할 대화만 나누고 이해 못할 일들만 일어나고—예를 들면 세 발 까마귀가 갑자기 나타나서는 나를 덮친다든지 하는 등의—그러다 보니까 약간의 소외감 같은 것을 느꼈겠지. 하지만 아무리 그렇다고 해도 말이지,

"대답을 들을 때까지 계속 찌를 셈이라면 그만둬! 지금 말해 줄 테니까."

그렇게 계속 쉴 새 없이 찔러댈 것까지는 없잖아! 나는 한숨을 살짝 쉬고 멀찍이 떨어져 서 있는 가람이를 불러서 둘에게 지금 무슨 일이 있었는지를 설명해 주었다. 이 추운 겨울날 밖에 서서 한가하게 이야기나 주고받고 싶지는 않았지만, 집에 들어가기 전에 해보고 싶은 게 있거든.

"…조금 어려워."

이야기를 다 듣고 난 요령이는 미간을 살짝 찌푸렸다. 그래, 나한테도 어려워. 나는 동의한다는 뜻으로 살짝 고개를 끄덕였고 요령이는 그런 나를 잠시 주시하더니 말했다.

"그럼… 너, 이제 바람을 다룰 수 있다는 거니?"

"으응, 뭐 약하긴 하지만."

요령이는 팔짱을 끼고 이채롭다는 눈으로 나를 바라보았다. 에이, 뭐 그렇게 쳐다봐도 달라진 건 거의 없다구. 나는 어깨를 으쓱했고 그런 내 얼굴을 바라보던 요령이는 살풋 웃었다.

"바보 같은 표정은 여전하네?"

아아, 살풋 웃으며 잔인한 소리를 한다는 것은 얼마나 어려운 일이란 말인가. 그런 면에서 요령이는 존경하고 싶을 정도로 대단해. 그런 어려운 일을 척척 해내니 말야.

"어쩐지… 네 몸에서 흘러나오는 분위기가 이전과는 다르게 약간 독특해졌다 싶더니… 흐음, 잠깐 볼 수 있을까?"

"뭘?"

"바람을 다룰 수 있게 되었다며? 한 번 바람을 뿜어보라구."

흠, 뭐 못 보여줄 것도 없지만. 이건 생각보다 실망스러운 수준이란 말야. 보여주기 부끄러울 정도라고.

"별것도 아닌데 꼭 보고 싶어?"

"말은 그렇게 해도 자랑하고 싶어 몸이 근질거리는 거 다 아니까, 어서 해봐."

그래, 그래. 어차피 언젠가 네게 보여주게 될 텐데 지금 보여주나 나중에 보여주나 상관없겠지? 나는 아까의 기억을 되살리며 기운을 느끼려 노력했다. 처음 할 때보다 훨씬 간단히 어떤 흐름이 느껴졌다. 단전에 모으고, 손으로 올려서, 내뿜는다!

휘잉.

별로 집중하지 않아서 그런지 아까보다도 더 미약한 바람이 손에서 뿜어졌고 그 모습을 유심히 바라보던 요령이는 고개를 끄덕였다. 어? 비웃지 않잖아?

"흐음, 놀라운데? 대단해."

"뭐? 대단하다고? 뭐가 대단해?"

요령이는 내 말에 대답하는 대신 궁금하다는 듯 고개를 저으며 물었다.

"어떻게 기운을 다룰 수 있게 된 거야? 넌 기감 자체가 아예 없었잖아. 어떻게 기의 흐름을 조절할 수 있게 된 거지? 신기하네."

어떻게라니? 그냥 세 발 까마귀가 하라는 대로 따라하니까 저절로 되던걸. 아차, 그러고 보니 아까 세 발 까마귀가 나를 통과하면서 말했었지. 의식을 통해 이제 내가 기운을 다룰 수 있게 되었다고.

"세 발 까마귀가 그랬어. 자신이 내게 '풍사의 의식'을 행하면서 기를 다룰 수 있도록 만들어주었다고."

내 말에 요령이는 의아하다는 투로 물었다.

"의식? 어떤 의식? 난 너와 세 발 까마귀가 어떤 의식 행하는 것을 보지 못했는걸."

"왜, 아까 세 발 까마귀가 내 몸을 통과하고 지나갔었잖아. 세 발 까마귀가 내 몸을 통과하면서 지나갔던 것 맞지?"

"응."

요령이는 고개를 끄덕였다.

"그게 의식이래."

"그래? 의식을 통해 기운을 느끼고 다룰 수 있게 만든다는 것이 쉬운 일은 아닐 텐데. 고대의 의식이란 건 대단하구나. 단지 한 번 스치듯 훑으면서 지나갔을 뿐인데도 사람을 완전히 바꾸어놓다니……."

요령이는 감탄 섞인 목소리로 말했다. 흠, 세 발 까마귀가 했다는 그 의식이란 게 사실은 대단한 거구나. 나는 또 그냥 내 몸을 휙 훑고 지나가길래 별거 아닌 줄 알았지. 요령이는 계속 놀랍다는 표정으로 나를 바라보았고 그래서 나는 조금 멋쩍게 말했다.

"바람이래 봤자 미풍이잖아. 그렇게 센 거 아니니까 놀란 표정 짓지 말라고."

"…그거야 네가 워낙 자질이 없으니까 그런 거고."

으윽, 눈치 챘나? 마음속으로 바람을 다루는 능력 자체가 그런 거라고 믿어주길 얼마나 바랬는데. 쳇.

"무엇보다도 대단한 건 역시 둔재 중의 둔재였던 네가 기를 다룰 수 있게 되었다는 거야. 그거 하나는 정말 놀랍네. 바람을 다루는 능력은… 내 생각이지만 그건 네가 다루기 나름일 것 같은데, 잘해봐. 뭐, 네가 워낙 애초에 가지고 있던 힘이 적어서 얼마나 잘 이용할 수 있을지는 미지수이지만 말야. 잘만 써먹으면 그것도 그럭저럭 쓸 만은 할 거 같네."

웬일이냐, 좋은 소리만 해주고? 나는 놀란 눈으로 요령이를 바라보았다.

"뭐야, 그 눈은?"

"아, 아냐, 아무것도."

나는 재빨리 고개를 가로저었고 요령이는 별 이상한 녀석 다 보겠다는 듯 잠시 갸우뚱거리다 갑자기 생각난 듯이 내게 다가오며 말했다.

"야! 그런데 너 말야… 있잖아……."

"또, 또 뭐야?"

너한테 얼마나 당했으면 이제 네가 다가오면 겁부터 더럭 난다. 이번엔 또 뭐야? 나는 주춤주춤 물러서면서 요령이에게 손을 들어 멈추라는 몸짓을 하며 말했다.

"야, 꼭 다가와서 말할 건 없잖아? 그냥 거기서 말하라고!"

난 약간은 떨리는 목소리로 말했고 그 말을 들은 요령이는 씨익 웃더니 갑자기 나의 시야에서 사라졌다.

휘익!

섬뜩한 느낌에 난 반사적으로 고개를 숙였고 방금 전까지 내 얼굴이 있던 자리를 요령이의 손이 훑고 지나갔다. 허억! 큰일 날 뻔했다!

"야! 뭐야!"

"쳇, 꽤 재빨라졌는데? 볼이라도 세게 꼬집어주려고 했는데."

요령이는 엄지손가락과 검지, 중지손가락을 모았다 뗐다 하면서 장난스럽게 웃었고 나는 뒤로 재빨리 물러나서 볼을 어루만지며 안도의 한숨을 쉬었다. 추운 날씨에 내 얼굴은 벌겋게 얼어 있었다. 만약 꼬집히기라도 했으면 그 고통은 형언할 수 없을 정도로 끔찍했을 것이다. 상상만 해도 식은땀이 나는데.

"야! 이번에는 또 내가 뭘 잘못했는데?"

그리고 요령이는 내 말에 기가 막히다는 표정을 지었다.

"아직도 잘못을 모르네? 너 말야, 지금까지 네가 늘어놓은 이야기는 집으로 돌아가서 해도 되는 이야기 아니었니? 이 귀한 몸이 이 추운 데서 바들바들 떨어야 속이 시원하겠어? 봐, 얼마나 추운지 몸에 두드러기가 다 돋았잖아."

요령이는 팔까지 걷어서 보여주며 답답하다는 듯 말했다. 아니, 그렇게 춥다면서 팔은 왜 걷어? 확실히 요령이의 팔에 무엇인가 작게 일어나긴 했지만 말야.

"해보고 싶은 게 있어서."

"뭔데?"

저 약간 일그러진 요령이의 표정은 분명히 궁금증은 아니다. 요령이는 내게 '도대체 이 추운 날 어서 집에 들어가기나 하지, 도대체 뭘 하려는지는 몰라도 뭐 대단한 거라고 그걸 구태여 지금 하려고 하느냐'라는 뜻을 말 대신 약간 치켜뜬 눈과 찡그린 눈썹, 파르르 떨리는 입꼬리와 찌푸린 미간으로 전달하고 있었다. 하지만 나는 그런 요령이의 표정에 개의치 않고 물었다.

"비록 나에게 있는 힘이 얼마 안 된다고는 하지만, 세 발 까마귀는 내가 전력을 다하면 분명히 내가 방금 뿜어낸 바람보다는 훨씬 큰 힘이 나온다고 했어. 그게 어느 정도일까? 내가 전력을 다 끌어내면 어느 정도의 바람을 일으킬 수 있을까? 궁금하지 않아, 요령아?"

요령이는 참으로 흥미가 돋는다는 얼굴로 말했다.

"별로 안 궁금해. 나중에 하면 안 돼?"

…이런 젠장. 안 궁금해도 좀 궁금한 척하면 지난밤에 먹은 생선 가시가 목에 걸리기라도 하나? 그래도 명색이 주인이면 대접을 좀 해달란 말이다!

"안 돼! 이왕 밖에 나온 거 번거롭게 할 것 없이 지금 얼른 어느 정도의 힘을 끌어낼 수 있는지 시험해 보고 들어가자고. 정 마음에 안 들면 다수결로 하고. 가람아, 너도 내 모든 힘을 끌어온 바람이 어느 정도인지 보고 싶지?"

가람이는 말없이 고개를 끄덕였다.

"좋아! 투표 결과 2대 1이다. 이로써 결정된 거야!"

"쳇! 이건 불공평해! 가람이는 네가 뭐라고 해봤자 무조건 네 말에 찬성한다고 할 게 뻔하잖아!"

"열받으면 너도 네 편 만들어라? 그러게 평소에 마음이 예뻐야지. 안 그래?"

나는 이죽거리며 대답했고 그것은 상당히 요령이의 기분을 상하게 만들었나 보다. 요령이는 뭐 씹은 표정으로 계속 궁시렁거리며 팔짱을 끼었다. 하지만 겉으로는 그렇게 불만 가득한 표정으로 중얼거리면서도 마음속으로 호기심이 일긴 했는지 단지 그렇게 팔짱을 끼고 방관할 뿐 끝까지 나를 말리거나 하지는 않았다.

나는 그런 요령이의 모습에 약간의 안도감을 느꼈다. 그럼 어디 한 번 시험해 볼까. 내가 어느 정도의 바람을 만들어낼 수 있는지. 노도와 같은 바람, 폭풍처럼 운동장 전체를 뒤덮을 수 있는 자연 재해급의 거대한 바람 따위는 바라지도 않는다. 하지만 최소한 써먹을 수 있을 정도는 되어줬으면 좋겠다.

능력씩이나 얻어서 생겼다는 바람이 손을 저어서 생기는 바람과 별 차이도 없다면 그건 능력을 얻지 않은 것과 무슨 차이가 있겠는가. 나는 눈을 감고 정신을 집중했다.

방금 전의 두 번처럼 약간의 힘만 모이면 바로 뿜어내선 안 돼. 내 몸속을 흐르는 모든 기운을 집중해서 한 번에 뿜어내야지. 나는 눈을 감고 호흡을 고르게 바꾸기 위해 깊숙이 심호흡을 하였다.

"후우, 후우."

호흡을 고르게 하려는 까닭은 그래야 마음이 가라앉고 상념이 없어지기 때문이다. 뭐, 나는 기에 대해 잘 모르지만 기공 수련이나 단전호흡법 등의 많은 기공술에서 꼭 일단 마음을 가라앉히고 상념을 없애라고 하잖아. 내 생각에도 잡생각이 들끓으면 아무것도 안 될 것 같다. 일단 기운을 느끼려면 집중을 해야 하는데 그 집중이 잘 안 되기 때문이다. 물론 방금 전 두 번째로 바람을 일으킬 때 깨달았지만 조금의 집중만으로도 기운의 흐름을 대강 느낄 수는 있다. 하지만 나는 지금 몸 안에 있는 작은 기운까지 모두 한 점에 끌어 모아보려 한다. 그렇기에 마음을 차분하게 하려는 것이고.

"후우― 하아, 후우― 하아, 후우― 하아……."

조금씩 운율감있는 숨소리에 내가 묻혀 들어가는 기분이 들며 마음이 차분해졌다. 차가운 밤공기가 폐 깊숙이까지 스며들면서 몸 전체를 정화시켜 주고 머리를 시원하게 해주었다. 이 정도라면 충분히 몸에서 흐르는 작은 기운의 흐름까지도 느낄 수 있겠지.

나는 호흡 소리를 천천히 작게 만들며 차분히 내 몸에 흐르는 기운을 느끼기 위해 정신을 집중하였다. 이윽고 어느 정도 익숙해진 느낌의 따뜻한 흐름이 느껴졌다.

이게 기의 주류이군. 가장 큰 흐름이야. 이 정도로는 부족했다. 나는 '기운을 느낀다' 는 한 가지 생각만을 반복해서 하며 훑듯이 내 몸속의 이곳저곳의 흐름을 상상했다. 갑자기 머리 속이 환해지며 내 몸 전체의 흐름이 파노라마처럼 지나쳐 갔다.

놀라운 장면들. 기운들이 내 몸속 전체를 흐르며 서로 엉키고, 흩어지고, 소용돌이치고, 부딪치고 있었다. 그런 흐름들이 내 손가락 끝, 발가락 끝까지 모두 뒤덮고 있었다. 마치 내 몸속이 협곡이 된 듯한 기분이었다. 내 몸을 흐르는 기운은 격류이고. 어쨌든 이 정도면 내 몸속의 흐름은 모두 파악했다. 이제 다음 단계로 넘어가야겠지.

"하아―"

숨을 크게 내뱉으며 정신을 집중시켜 몸 안의 모든 흐름을 천천히 단전으로 끌어 모았다. 내 의지에 호응하여 큰 흐름이 먼저 그 흐름을 트는 것이 느껴졌다. 가장 큰 흐름이 단전으로 모여들고 있었다. 단전이 따뜻해지고 있었다. 그리고 작고 혼란스럽게, 방향없이 끓는 물처럼 마구 소용돌이치던 작은 기운들이 고개를 틀어 단전을 향해 흘러 들어왔다.

'잘되어가고 있어.'

이윽고 단전에 단단한 무형의 덩어리가 느껴졌다. 내 몸의 모든 기운들은 단전을 중심으로 거대한 소용돌이를 그리며 흐르고 있었다. 난 눈을 떴다. 그리고 모든 기운을 양손으로 나누어 끌어올렸다. 단전에서는 따뜻한 느낌이었던 기운이 양 손바닥에 엉기면서 싸늘하게 변해가고 있었다. 기운들이 바람으로 변하려 하는 것이다. 이제 뿜어내도 되겠군. 나는 기합과 함께 모든 기운을 내 앞쪽으로 뿜어내었다.

"하아아압!"

퍼어엉!

소맷자락이 찢어질 듯 무시무시하게 불어나는 것과 동시에 내 앞의 풍경들이 순식간에 내 뒤로, 그리고 내 아래로 물러나 버렸다. 난 순간적으로 주위의 세상들이 나에게서 멀어지는 것에 놀라 멍한 표정을 지었으나 곧 그게 아니라는 것을 깨닫고 놀라 고함을 질렀다.

"이, 이런, 제기랄! 이게 뭐야!"

그렇다. 바람이 내 생각보다 훨씬 세게 뿜어져 나와 내 몸을 뒤로 날려 버린 것이다. 내 손에서 뿜어진 바람은 어마어마한 힘으로 내 앞 운동장의 모래를 마구잡이로 흩어버리다 운동장을 완전히 가로질러 운동장 가장자리에 심긴 나뭇잎이 모두 떨어져 버린 앙상한 단풍나무를 꺾어버릴 듯 크게 휘어버리고 사라졌다. 하늘에서 봐서 그런지 내 손에서 뿜어져 간 바람이 운동장을 어떻게 할퀴고 사라지는지가 똑똑히 보였다.

"호오— 생각보다 대단한데?"

요령이의 감탄 섞인 목소리가 아래쪽에서 들려왔다. 가뿐한 느낌이 내 몸 주위를 감싸고 있었다. 나는 아직도 계속 하늘로 솟구치고 있었다. 하늘을 날 수 있게 된 것일까? 그것은 아닐 것이다. 나는 방금 전 뿜어낸 바람에 의해 하늘로 '튕겨난' 것에 불과하다. 물리학 법칙에 따르면 운동 에너지로 인해 어떤 물체가 높이 올라가게 되면 운동 에너지는 점차 위치 에너지로 변하게 되고 그 운동 에너지가 모두 위치 에너지로 변하는 순간 정점에 도달하게 된다고 한다. 요령이와 가람이가 엄지손가락만하게 보일 정도로 높이 올라간 순간 난 엉뚱하게도 물리 법칙을 떠올렸다.

운동 에너지가 모두 위치 에너지로 변화하면 물체는 순간 0의 속도를 가지게 되고 곧 위치 에너지를 운동 에너지로 바꾸며 음의 속도를 가지게 된다. 뒤로 끝없이 물러나기만 할 것 같은 풍경이 덜컥 멈췄다. 그리고 나는 침을 꿀꺽 삼켰다.

"꿀꺽."

영원한 것 같은, 그러나 찰나인 정지의 순간이 끝나 버리고.

바닥이 순식간에 나에게로 다가오는 것을 느끼면서 나는 땅으로 떨어졌다. 바람을 가르는 섬뜩한 소리가 내 귀로 빨려 들어오고 있었다.

쉬우우우욱!

"으아아악!"

마구 팔을 휘저으며 비명 섞인 고함을 질렀다. 요령아! 가람아!

"제발 누구라도 좋으니까 나를 좀 잡아줘!"

"에어리얼 서번트! 받아! 지금 당장!"

요령이의 다급한 외침과 동시에 마치 내 아래쪽에 푹신한 쿠션이 생긴 듯한 느낌이 들며 무엇인가 나를 받아주었다. 아래를 바라보자 여전히 저 아래쪽에 어두운 운동장이 보였다. 그렇다. 나는 지금 허공에 떠 있는 것이다.

"으아아악… 어라?"

신기하면서도 두려운 느낌이 들었다. 나를 받치고 있는 것은 무엇일까? 손을 아래쪽으로 눌러보았다. 무엇인가가 손을 부드럽게 휘감았다. 이건… 마치 바람 같은데? 흠, 그러고 보니 요령이가 전에도 에어리얼 서번트라는 것을 부린 적이 있었지. 그건… 바람의 하인이라는 뜻이었지? 그렇다면 나는 지금 바람의 하인의 위에 떠받들려 있는 것인가. 그렇게 나쁜 기분은 아닌걸?

'꼭 구름 위에 있는 것 같아.'

구름 위에 있어보기는커녕 비행기도 못 타봤으니 뭐 실제로 구름 위에 타는 기분이 어떨지야 모르겠지만. 나는 한가하게 그런 생각이나 하며 아래를 내려보았다. 요령이와 가람이가 나를 바라보고 있었다. 하늘을 바라보자 몇 개 안 되는 별들이 반짝반짝 빛나고 있었다. 이렇게 공중에 떠서 겨울 하늘을 바라보는 것도 괜찮은데? 나는 살짝 미소를 지었다.

"에에엣취!"

미소는 곧 사라졌다. 제기랄, 너무 추운데. 나는 몸을 최대한 웅송그리며 아래쪽을 향해 소리쳤다.

"요령아! 추워! 이제 밤하늘 구경은 실컷 했으니까 내려줘!"

그런데 요령이의 표정이 심상찮다. 저 생글생글 웃는 표정은… 난 요령이의 표정을 보며 절망에 빠졌다. 젠장, 저건 장난칠 때 자주 짓는 표정이 아닌가!

"내려달라고?"

"그래!"

나는 다급하게 대답했지만 요령이의 목소리는 더할 나위 없이 한가했다.

"흐흥, 그래, 내려줘야지. 때 되면. 내려줘야겠지? 내려줄까 말까……."

참지 못한 나는 가람이에게 외쳤다.

"가람아! 저 녀석 때려서라도 나 좀 내리게 해라!"

가람이는 내 말을 듣자마자 요령이에게로 쇄도해 들어갔고 요령이는 정색을 하며 옆으로 폴짝 뛰더니 말했다.

"어어? 너, 지금 나 공격하면 네 공격 피하느라 정신 집중이 풀려 버릴지도 몰라. 그래서 저 녀석 떨어지면 그건 내 책임 아니다?"

멈칫.

가람이는 발을 밟아 나가던 것을 멈추고 난감한 표정을 지었다.

"…주인, 어떻게 하지?"

어떻게 하긴 뭐 어떻게 해! 제발 나 좀 내려줘! 어떻게든 내려달라고! 추워 죽겠어! 높은 곳에 하도 오래 있었더니 추울 뿐만 아니라 겁도 조금 난다. 나는 아래를 내려다보며 잠시 고민을 해보았지만 이건 어떻게 해결될 도리가 없다. 바람을 또 다뤄봐? 아니, 그렇게는 할 수 없다. 일단 아까 바람을 끌어내면서 몸의 모든 기운을 끌어낸 것은 둘째 치고, 내가 바람을 써서 하늘로 다시 날아간다고 해도 결국은 다시 떨어지게 된다. 천천히 바닥으로 안전하게 착지할 방법을 찾아야 해.

"어쩌면 좋지?"

아무리 생각해도 도저히 방법이 없던 나는 결국 풀이 죽은 목소리로 다시 세 발 까마귀의 패를 쥐고 추워서 덜덜 떨리는 목소리로 말했다.

"이봐요, 세 발 까마귀님."

『왜 부르는가? 그리고 그 님자는 빼도 되네. 나와 자네는 동등한 관계이지 누가 누구보다 높은 관계가 아니니까.』

"흐음, 그래요? 그렇다면… 알았어요. 어쨌든 세 발 까마귀. 당신, 내 조력자 맞죠?"

『내가 자네 조력자라고 말한 지 그렇게 오래된 것 같지도 않은데 벌써 잊어버리고 내게 다시 물어보는군. 그렇네.』

"…잊어버려서 물어본 게 아니라 확인한 거였어요. 어쨌든 세 발 까마귀, 나 좀 도와줘야겠는데요."

『음? 도움이 필요하다는 건가?』

"예, 도움이 필요해요."

추위 때문에 세 발 까마귀의 패가 얼음장처럼 차가웠고, 그래서 손이 너무나도 시렸다. 나는 세 발 까마귀의 패를 체온으로 녹여서 조금이라도 따뜻하게 만들기 위해 세 발 까마귀의 패를 양손으로 꼭 감싸며 말했다.

『무슨 도움을 원하는가?』

나는 다급하게 대답했다.

"에어리얼 서번트인지 뭔지 하는 이상한 녀석에게 잡혀서 허공에서 꼼짝도 하지 못하겠어요. 추워서 괴로워 죽겠어요. 저 좀 땅으로 내려주세요! 부탁드려요!"

나는 세 발 까마귀가 내 말을 듣자마자 '허어! 그런 괴악스러운 일이! 좋네! 내가 지금 당장 자네를 내려주겠네!' 라고 대답하기를 바랐다. 그러나 내 생각은 완전히 어긋나 버렸다.

『싫네.』

"예?"

세 발 까마귀의 목소리는 냉랭하기까지 했다.

『이건 자네가 충분히 해결할 수 있는 일이 아닌가. 자네가 해결할 수 있는 일까지 내가 도와줄 수는 없네. 자네의 부탁, 거절하네.』

어억! 이게 무슨 소리야! 내가 내려갈 수 있다면 왜 여기에서 이러고 있겠어? 나는 다시금 세 발 까마귀에게 부탁했지만 세 발 까마귀는 요지부동이었고 결국 난 포기해 버리고야 말았다. 뭐야, 도와준다며? 약속이 다르잖아! 내가 해결할 수 있는 문제라니, 무슨 소리야? 내가 이 위에서 어떻게 내려갈 수 있단 말야!

계속 추위에 떨면서 고심하다 갑자기 번개처럼 어떤 생각이 내 머리 속을 번뜩이며 지나쳤다. 나는 풍사다. 바람을 다루는 사람이다. 그리고 에어리얼 서번트는 바람의 하인에 불과하다. 물론 이 에어리얼 서번트라는 존재는 요령이가 세상에 소환했고 따라서 당연히 요령이의 말을 듣긴 하지만, 분명히 아까 세 발 까마귀는 그렇게 말했다. 나의 내면적인 지위는 이제 크게 올라갔고 바람에 대한 권위가 나보다 높은 존재는 아마 이 세상에 없을 거라고. 그렇다면 내가 요령이보다도 바람에 대한 권위가 높다는 소리 아닌가. 에어리얼 서번트에게 명령을 내린다면 에어리얼 서번트는 과연 나의 명령에 따를까, 요령이의 명령에 따를까? 어차피 밑져야 본전이다. 나는 목소리를 가다듬고 천천히 말했다.

"에어리얼 서번트."

느껴졌다. 분명히 느껴졌다. 아래쪽에서 조금 움찔하는 듯한 반응이 분명히 느껴졌다. 그리고 이제 확신이 생겼다.

"천천히 나를 지상으로 내려놔."

내 몸이 천천히 아래로 내려갔다. 설마 정말로 될 줄이야! 나는 눈을 크게 떴지만 나보다 더 눈을 크게 뜬 것은 요령이였다. 요령이는 갑자기 에어리얼 서번트가 자신의 통제에서 벗어나 자기 멋대로 나를 내려놓자 크게 당황한 듯했다.

"뭐, 뭐야? 야! 야! 에어리얼 서번트! 거기 가만히 있어! 어? 어? 야, 안 멈춰?"

요령이의 황급한 외침에 전혀 아랑곳하지 않고 에어리얼 서번트는 천천히 나를 지상에 내려놓았고 나는 에어리얼 서번트의 위에서 땅으로 펄쩍 뛰어내리며 요령이를 향해 웃어주었다.

"어, 어떻게 된 거야?"

요령이의 놀란 목소리. 나는 요령이의 말에 거만하게 대답했다.

"나는 풍사야."

"…뭐?"

"나는 풍사야. 바람을 다룰 수 있다고. 바람에 대한 권위를 나보다 더 크게 가지고 있는 사람이란 이 세상에 없어."

"그, 그래서……?"

요령이는 말을 끝마치지 않았지만 나는 요령이가 무슨 말을 할지 알고 있었기에 고개를 끄덕여 긍정했다.

"그래. 에어리얼 서번트는 그래서 나의 말을 너보다 우선해서 들은 거지. 이건 간단한 거야. 내가 너보다 더 높은 사람이니까 내 말을 들은 거지. 그냥 추측한 것일 뿐인데 다행히 들어맞았네."

나의 말에 요령이는 납득이 간다는 표정으로, 그러나 자존심이 상한다는 표정으로 고개를 작게 끄덕이며 중얼거렸다.

"그랬구나… 흠, 하지만 내가 소환한 에어리얼 서번트가 나의 통제를 벗어나다니… 어쩌면 나의 능력이 모자랄지도… 아니겠지?"

요령이는 혼잣말을 중얼거리며 생각에 빠져드는 표정을 지었다. 나는 그런 요령이의 모습을 잠시 바라보다 말했다.

"춥다. 생각은 집에 가서 하라구."

"…네 말이 맞아. 일단 집에 돌아가자. 얼굴이 얼어붙는 느낌이야."

요령이는 내 말에 동의하며 먼저 휘적휘적 앞서 나갔다. 어? 이봐, 좀 같이 걷자구!

"같이 가!"

숨을 쉴 때마다 입김이 하얗게 얼어붙는 겨울밤, 행인이라고는 우리 셋뿐인 거리를 가로등만이 조용히 비추고 있었다. 요령이는 추위에 몸을 잔뜩 웅크리고 벌벌 떨며 걷고 있었고 그런 요령이를 보며 나는 내 겉옷이라도 벗어줄까 하다가 그만두기로 했다. 어차피 저 녀석이 입고 있는 옷은 내 하나뿐인 파카이다. 내 제일 따뜻한 옷을 뺏어 입은 주제에 추운 척하기는.

그러고 보니 주위의 공기가 차갑기는 하군. 아까 하늘에 꼼짝없이 잡혀 하염없이 떠 있을 때보다는 덜 춥게 느껴지지만 말야. …그러고 보니 나, 아까 요령이한테 참으로 지독하게 당했었군.

"그건 그렇고 너!"

갑자기 내가 소리를 지르자 요령이는 화들짝 놀란 표정으로 나를 바라보았다.

"왜 소리는 지르고 난리야!"

"너, 아까 장난이 너무 심한 거 아니었어?"

"아, 그거? 어차피 조금 있다 내려줄려고 했는데 뭐. 신경 꺼, 신경 꺼. 설마 남자 녀석이 그런 걸로 속 좁게 삐치고 그러는 건 아니겠지?"

저렇게 말해 버리니 또 내가 뭐라고 화를 낼 수가 없어진다. 남자 녀석이 속 좁게 삐치냐는데 '물론!'이라고 대답하며 왜 그러냐고 따질 수는 없는 일 아닌가. 결국 나는 그저 입을 다무는 것으로 참을 수밖에 없었고 요령이는 그런 나를 보며 살짝 웃어주었다.

"왜 웃어?"

"아, 아냐, 아무것도."

어? 왜 웃는지 말을 안 해주잖아? 사람의 심리라는 것이 말을 안 해주면 더욱 궁금해진다고. 나는 요령이를 추궁했다.

"왜 웃었어? 말 안 해줄 거야?"

그러자 요령이는 어이없다는 눈으로 나를 바라보았다.

"하도 멍청해서 웃었다. 이 대답이 그렇게 듣고 싶었던 거야? 이제 어느 정도 '척하면 딱' 하는 느낌이란 게 생길 때도 되지 않았어?"

…어이구. 또 당했어! 나는 치를 떨며 요령이를 바라보았고 언제나 그렇듯 요령이는 그런 나를 바라보며 혀를 낼름 내밀었다. 저 모습, 이젠 그렇게 밉살맞지만은 않단 말야.

…이런, 이거 내가 무슨 얼토당토않은 생각을 한 거지? 그런데 말도 안 되는 생각을 하는 때가 잦아지는 것 같다는 느낌, …내 착각일 뿐이겠지?

제13장

하나의 끝, 새로운 시작(1)

하아, 하아… 가쁜 숨을 내뿜을 때마다 하얀 김이 어리었다.

"하아! 하아! 젠장! 더럽게 힘드네!"

"그러니까 일찍 좀 일어나지, 이 게으름뱅이야!"

요령이가 내 뒤에서 나를 쫓아오며 투덜거렸다. 저 녀석, 그렇게 힘들게 뛰었으면서도 숨결 하나 안 거칠어지네. 정말 대단한데?

"젠장! 하아! 하아! 누가 늦게 일어나고 싶어서 늦게 일어났냐? 헉! 헉!"

계속 격렬히 뛰었다. 지각이다, 지각이야! 하늘에서는 눈발이 흩날리고 있었고 그래서 평소 같았으면 유쾌한 기분이 되어 마땅했지만 지금은 눈이 내리든 비가 내리든 제발 달리는 데 방해만 안 되었으면 좋겠다는 생각뿐이었다. 나는 머리칼에 쌓이는 눈을 미처 털어내지도 못한 채 계속 앞만 보고 뛰었다.

푸스석, 푸석.

발을 디딜 때마다 눈들에 내 구두의 발자욱이 찍히며 디딤발이 위태
롭게 흔들거렸다. 제기랄, 눈이 오니까 길이 너무 미끄럽잖아! 이러다
가 혹시 미끄러지기라도 하면 어떻게 하지?

푸스석. 미끈!

"이런 젠자앙—!"

비명을 내지르며 나는 그대로 공중에서 반 바퀴 돌아 바닥에 처박혀
버렸다.

풀썩!

발목 높이까지 쌓인 눈 덕분에 내가 넘어질 때 들린 충격음은 '콰
당!' 이 아닌 '풀썩!' 이었군. 휴, 다행히 그리 아프지는 않군. 나는 그대
로 드러누워 호흡을 골랐다. 먹구름이 잔뜩 낀, 솜알 같은 눈이 계속해
서 하늘하늘 떨어지는 하늘이 눈에 가득 들어왔다. 방금 전까지의 다
급했던 마음은 어디로 사라졌는지 마음이 점점 여유로워져 왔다.

"하아, 하아."

"야, 늦었다며?"

시야 가득 들어오는 하늘을 가리우며 요령이가 무릎에 손을 얹고 허
리를 살짝 굽히어 길고 탐스러운 머리칼을 늘어뜨리며 내 얼굴을 내려
다보았다. 약간 치켜 올라간 눈이 매력 포인트군, 아가씨. 아, 그렇다
고 오뚝한 코나 작고 붉은 입술이 예쁘지 않다는 건 아냐. 성격만 예뻤
다면 완벽했을 텐데. 그런데 왜 그렇게 바라보시나?

"…얼굴 치워, 하늘 안 보여."

"학교 안 갈 거야? 지각이라고 했잖아. 오늘 하루 학교 오려고 일부
러 다시 서울에서 내려온 거 헛고생 만들 거야?"

"아, 몰라. 어차피 늦었어. 미친 듯이 뛰어가나, 천천히 걸어가나 지각이라는 점에는 변함이 없단 말야. 이왕 이렇게 된 거, 힘들게 뛸 필요 없이 그냥 천천히 걸어갈래."

요령이는 의외라는 듯 눈을 약간 치켜뜨더니 말했다.

"…그래? 흠… 뭐 나와는 상관없지. 내가 지각하는 것도 아니니까. 그런데 그렇게 계속 눈 위에 쓰러져 있으면 곧 등이 시려오지 않을까? 아, 안 시려온다고 해도 그렇게 길 한가운데 덩그러니 자빠져 있는 거 보기 안 좋으니까 일어나는 게 어때?"

"…어차피 이런 한길, 다니는 사람도 없는걸."

확실히 한길은 한길이다. 우리 마을이 이렇게 돌아다니는 사람도 하나 없는 조용한 마을이었나? 우리 집이 시골이긴 하지만 말야.

우우우우!

어디선가 이름 모를 새가 우짖는 소리가 들려왔다. 확실히 사람이 다니는 길에서 저런 새소리가 들려온다는 것으로 볼 때 우리 마을은 사람이 많이 사는 곳은 아니야. 하지만 여긴 학교에서 그렇게 많이 떨어진 거리도 아니잖아. 길에 드러누워 있어도 누가 볼까 봐 겁내지 않아도 된다는 것은 너무한 거 아냐?

나는 투덜거리며 몸을 일으켰다. 확실히 정부의 도시 중심 개발 시책은 문제가 있는 정책이야. 시골은 사람 사는 동네도 아닌가, 젠장. 나는 신경질적으로 옷에 묻은 눈을 털어내었다. 팡, 팡.

"야, 등에도 잔뜩 묻었어."

요령이가 내 등을 바라보며 말했고 난 볼멘소리로 투덜거렸다.

"말로만 그러지 말고 좀 털어주는 건 어때?"

"그러길래 내가 장갑 좀 사달라고 그렇게 부탁을 할 때 하나 사줬으면 얼마나 좋았겠니. 싫어, 손에 눈 묻는단 말야."

"…쳇."

나는 뭐 씹은 표정으로 요령이를 노려보았지만 요령이는 밉살맞게 혀를 낼름거릴 뿐이었다.

자식, 정말 속 되게 좁다니까. 분명히 요령이가 내게 장갑을 사달라고 부탁을 했던 것은 사실이다. 하지만 나도 장갑 같은 거 없단 말야. 내 자취 생활이 얼마나 빈궁한지는 자기가 나보다 더 잘 알면서 매일 무언가를 사달라고 졸라대기나 하고, 쳇. 가람이가 내게 다가와 자기가 털어주마 했지만 나는 손을 저었다.

"아, 괜찮아. 이런 것쯤 내가 털 수 있으니까."

"…주인, 인간은 혼자서 자신의 등을 털 수 없다고 알고 있는데."

난 말없이 가람이를 향해 씨익 웃어주며 기합을 주었다.

"합!"

펑!

기합과 함께 내 옷자락과 소맷자락 사이사이에서 바람이 쏟아져 나와서 내 몸을 휘감으며 내 몸 주위에 잔뜩 묻은 눈을 휘감아 털어내었다. 바람의 힘을 얻은 뒤로 매일같이 바람 다루는 연습을 많이 한 결과였다. 바람의 위력이 늘어난 것은 아니지만 연습의 결과 난 이제 바람을 상당히 능숙하게 다룰 수 있게 되었고 덕분에 지금 한 것처럼 바람을 실생활에 꽤나 유용하게 써먹을 수 있게 되었다. 그래 봤자 사람들이 놀랄까 봐 내 주위에 아무도 없거나 이 녀석들이 함께 있을 때에만 바람의 힘을 쓰기 때문에 그렇게 바람의 힘을 많이 이용하는 것도 아니지만. 나는 그렇게 바람을 이용해 내 몸에 묻은 눈들을 모조리 털어낸 후 내 몸 주위에 은은한 바람의 막을 둘렀다. 눈을 기껏 털어낸 옷에 다시 묻으면 곤란하거든. 눈은 워낙 가볍기 때문에 바람을 몸 주위에 조금만 감아놔도 금방 날아가 버리므로 큰 힘이 필요하다거나 한 것도 아니다.

"역시, 역시. 사람은 변화 발전해서 만물의 영장이라더니."

"…무슨 뜻으로 하는 소리야?"

"옛날에는 하나를 가르쳐 주면 둘을 묻더니 이젠 하나를 배우면 하나는 제대로 하네. 호호!"

"관둬, 관둬."

나는 손사래를 치며 계속 눈 쌓인 길을 걸었다. 하늘에서 천천히 나를 향해 내려오는 눈송이들은 내 머리칼, 혹은 어깨, 혹은 팔의 근처까지 왔다 바람의 막에 부딪쳐 팔랑거리며 내 몸에서 멀어져 가곤 했다. 눈 쌓이는 소리가 들려올 것처럼 조용한, 온통 하얀 시골길을 걸어가는 기분은 그렇게 나쁘지 않았다. 문득 시간이 궁금해져서 휴대폰을 꺼내어 폴더를 열어보았다. 9시 12분. 쳇, 평생에 하루뿐인 날에 지각해 버렸네. 정말 오늘 같은 날은 처음부터 자리를 지키고 싶었는데. 전교생도 몇 안 되는 학교, 내가 없다면 그 빈자리가 얼마나 더 커 보일까.

오늘은 2월 15일.

내 졸업식이 있는 날이다.

삐걱—

낡은 체육관의 문이 아무 소리 없이 열리기를 마음속으로 간절히 빌었지만 낡은 벨벳이 누더기처럼 너덜대고 곰팡이도 군데군데 핀 이 문이 아무런 소리 없이 열리기를 바라는 것 자체가 어쩌면 사치일지도 모른다.

나는 잔뜩 고개를 숙인 채 눈만 힐끔 들어 체육관을 슬쩍 훑어보았
다. 당연한 소리인지 모르겠지만, 모두들 나에게로 시선을 집중하고
있었다. 심지어는 축사를 읽던 교장 선생님까지도. 어휴, 부끄러워라.
그나마 키득대는 사람이 없었다는 것이 다행일런지 모른다. 사실 고등
학교에서 지각이라는 것이 비웃음을 살 만큼 흔하지 않은 일은 아니니
까. 단지 오늘은 졸업식 날이니까 문제지.

나는 재빨리 우리 반으로 뛰어가 비어 있는 나의 자리에 앉았다. 잠
시 눈살을 찌푸리던 교장 선생님이 졸업 축사를 다시 읊조리기 시작했
다. 쩌렁쩌렁한 목소리가 좁은 체육관을 울리며 퍼져 나갔다. 저 인간
은 늙지도 않나. 나는 하품을 한번 하고 졸린 눈으로 단상을 바라보았
다.

짝짝짝.

졸업생들의 자리와 그 뒤쪽의 졸업생들의 가족, 친지들의 자리에서
나직한 박수 소리가 울려 퍼졌다. 졸업생들의 박수는 약 45분이라는
경악할 만한 시간의 연설이 드디어 끝났음을 축하하는 박수였고, 그 외
의 사람들의 박수는 행사가 다음으로 넘어감에 따른 관례적인 박수였
다. 나 역시 교장 선생님의 연설이 끝난 것을 기뻐하는 사람 중의 하나
였기에 열성적으로 박수를 쳤다.

곧 지직거리는 스피커에서 흔한 멜로디의 교가가 흘러나왔고, 우리
는 모두 일어나 교가를 따라 불렀다. 교가 제창, 행사의 마지막 순서이
다. 이제 이 노래가 끝나면 우리는 더 이상 고등학생이 아니다. 대학으
로, 혹은 사회로 자신의 가능성의 날개를 펼치는 성인인 것이다.

왠지 가슴이 뛴다. 나는 떨리는 목소리로 학교에서 마지막으로 부를

것이 확실한 교가를 부르며 눈을 깜박였다. 감격의 눈물 따위는 흐르지 않았지만 분명히 눈에 힘이 들어갔던 것은 사실이다. 눈이 뜨거워진 걸로 보아 내 감성이 메마르지는 않았지만 그렇다고 눈물을 흘린 것도 아니니 아무래도 내 감성은 졸업식 날 눈물을 흘릴 정도로 풍부하지는 않은 모양이다.

곧 교가 제창이 끝나고 모두들 박수와 환호로 졸업식을 끝마쳤다. 아까 교장 선생님의 일장 연설이 끝났을 때의 야유 같은 박수와는 전혀 다른 졸업생들은 졸업에 대한 기쁨을 환호하는, 그리고 졸업생의 가족과 친지들은 이제 막 날개를 펴려 하는 졸업생들을 진심으로 축복하는 박수이다.

나는 뒤쪽을 돌아보았다. 늦게 오신 엄마가 눈물을 글썽이며 박수를 치고 있었다. 그리고 가람이도 흐뭇한 얼굴을 하며 박수를 치고 있었고.

…의례적인 박수를 치고 있는 것은 오직 요령이뿐이었다. 모든 졸업생 관계자들 중에서 오직 요령이만이 심드렁한 얼굴로 '짝, 짝, 짝' 하며 치는 둥 마는 둥 박수를 치고 있었다. 에에잇! 이 나쁜 놈! 나는 그대로 요령이를 향해 뛰어가며 외쳤다. 아니, 정확히 뛰어가려고 하면서 외쳤다.

"에라이!"

"아무리 급해도 졸업장은 받고 가라, 영준아."

등 뒤에서 들려오는 따뜻한 목소리에 고개를 돌려보니 담임 선생님이 장난스러운 표정으로 서 계셨다.

"중학교 3년, 고등학교 3년을 다녔으면서도 행사 후에는 항상 반별 모임이 있다는 사실을 아직 모르다니, 확실히 머리가 좋은 편은 아냐."

"아, 그게……."

나는 그저 멋쩍게 웃어버렸고 친구들을 킬킬거리며 나를 비웃었다. 이제 더 이상 저 비웃음 소리를 듣기도 힘들겠지. 친구들도 그걸 아는지 녀석들의 비웃음에는 다분히 섭섭함이 섞여 있었다. 그렇게 선생님의 진심 어린 축복을 들은 후 친구들과 환호성을 나누며, 선생님께 감사를 드리며 나는 졸업장을 받았다.

둥근 원통형의 졸업장 통과 3년 개근상 메달, 그리고 그 밖의 잡다한 상—우리 학교는 인원 수가 적어서 거의 전교생이 상 하나씩은 다 받다시피 했다—을 목에 걸고 몇 장의 사진을 찍었다. 엄마와 요령이와 가람이와 그리고 친구들과. 사진의 배경과 같이 사진을 찍은 사람들은 모두 달랐지만, 그 속의 내 표정은 한결같았다. 어색한 미소들. 섭섭한 마음과 미래에 대한 희망이 뒤섞인 재미있는 표정이었다.

오늘 나는 졸업했다.

인생의 하나, 학창 시절을 오늘 맺었다.

지루한 표정으로 휴대폰의 폴더를 계속 열었다 닫았다. 한 번 닫힐 때마다 휴대폰의 바깥쪽 폴더가 푸르스름한 빛을 내며 나의 눈에 지금이 몇 시인지를 비추어주었다. 나는 그렇게 나른하게 계속 탁, 탁 하는 소리를 내며 휴대폰을 열었다 닫는 짓을 반복하며 하품을 했다. 정말이지 견딜 수 없을 정도로 지루했다.

"정말 미치겠네, 이거. 소위 신입생들이라는 사람에 대한 대접이 겨우 이따위야?"

"정신 사나워, 좀 가만히 있어!"

요령이가 짜증 섞인 목소리로 내게 말했고 그래서 난 탁! 하는 소리와 함께 휴대폰의 폴더를 신경질적으로 접어 주머니에 넣었다. 요령이는 불만족스러운 얼굴로 다시 강당을 바라보며 양 손가락을 끊임없이 만지작거렸다. 요령이도 꽤나 지겨운가 보지. 어쨌든 이제 복수의 시간이군.

"정신 사나워, 좀 가만히 있어!"

"신경 꺼!"

아, 저렇게 대답하면 되는 거였구나. 그런데 난 저따위로 반응하지 않았단 말야. 나는 볼이 부은 채로 팔짱을 끼고 말없이 앞을 주시하였다. 그런데 이건 정말 너무하잖아! 도대체 얼마나 더 기다려야 하는 거야!

나는 마치 오래된 버릇처럼 무의식적으로 휴대폰을 주머니에서 꺼내 들고 다시금 열어보았다. 누군가의 창작인지 알 수 없는, 귀여운 남녀 캐릭터가 뛰어다니는 바탕 화면 아래에 '요령아, 폰은 장난감이 아니다' 라는 글이 띄어쓰기없이 쓰여져 있었고 그 아래쪽엔 시간이 떠 있었다.

10시 14분.

제기랄! 나는 다시 휴대폰을 세게 접으며 나지막하게 욕설을 내뱉었다. 어차피 큰 기대는 하지 않고 왔지만 그래도 이 대학교라는 곳이 등교 첫날부터 내 환상을 너무나도 깨뜨리고 있었다. 아니, 그뿐만이 아니라 나를 짜증의 나락으로 밀어 넣고 있었다. 세상에, 10시 14분이라니! 나는 8시부터 여기서 기다리고 있었단 말이다!

한숨을 쉬며 휴대폰을 그대로 손에 든 채로 앞을 바라보았다. 사람들이 분주하게 이리저리 움직이고 있었다. 그들도 그들의 행사에 차질이 생겨서 적지 않게 당황한 듯했다. 뭘 당황하고 그러시나. 내가 아침

여덟 시부터 쭉 지켜봤는데, 당신들은 30분 전에서야 느릿느릿 준비를 시작하던데 뭐. 하긴, 소위 공적인 기관이라는 곳에서 하는 행사가 다 그렇지.

나는 눈을 가늘게 뜨며 주위의 신입생들을 위해 마련된 자리들을 힐끔 바라보았다. 드문드문 차 있었지만 결코 이게 신입생의 전부는 아닐 것이다. 절반도 오지 않은 게 아닐까? 거의 그럴 것 같았다. 흠, 이건 그저 행사일 뿐 그 녀석들에겐—같은 신입생들이니 녀석이라는 표현을 써도 될 것이라 믿는다—별 의미는 없다는 건가.

나는 턱을 괸 왼손의 손가락으로 미간을 톡톡 치며 생각했다. 어쨌든 이날 나오지 않는다고 해서 학점에 영향이 있거나 출석에 영향이 있는 건 아니니까, 꼭 참여하지 않는다고 해도 사실 별 상관은 없다. 하지만 그러면 아무것도 모르고 며칠 전부터 집에서 올라올 때 가져온 입학 선물로 받은 정장을 세탁하고 다려가며 정성껏 준비해서—사실 세탁소에서 다 해주고 난 돈밖에 내지 않았지만—입고 온 내 꼴이 얼마나 우스워지냔 말야. 하긴, 나도 이 행사가 이렇게 지겨울 줄 알았다면 절대로 안 왔을 것이다. 음, 그러고 보니 정장을 입고 온 사람이 많을까? 나는 주위를 둘러보았다. 다행히도 드문드문 나와 비슷한 차림을 한 녀석들이 보였다. 저 녀석들도 지금 자기가 멍청했다고 생각하고 있을까?

요령이가 양팔을 좌우로 주욱 펴며 기지개를 켰다. 요령이의 뼈마디에서 외마디 비명 소리가 들렸다.

우두둑, 우두둑!

문득 나도 몸이 뻐근해지는 것 같아 팔을 앞뒤로 빙글빙글 돌렸다. 내 어깨라고 뭐 요령이의 어깨와 많이 다르랴. 내 어깨에서도 마치 뼈가 박살나는 듯한 과격한 소리가 들려왔다. 가람이는 내 몸에서 나는 소리들을 듣고 내가 걱정되는지 살짝 눈살을 찌푸리며 나를 바라보았지만 나는 괘념치 않고 관절을 하나씩 꺾어 나갔다.

"도대체 빌어먹을 입학식인지 나발식인지는 언제나 시작하는 거야?"

요령이가 화가 많이 났는지 인상을 팍 구기며 내게 물어왔다. 내가 그걸 알면 이러고 있겠냐. 나는 맥없이 고개를 좌우로 저었고 그러자 요령이는 인상을 더욱 찌푸렸다.

"사람을 가지고 장난을 치는 것도 아니고 말야… 도대체!"

요령이는 분을 못 이기겠는지 씩씩대더니 내게 말했다.

"그러니까 그렇게 아침부터 수선 떨 필요 없다고 했잖아!"

안 그래도 화가 나려고 하는데 요령이가 괜히 나에게 얼토당토않은 짜증을 부리자 자연스레 나 또한 언성이 높아지려 했다.

'아니, 또 왜 나한테 괜히 성질은 부리고 난리야?'

…라고 되받아 고함이라도 쳐주고 싶었지만, 나는 지성인이고 게다가 오늘은 나와 같은 신입생들을 처음으로 만나는 날 아닌가. 나는 분을 속으로 꾹꾹 삭이며 말했다.

"…관두자, 관둬. 내가 잘못했다 그래."

"어머, 웬일로 순순하냐?"

요령이는 내 반응이 생각보다 조용하자 놀랐는지 눈을 동그랗게 떴다. 하지만 곧 놀란 얼굴이던 요령이의 얼굴은 한없이 지루하던 아까의 표정으로 돌아갔다. 내가 맞상대를 해주지 않자 심심해진 모양이었다.

오늘은 내 입학식이다.

그리고 근 한 달 동안 가장 짜증나는 날이기도 하다.

내가 입학식을 위해 아침에 일어난 시간은 새벽 5시 반이었다. 모름 지기 어떤 일이든 새로 시작된다는 것은 두근거리기 마련이다. 심지어 는 '입시 지옥의 시작'이라고 불리는 고등학교에 입학할 때에조차 가 슴이 설레었는데, 모든 매스 미디어에서 '천국'으로 그려지는 대학에 입학하는 것이니 기분이 어떠했겠는가.

말할 나위도 없이 가슴이 터질 지경이었다. 나는 꼭두새벽부터 씻는 다, 밥을 차린다, 정장을 꺼낸다, 머리를 다듬는다 하며 부산을 떨어대 었고 그 통에 요령이와 가람이가 잠에서 깨버렸다.

사실 우리 자취방처럼 비좁은 방에서 한 명만 시끄럽게 굴면 나머지 두 명은 잠을 다 잔 것이나 마찬가지다. 요령이는 베개까지 집어 던지 며 제발 잠 좀 자자고 짜증을 부려댔지만, 나는 베개에 얻어맞으면서도 벙긋 웃었다. 그만큼 기분이 좋았던 것이다. 이럴 줄 알았으면 베개에 이불까지 보태어서 요령이에게 도로 집어 던졌어야 했는데. 새삼스레 후회가 되는군.

그렇게 수선을 떤 끝에 마침내 모든 준비를 마치고 시계를 보자 알 람 시계의 시침이 6시 30분을 가리키고 있었다. 무려 한 시간 동안이 나 학교에 갈 준비를 한 것이었다! 하지만 그래도 좋았다.

나는 아침밥을 지어서 잠이 다 깨었다며 나를 바라보고 몸서리를 치 는 요령이와 도저히 더 잠을 청하지 못하겠는지 좌선에 빠져들었던 가 람이와 함께 여유롭게 식사를 마쳤다. 워낙 여유를 부렸는지 식사를 마쳤을 때는 수저를 든 때로부터 한 시간이나 지난 후였고, 나는 요령 이와 가람이를 데리고 집을 나와 학교로 향했다.

입학식의 시작 시간은 9시였지만 미리 가서 기다리는 게 좋을 듯싶었기 때문이다. 졸업식 때처럼 지각해서 행사 도중에 식장으로 들어가는 것은 정말 싫었다. 물론 너무 이른 감이 있긴 했지만 입학식이라 주위의 교통 사정이 안 좋을 수도 있었기에 일찍 가는 편이 나을 것 같았고 그래서 결국 7시 30분에 집을 떠났다.

그리고 그 결과가 이것이다. 나는 무려 두 시간 이상을 아무것도 하지 못한 채 무료하게 앉아 있기만 해야 했다. 단지 '새내기의 두근거림'을 가지고 있다는 이유 하나만으로. 젠장! 오늘 학교에 오지도 않은 녀석들은 집에서 편히 쉬고 있을 텐데! 이건 불공평해! 불공평하다고!

나만 이러한 생각을 하는 것은 아닌 듯 신입생들이 앉아 있는 자리의 웅성거림이 조금씩 커지고 있었다.

암, 진작 웅성거렸어야지. 게다가 집에 가려는 듯 일어서는 사람도 한두 명씩 눈에 띄었다. 안 그래도 자리가 다 차지 못했는데 그나마 채워져 있는 자리까지 하나둘 비어간다면 학교 측에서는 얼마나 당황할까? 나는 고소를 띠며 단상을 바라보았다. 다행히도 준비가 거의 끝나가는지 사람들이 하나둘 단상으로 올라가고 있었다.

휴, 이제야? 나는 의자에 편히 앉으며 단상을 주시했다.

물론 모든 공적인 행사가 그렇듯이, 입학식은 고문에 가까웠다. 소개받아야 할 사람은 왜 그리 많은지, 총장이라는 사람은 한자 못 쓰다 죽은 유생 귀신이 붙기라도 했는지, 거기에다 왜 한 말을 또 하는지, 도대체 대학교 입학식에 이 지역구 국회의원은 왜 찾아와야 하는지, 왔으면 인사만 하고 갈 일이지 연설은 왜 하는지… 국회의원의 연설이 끝나고 나는 심드렁한 표정으로 박수를 쳐주었다. 짝, 짝.

"이럴 거면 오지 말 걸 그랬나 봐."

나는 혼잣말로 중얼거렸지만 불행히도 요령이가 그 소리를 들어버렸다.

"에휴, 바로 몇 시간 전까지만 해도 좋아서 미쳐 버리려고 하더니… 너뿐만 아니라 옆에 있는 사람까지 미쳐 버리게 만들어서 문제였지만, 어쨌든 이러려고 그렇게 좋아했었냐?"

"뭐 이럴 줄 알았나!"

"하여튼 네 어머님 말씀이 딱 맞아. 어렸을 때부터 나……."

"그 이야기 하지 마!"

이런 젠장! 나도 모르게 소리를 질러 버렸다! 재빨리 손으로 입을 틀어막긴 했지만 주위의 대부분은 들었을 것이 뻔했다. 나는 얼굴이 달아오르는 것을 느끼며 내게로 쏟아지는 주위 사람들의 호기심 어린, 혹은 당혹스러운 시선을 애써 외면했다. 혹시 단상까지 들린 것은 아니겠지? 나는 슬쩍 단상을 바라보았다. 다행히 내 목소리가 단상까지 들리지는 않은 듯했다.

"주인님, 왜 이렇게 화가 나셨습니까? 제가 없는 말이라도 지어내서 한 건가요? 아니잖아요? 전 단지 밤하늘의 샛별처럼 고귀하신 주인님의 모친께서 제게 하신 보석 같은 충고를 다시 상기했을 뿐인걸요. '애가 어렸을 때부터 나…….'"

"하지 말랬지!"

요령이의 이죽거림에 이번에는 나직하게 소리 질렀다. 하지만 목청이 터져라 소리 질렀을 때에도 내 말을 듣지 않았는데 이렇게 작게 말한다고 들어줄까. 말도 안 되는 소리라는 것은 내 자신이 더 잘 알고 있다.

"'…사가 하나 빠져 있으니 친구 분들이 잘 보살펴 주어요' 라고 기억해요, 주인님. 틀리나요?"

말을 마치고 요령이는 입에 손을 대고 키득거렸으며 나는 끔찍한 표정과 함께 눈을 감아버렸다. 젠장, 분명히 저 말이 우리 엄마가 한 말은 맞다. 졸업식이 끝나고 가족끼리 모여서 작은 자축연을 벌이는 자리—그래 봤자 흔한 외식과 다를 것도 없었지만—에서 엄마는 분명히 나를 옆에 앉히고 요령이와 가람이를 보며 진지한 얼굴로 이렇게 말했었다.

"얘가 착하고 좋긴 한데 어렸을 때부터 나사가 하나 빠져 있으니 친구 분들이 잘 보살펴 주길 바래요. 요령 양, 그리고 가람 군, 알았지?"

도대체 남들 앞에서 자기 자식을 그렇게 깎아내리는 부모가 어디 있단 말인가! 물론 '나사 하나 빠졌다'는 말은 사실 요령이와 내가 매일 주고받는 험한 악담에 비하면 장미꽃의 가시 정도밖에 되지 못한다. 하지만 문제는 그 장미의 가시를 만든 사람이 누구냐는 데에 있다.

그 말을 한 사람은 분명히 세상에서 나를 가장 잘 아는 사람이라고 자부하실 게 분명한 나의 엄마이다. 덕분에 그 별것도 아닌 말은 엄청난 공신력을 가지게 되었으며 요령이는 나를 제압하는 데 자주 그 말을 사용하게 되었다. 내가 아무리 아니라고 해봐야 '하지만 너희 어머니께서는 그렇게 말씀하셨는걸?'이라고 말해 버리면 끝인 것이다. 제기랄. 나는 한숨을 쉬며 양손에 얼굴을 묻었다.

"교가 제창이 있겠습니다. 모두 일어나 주십시오."

잠시 의자가 뒤로 밀리는 소리들이 이곳저곳에서 소란스럽게 들리다가 조용해지고, 곧 이어 이 학교의 성악부와 밴드부로 보이는 사람들이 단상 위에서 노래와 연주를 시작했다. 교가는 행진곡풍이었는데, 평소라면 어떻게 들렸을지 모르겠지만 잔뜩 기분이 뒤틀어진 내게는 단지 싸구려 곡조로 들렸다. 나는 입을 꾹 다물고 내 동기들이나 좀 더 자세히 보기 위해 고개를 이리저리 돌렸다.

그런데 문득 내 눈이 누군가에게서 멈췄다. 그의 특이한 복장 때문이었다.

'완전히 중국풍이군.'

한마디로 정리하면 이랬다. 마치 황비홍의 손자가 우리 학교에 유학이라도 온 것 같았다. 머리는 앞머리를 바싹 밀고 뒷머리를 땋아서 뒤로 넘겼으며—즉, 변발을 했단 소리이다. 맙소사, 변발이라니!—비단으로 보이는 황금색에 가까운 황색 천을 재단해서 만든 듯한 긴 도포를 입고 있었으며 등에는 무엇이 들었는지 모를 긴 가방을 옆에 세워두고 있었다. 그는 얼굴 선이 가늘고 내 동기라기에는 조금 어려 보였으며 의자에서 일어나지도 않은 채 팔짱을 끼고 묵묵히 정면을 주시하고 있었다.

"야, 야, 저 녀석 좀 봐."

나는 나처럼 심드렁한 얼굴로 서 있는 요령이를 쿡쿡 찔러 마치 중국 무협 영화에서 방금 전에 뛰쳐나온 듯한 그 중국풍의 녀석을 보게 했다. 곧 요령이의 눈이 호기심으로 가득 찼다.

"도대체 쟤는 뭐래?"

"나도 잘 모르겠지만 배짱 하나는 대단한걸. 저렇게 입고 다녀도 주위 사람들의 눈이 전혀 신경 쓰이지 않나 보지?"

요령이는 고개를 갸우뚱하며 내 말에 대답했다.

"너도 안 어울리게 정장 입고 다니지만 주위 사람들의 눈에 신경 안 쓰잖아?"

ㄹㄱㅁ 고양이

컷! …이라고는 말해도 사실 입고 있는 나도 무지 불편하기는 하다. 되도록이면 입지 말아야겠다. 내가 다시 요령이에게 저 중국풍의 신입생에 대해 물어보려는 찰나, 박수 소리와 함께 사람들이 일제히 자리에 앉았다.

음, 교가가 끝났군. 그럼 이제 다음 순서는 뭐야?

사회자의 목소리가 강당에 낭랑히 울려 퍼졌다.

"올해 입학하신 신입생 여러분, 우리 대학교에 입학하신 것을 진심으로 축하드립니다. 그럼 이만 입학식을 마치겠습니다."

에엑? 뭐야? 끝났어? 30분도 채 안 지났잖아? 나는 황당해서 순간 말조차 잊어버렸다. 아니, 두 시간이 훨씬 넘게 기다려서 진행한 입학식이 30분도 채 진행하지 않고 끝난단 말야?

…하긴, 더 길어져 봤자 지루하기만 할 뿐 좋을 것도 없다. 사실 입학식 내내 짜증을 내지 않았는가? 나는 그렇게 자신을 위로하며 일어났다. 문득 중국풍의 그 소년이 생각났다. 그 녀석과 말이라도 한마디 나누어볼까? 나는 재빨리 주위를 둘러보았다. 그런데 그 소년은 어디에도 없었다.

"으웅? 어느새 사라졌네? 어디로 갔지?"

요령이도 나와 같은 생각을 했는지 주위를 두리번거리며 놀란 목소리로 말했다. 확실히 사라졌는지, 두어 번 목을 길게 빼 주위를 둘러보았지만 그 소년은 어디에도 보이지 않았다. 만약 이 주위에 있다면 워낙 복장이 특이해서 눈에 쉽게 띌 텐데.

"재빠르기도 하네."

요령이가 혀를 찼다. 뭐, 만약 그 녀석이 우리 학교의 새내기라면—비록 그럴 거라고 생각되지는 않지만—그리고 그런 옷차림으로 학교를 다닌다면—비록 그럴 거라고는 더욱 생각되지 않지만—분명히 다시 한 번 보게 되겠지. 그런 옷차림을 못 알아볼 수 없으니 말야. 만약 다음에 다시 본다면 말이라도 한마디 걸어봐야지.

"하늘을 나는 우리들의 꿈! 패러글라이딩 동아리 이카루스에서 새내기를 받고 있습니다!"

안경을 끼고 머리를 깔끔하게 넘긴 캐주얼한 체크 무늬 셔츠의 청년이 책상을 앞에 두고 앉은 채 뭐가 그리 즐거운지 연신 싱글벙글 웃으며 소리를 치고 있다. 아마도 파릇파릇한 새내기들을 보기만 해도 즐거워서 웃는 거겠지. 옆 책상의 사람들도 질 수 없다는 듯 목청껏 소리를 지른다.

"민족의 앞길을 이끌어 나가는 청년의 노래! 중앙노래패 나팔수에서 새내기를 받고 있습니다!"

"컴퓨터에 관심 많으신 분! 전자공학부 소학회 일렉트로닉 웨이브에서 신입생을 받고 있어요!"

난 앳되어 보이는 한 아가씨가 수줍게 머뭇머뭇 외치는 모습을 보며 미소를 지었다가 곧 아무리 어려 보여도 그 아가씨는 내 선배라는 사실을 상기해 내고는 미소를 거두었다. 흐음, 그러고 보니 테이블에 앉아 있는 사람들은 모조리 내 선배겠지. 괜히 잘못 보였다가 좋을 것은 없겠는걸.

오늘은 3월 2일, 이 학교의 신입생들이 처음으로 학교에 '수업을 듣기 위해' 등교하는 날이다. 즉, 오늘부로 나를 포함한 모든 신입생들이 정식 학생이 되는 것이다. 교문에서 조금 떨어진 등용관이라고 불리우는 건물 입구에서부터 학교의 가장 중심에 위치하고 있는 승학관까지

넓게 나 있는 길에는 책상들이 가로수를 가리며 쭈욱 놓여져 있고 책상 앞에 사람들이 앉아서, 혹은 일어서서 새내기를 모집하고 있었다.

색상지로 예쁘게 만든 특색있는 홍보용 전단이나 큼지막하게 써붙인 재미있는 아이디어들이 넘치는 대자보들이 여기저기 다채롭게 붙어 있는 모습들이 무척 특색있어 보인다. 참, 그러고 보니 나도 동아리 하나쯤 드는 것도 괜찮을 텐데. 지금은 수업 시간에 맞추어 가기에 빠듯하니 할 수 없고, 이따 쉬는 시간이나 수업이 비는 공강 시간 때 천천히 어떤 동아리가 있는지 둘러봐야겠다.

내 옆에서 요령이가 가람이에게 뭐라고 묻는 듯하더니 가람이가 고개를 가로저으며 모르겠다고 대답한다. 요령이는 그 얼굴에 잠시 실망한 듯하더니 곧 나에게 물었다.

"야, 지금 이 사람들이 뭐 하는 거야?"

아, 요령이는 가람이에게 지금 이 사람들이 뭘 하는지를 물었던 거구나. 하긴 네가 대학에 들어와 봤을 리도 없을 테고, 그렇다고 네가 매스 미디어로 대학의 모습을 접해보았을 리도 만무하니 지금 이 모습이 무엇인지 알 수 있을 리가 없지.

"이건 동아리 새내기들을 모으는 거야."

"동아리?"

"응, 동아리. 취미나 생각이 비슷한 사람들끼리 모여서 특색있는 활동을 하는 거지. 예를 들면 만화 동아리라면……."

"모여서 만화를 읽니?"

아, 제발, 요령아. 가만히 있으면 중간이라도 가잖니. 나는 한숨을 쉬며 말했다.

"…만화를 그리겠지. 설명에 덧붙일게. 특색있고 '창조적인' 활동을 하는 걸로 말야. 어쨌든 나도 동아리를 딱히 들어가 본 적은 없어서 길게 설명하지는 못하겠다."

요령이는 고개를 끄덕이다 갑자기 무엇인가 궁금하다는 듯 내게 물었다.

"그런 거구나. 잘은 모르겠지만 대강은 이해했어. 그런데 그럼 나도 그 동아리라는 걸 할 수 있는 거야?"

나는 요령이의 질문에 잠시 생각하고 고개를 가로저었다.

"잘 모르겠는데. 무엇보다 너와 가람이는 이 학교 학생이 아니잖아. 과연 이 사람들이 같은 학교 사람이 아닌 사람을 받아들여 줄지… 확실히 뭐라고 대답하기가 그렇네. 우리가 들어가려는 동아리 사람들의 생각에 따라 달라질 것 같아, 내 생각엔."

대답하고 나자 괜스레 근심스러워졌다. 혹시 이 녀석들 때문에 나도 동아리 생활이라는 것을 경험하지 못하는 게 아닐까? 앗, 그러면 안 되는데! 대학에 들어오면 활동하는 동아리 하나쯤은 있어야 한다고들 한다. TV나 인터넷에서 비춰주는 대학생들의 모습에서도 동아리는 꽤 큰 비중을 차지하는 모습으로 등장한다. 안 돼, 대학 생활을 하면서 동아리 하나 가지지 못할 수는 없지! 나는 속마음으로 결의를 굳게 다졌다.

그렇게 첫 수업이 있는 건물인 승학관까지 걸음을 옮기고 있자니 어디선가 외치는 소리가 들려온다.

"이봐, 거기 새내기들, 칼 한번 안 배워보겠어?"

우리를 부른 건지, 아니면 지나가는 다른 사람들을 부른 건지는 모르겠지만 나는 신입생을 부르는 소리에 반사적으로 고개를 힐끔 돌려 칼을 한번 배워보라던 그 사람을 바라보았다.

책상 앞에 혼자 앉아 새내기를 모집하는 청년이었는데, 그는 햇볕에 반사되어서 그렇게 보이는 건지, 아니면 염색을 해서 그런 건지 분간이 잘 가지 않는 갈색 빛이 도는 머리를 양 옆으로 아무렇게나 넘기고 있었으며 회색 티셔츠 위에 청색 반소매 셔츠를 걸쳐 입고 있었다. 딱히 남보다 빼어나게 잘생긴 구석은 없었지만 입과 눈에 싱글벙글 달려 있는 미소가 왠지 호감이 가는 사람이었다. 그는 내가 고개를 돌려 자신을 바라보자 크게 웃으며 말했다.

"하하! 주위를 두리번거리는 모습이 왠지 새내기같이 보이더라니만 내가 바로 맞추었네? 어이, 동아리는 선택했어?"

"아, 아뇨."

갑작스레 알지도 못하는 사람이 친한 척 말을 걸어오자 나는 당황해 버렸다. 그는 내가 고개를 저으며 아니라고 대답하자 잘되었다는 듯 자리에서 일어나며 내게 말했다.

"그럼 우리 동아리에 들어오는 건 어떠냐? 뭐, 정식 동아리는 아니지만."

으윽, 왠지 저 사람의 페이스에 말려드는 것 같은 기분이다! 일단 이 상황을 벗어나야겠다. 뭐, 나도 꼭 이 사람과 이야기를 길게 하고 싶은 마음이 없는 것만은 아니지만 무엇보다 난 지금 수업을 들으러 가야 된단 말야. 나는 난감한 표정으로 웃으며 사과했다.

"어, 저, 죄송합니다. 저 지금 수업에 들어가야 하거든요."

그리고 그 사람은 실망의 눈빛을 띠며 말했다.

"그래? 그럼 수업 끝나고 나서라도 한번 생각해 봐. 알았지?"

나는 고개를 끄덕이고 돌아서며 휴대폰을 열어 시간을 확인했다. 이크, 이대로 가다간 지각이겠다!

그런데 냅다 뛰는 나의 등 뒤로 들려오는 그 청년의 목소리가 나를 꽤나 당황스러운 기분 속으로 만들었다.

"이봐! 그리고 나도 새내기야! 다음에 보면 말 놓으라고!"

…뭐야, 저 녀석은? 같은 새내기면서 알지도 못하는 사이에 말을 놓았단 말이야? 이상한 녀석이네…….

승학관 건물은 셋으로 나뉘어져 있다. 홀이 위치한 건물의 중심은 부드러운 곡선을 그리며 앞으로 약간 돌출되어 있고 위로는 마치 백조의 목처럼 흰 탑이 우아하게 솟아 있으며 좌우로 건물이 백색으로 도색되어 마치 희게 빛나는 날개처럼 서 있다.

언뜻 보면 하늘을 향해 막 비상하려는 학이 떠오르게 하는 형상이다. 그래서 나는 승학관이 승학(乘鶴), 즉 하늘을 오르는 학의 건물이라는 의미인 줄 알았다. 그러나 나중에 알았지만 승학은 사실 학문이 올라간다는 뜻이었다.

내가 수업을 들을 승학관 317호는 학의 왼쪽 날개의 가운데쯤에 위치하고 있었다. 나는 3층의 층계를 올라 길게 뻗은 승학관의 복도를 걸었다. 강의실마다 새내기들의 것으로 보이는 웅성거림이 복도까지 새어 나오고 있었으며 그래서인지 복도는 상당히 소란스러웠다.

곧 내 앞에 '317'이라고 씌어 있는 문이 나타났다. 이 강의실인가 보군. 나는 문을 살짝 열고 안으로 들어섰다. 아직까지 교수님은 도착하지 않은 듯했다. 나는 안도의 한숨을 쉬며 뒤쪽의 빈자리에 앉았다. 요령이와 가람이가 각각 내 왼쪽과 오른쪽에 자리를 잡고 앉았다. 호기심 때문인지, 아니면 요령이와 가람이에 대한 관심 때문인지 사람들의 시선이 우리들에게 꽤나 오래 꽂혀 있었다.

곧 앞문이 열리며 교수님이 들어왔다. 두꺼운 뿔테와 검은색 양복, 그리고 날이 날카롭게 선 바지와 빳빳한 칼라, 정확히 7:3으로 착 감아 넘긴 머리 모양까지, 전형적인 '위엄적인 교수형'이 무엇인지를 온몸으로 말해 주는 듯한 교수님이었다.

그는 잠시 날카로운 눈빛으로 강의실을 스윽 훑어보더니 이윽고 입을 열었다.

"지각이나 결석은 정확히 강의 수칙대로 처리합니다. 저는 기본적으로 학생들에게 별로 사랑받는 교수는 아니라고 생각합니다. 맘에 들지 않는다면 수강 신청 정정 기간에 바꾸시도록 하세요. 오늘의 출석은 부르지 않겠습니다. 어차피 수강 신청 정정 기간이 끝나면 새로운 출석부로 교체해야 될 테니까 말이죠."

깐깐한 교수님에게 불만을 느껴서인지 강의실 이곳저곳 작은 한숨과 야유 소리가 흘러나오고 교수님은 그 작은 소란에 깊게 골이 패인 이마의 주름을 더욱 깊게 패며 얼굴을 찌푸렸다.

순간 강의실의 앞문이 벌컥 열리며 웬 청년 한 명이 싱글벙글 웃으며 강의실로 불쑥 들어섰다. 웅성대던 강의실의 분위기가 쥐 죽은 듯 조용해졌다. 그는 그런 강의실의 분위기에 놀란 듯했다.

그는 주위를 두리번거리다 자신의 정면에서 자신을 뚫어져라 응시하고 있는 교수님과 눈이 마주쳤고, 그제야 상황을 파악한 듯 얼굴을 새빨갛게 붉히며 고개를 푹 숙였다.

"히익! 죄, 죄송합니다!"

그리고 침 삼키는 소리까지 들릴 것처럼 조용하던 강의실이 그제야 기다렸다는 듯 폭발적인 웃음소리에 휩싸였다. 나 역시 배를 잡고 웃었음은 물론이다. 묵묵히 안경 너머로 그를 노려보던 교수님이 이윽고 입을 열었다.

"몇 호실 수업이지?"

"사, 삼백십칠 호……."

불쌍하게도 그 청년은 빨갛게 변한 얼굴로 말까지 더듬고 있었다. 교수님은 묵묵히 다시 한참을 바라보았고, 그러다 탐탁지 않은 얼굴로 말했다.

"그래도 강의실은 제대로 찾아왔군. 앞으로는 문도 제대로 찾아보게. 들어가 앉게."

"예, 죄, 죄송합니다!"

다시 한 번 고개를 꾸벅 숙여 사과한 그 청년은 황급히 맨 뒤쪽으로 향하다 우리를 보고 잠시 멈칫 하고는 우리에게로 다가왔다. 응? 갑자기 왜 우리 쪽으로 오는 건지? 그런데 저 사람 얼굴이 왠지 어디에서 많이 본 듯하다? 요령이가 내 귀에 대고 속삭였다.

"야, 저 사람 아까 자기네 동아리 들라고 우리 부른 사람 아냐? 초장부터 반말 틱틱 해대던 그……."

나는 고개를 들어서 그 사람의 얼굴을 확인했다. 그러고 보니 정말 아까 그 녀석이네? 그 녀석은 내 뒤의 빈자리에 앉아서 내 등허리를 쿡 찌르며 말했다.

"안녕? 너도 이 수업 듣네? 아까 봤지?"

"아, 예… 예."

당황한 나는 나도 모르게 존댓말로 대답했고 그러자 그 녀석은 손을 저으며 말했다.

"야, 나도 새내기라니깐? 그냥 말 놔. 어쨌든 한 번이라도 본 얼굴을 여기서 만나니까 무척 반갑네. 내 이름은 청도라고 해, 이청도."

아까 교수님 앞에서 당황하거나 하는 모습을 보면 나쁜 녀석 같지는 않았는데. 버릇이 없는 건지, 아니면 스스럼이 없는 건지 모르겠지만 대학에 들어와서 이렇게 아는 사람이 생기는 것도 나쁘진 않겠지. 나는 청도라는 녀석에게 좋은 첫인상을 남기기 위해 청도를 향해 씨익 웃어주며 내 이름을 말해 주었다.

"난 박영준이라고 해. 만나서 반가워."

〈2권 끝〉

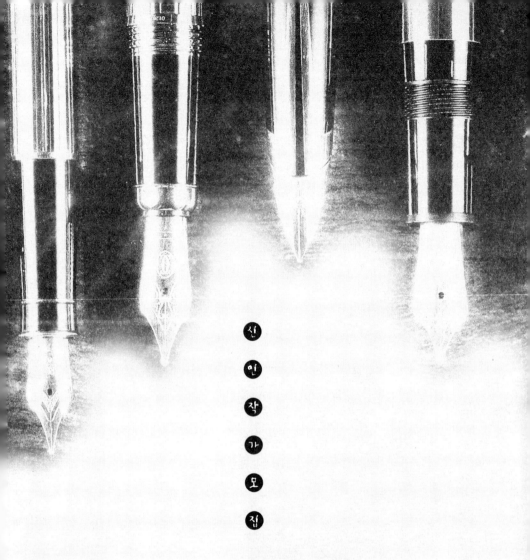

신
인
작
가
모
집

시작이 반이라고 했습니다.
작가의 길에 대한 보이지 않는 벽을 과감히 깨뜨리십시오!
청어람은 작가 지망생 여러분들의
멋진 방향타가 되어드리겠습니다.

저희 도서출판 청어람에서는
소설 신인 작가분들을 모집합니다.
판타지와 무협을 사랑하시는 분들의 많은 참여를 바랍니다.
소정의 원고(A4용지 150매)를 메일이나 우편으로 보내주시면
검토 후 출판 여부를 알려드리겠습니다.

주소:경기도 부천시 원미구 심곡1동 350-1 남성B/D 3F 우편번호420-011
TEL:032-656-4452 · **FAX**:032-656-4453
http://www.chungeoram.com
e-mail:chungeoram@chungeoram.com